KB262393

長虹貫日

장홍관일

월인 新무협 판타지 소설

FANTASTIC ORIENTAL HEROES

장홍관일 5

월인 新무협 판타지 소설

초판 1쇄 찍은 날 § 2011년 3월 18일
초판 1쇄 펴낸 날 § 2011년 3월 25일

지은이 § 월인
펴낸이 § 서경석

총괄팀장 § 유경화
편집책임 § 주소영
편집 § 박우진

펴낸곳 § 도서출판 청어람
등록번호 § 제1081-1-89호
등록일자 § 1999. 5. 31
어람번호 § 제2-2062호

주소 § 경기도 부천시 원미구 심곡2동 163-2 서경B/D 3F (우) 420-822
전화 § 032-656-4452 팩스 § 032-656-4453
http://www.chungeoram.com
E-mail § chungeoram@chungeoram.com

ⓒ 월인, 2010

ISBN 978-89-251-2464-3 04810
ISBN 978-89-251-2064-5 (세트)

5

본색(本色)

장홍관일

월인 新무협 판타지 소설

FANTASTIC ORIENTAL HEROES

長打貫日

도서출판
청어람

目次

第四十八章

협력(協力)

장홍관일

무당파 장문인 영진자를 만나 목적한 바를 이룬 무영은 화연옥이 정한 시간에 천천히 접객실 안으로 들어섰다.

화씨세가의 접객실에는 많은 사람들로 북적이고 있었다.

잔치에 참석하기 위해 세가를 찾은 하객들 중 아직 숙소를 배정받지 못한 사람들은 우선 접객실로 안내되어 차를 대접받고 있었기 때문이다.

그들뿐만 아니라 이미 거처를 정한 사람들도 접객실을 이용하여 간단한 만남의 자리를 가지고 있었기에 그곳은 예상외로 복잡했다.

무영은 두리번거리며 화연옥을 찾았다.

접객실 안쪽 자리에서 화연옥은 누군가와 담소를 나누고 있었다. 차림새로 보아 잔치에 참석한 손님인 것 같았다.

무영을 발견한 화연옥은 찻잔을 들어 입으로 가져갔다.

[옆방으로 가 계세요. 여긴 생각보다 많이 복잡하네요.]

화연옥의 전음이 무영의 귓전에서 울렸다.

찻잔으로 슬쩍 입술을 가린 짧은 순간 펼친 그녀의 전음술은 꽤나 조예가 깊어 보였다.

여러모로 고수의 풍모를 내비치는 여인이었다.

무영은 접객실에서 누군가를 찾는 듯 한 번 휘둘러 본 후 밖으로 나와 화연옥이 말한 옆방으로 들어갔다.

옆방에는 손님들이 아무도 없었다.

그곳은 특별한 손님들을 위한 접객실인 듯 먼저 들른 곳과 달리 방도 좁았고 탁자도 세 개밖에 없었다. 대신 탁자들은 훨씬 크고 고급스러웠다.

무영은 잠시 실내를 살펴보다가 가운데 탁자에 자리를 잡고 앉았다.

잠시 후 화연옥이 작은 다구(茶具)를 들고 들어왔다.

시비를 시켜도 될 것을 자신이 직접 가지고 들어오는 것으로 보아 시비의 접근마저도 차단하겠다는 의도 같았다.

무영은 자리에서 일어나 화연옥이 든 다구를 받아 탁자에 놓았다.

"고마워요."

화연옥은 가볍게 인사를 하며 무영과 마주 앉았다.

"입맛에 맞을지 모르겠어요."

화연옥은 주담자에 든 차를 무영과 자신의 잔에 한 잔씩 따랐다.

조심스럽게 차를 따르는 동작에서는 처음 만났을 때처럼 거침없고, 조금은 당돌해 보이기까지 하던 모습은 전혀 보이지 않았다. 오히려 조신한 규중 여인 같았다.

"향이 좋군요."

무영은 찻잔을 들어 한 모금 홀쩍 마셨다. 그리고는 화연옥을 응시했다.

화연옥은 천천히 다향을 음미하며 차를 마신 후 무영의 시선을 받았다.

"무당 장문인은 잘 만나보셨나요?"

화연옥이 불쑥 질문을 던졌다. 그녀는 이미 무영이 무당 장문인을 만나고 온 사실을 알고 있었다.

"제 뒤를 캐고 다닌 모양이군요?"

무영이 피식 웃으며 말했다.

"그랬다기보다는… 조금 관심을 가지다 보니 자연스럽게 눈에 들어왔어요."

화연옥은 무영의 시선을 피하지 않고 답했다.

차를 따를 때 잠시 여염집 여인 같았던 그녀의 모습은 어느새 철혈무가의 여인으로 되돌아와 있었다. 눈빛은 찌를 듯 날카로웠고 말투는 도전적이었다.

"관심의 이유를 물어도 될까요?"

무영도 시선을 돌리지 않고 대꾸했다.

두 사람의 시선이 잠시 허공에서 부딪쳤다.

이윽고 화연옥이 먼저 시선을 내렸다. 처음 만났을 때와 마찬가지로 시선으로써 기를 죽일 수 있는 사내가 아니라는 것을 확신하는 표정이었다.

"지금 우리 집에 온 손님들 중에서 가장 위험한 사람 같으니까요. 그러니 온통 신경이 집중되는 것은 어쩔 수 없군요."

화연옥은 말을 돌리지 않고 직선적으로 답했다.

"어떤 면에서 말입니까? 내가 이곳에 와서 한 일이라고는 내당을 한번 쳐다보고 무당파 사람들을 만난 것뿐인데……."

"그건 중요한 게 아니에요. 뭐랄까… 풍기는 냄새라고나 할까요?"

"며칠 동안 제대로 씻지 못한 탓인지 약간은 위험한(?) 냄새가 풍기는군요."

무영의 실없는 농담에 화연옥의 입가에는 희미한 웃음이 피어올랐다.

"인사는 이쯤 했으면 됐고, 이젠 본론으로 들어가죠. 그러니까…… 며칠 전에 우리 집에 도둑이 들었어요. 그것으로도 기가 막힐 노릇인데 아직 종적도 잡지 못하고 있어요. 그래서 공자님 눈에 초상집처럼 보인 모양이에요."

화연옥은 쓰게 입맛을 다시며 말했다.

예상과 달리 처음부터 사실을 밝히고 나오는 화연옥의 태도에 무영은 잠시 할 말을 잃고 화연옥을 응시하기만 했다.

어쩌면 영원히 가문의 비밀로 감추어야 할 만한 사실을 화연옥은 스스럼없이 밝혔다.

자신의 정체가 무언지 알지 못하는 상태임에도 불구하고 그러는 그녀의 행동은 가히 돌발적이라 할 만했다.

"날 믿습니까?"

무영이 약간은 어이없다는 표정으로 물었다.

"전혀!"

"그런데?"

"두 가지 목적이 있어요. 만약 공자님이 흉수와 한패라면 제가 주시하고 있다는 사실을 알았으니 제 발이 저려 제대로 움직이지 못할 것이고, 아니라면 가장 강력한 조력자가 될 수도 있겠지요."

화연옥은 여전히 도전적인 눈빛과 함께 답했다.

무영은 고개를 몇 번 저은 후 빙긋 웃었다.

"도둑을 잡는 데 협조해 주든지, 아니면 도둑으로 몰리란 말이군요."

"다분히 그런 의도로 말씀드리는 거예요."

화연옥은 크게 고개를 끄덕인 후 잠시 무언가 갈등하는 빛을 보이다가 말을 이었다.

"사실은… 밖으로 순찰을 나갔다가 돌아오신 숙부님으로부터 공자님을 예의 주시하라는 당부를 들었어요. 그래서 좀 살펴보다가 슬쩍 경계심을 자극하려 했지요. 하지만 공자님의 눈빛을 대하는 순간 그렇게 해서만은 안 될 사람이라는 느낌을 받았어요. 이렇게 정면 승부를 하지 않는 이상 절대로 종적을 쫓지 못할 사람 같았어요. 도둑과 한패라면 지금 손을 쓰든지, 아니면……."

"아니면?"

"도둑을 잡는 데 일조해 주세요."

화연옥은 숙부 화준성이 의심하고 있다는 사실까지도 숨김없이 밝히며 무영을 몰아세웠다.

무영은 어이없는 심정에 입맛을 다셨다.

"정말 억지스럽지만 그 솔직 대범함은 인정해 드리지요."

무영은 고개를 두어 번 끄덕인 후 말을 이었다.

"그럼 도둑이 훔쳐 간 물건은 어떤 것이지도 밝힐 수 있겠소?"

무영의 질문에 화연옥은 잠시 망설였다.

화연옥에게 사촌지간인 화진일(華眞日)이 흉수를 발견한 곳은 화씨세가의 소각로 부근이었다.

세가의 대소사를 처리하며 발생하는 서류들을 태우는 소각로였지만 그곳에 남아 있는 것이라고는 서류들이 타고 남은 재밖에 없었다.

그런 곳에서 무언가를 뒤적이고 있는 것이 극히 의심스러웠던 화진일은 그를 보통의 도둑이 아니라 생각하고 단번에 제압할 목적으로 쾌속하게 검을 뽑아 그에게로 쇄도해 들었다.

그런데 몇 차례 검을 섞어본 결과 그는 예상 밖의 고수였고, 오히려 살인멸구라도 할 듯이 거세게 역공을 취해왔다. 마침 근처에 있던 가문의 사람들이 합세하지 않았다면 화진일은 도리어 흉수의 검에 쓰러졌을지도 몰랐다.

다행스럽게도 화진일은 목숨을 건졌고, 가문 사람들의 협공을 받아 상처를 입은 흉수는 고강한 경공을 펼쳐 화씨세가 안으로 몸을 숨겨 버렸다. 그리고는 아직까지 발견되지 않은 것이다.

예상외로 강한 흉수의 무공에 경각심을 느낀 화씨세가에서는 즉시 없어진 것들을 찾아보았지만 사라진 것은 아무것도 없었다.

한참을 찾아도 도둑맞은 물건을 찾지 못한 세가의 사람들은 도둑이 소각로 근처에서 얼쩡거렸다는 사실을 감안하여 소각로에서 태울 만한 서류나 비급에 중점을 두어 수색하였다. 그러나 그것 역시 특별히 사라진 것은 없었다.

그러다 하루가 더 지난 후 부친 화운성이 화연옥에게 와서 숙소에 두었던 종이 뭉치 한 개가 없어진 것 같다는 말을 했다.

하지만 그것 역시 확실한 것이 아니었다.

화연옥이 몇 번 더 채근하자 검술 연습에만 모든 신경을 쓰고 있었던 부친 화운성은 자신없는 표정으로 그것을 정말 잃어버렸는지, 아니면 그날 아침 스스로 태워 버렸는지 기억하지도 못했다.

검술에 매진할 때의 화운성은 언제나 그런 식이었고 어떤 때는 밥을 챙겨 먹었는지 빼먹었는지도 기억하지 못하는 때가 많았다. 그런 연유로 화연옥은 그 사실을 가족들에게 알리지 않고 일단 유보하고 있던 참이었다.

"그건 아직 말씀드릴 수가 없어요. 공자님이 도둑과 한패가 아니라는 완벽한 확신이 없기에… 아니, 그것보다는 아직 확실한 것이 아니기에……."

화연옥의 대답에 무영은 잠시 눈 사이를 모았다. 그녀의 설명대로라면 도둑이 훔쳐 간 물건조차 무언지 제대로 확신하지 못하고 있다는 말이었다.

"그럼 조금 바꾸어 질문하지요. 만약 도둑이 훔쳐 갔을 것으로 짐작되는 그것이 밖으로 흘러나가면 어떤 결과가 발생합니까?"

"글쎄요…… 확실치 않지만 만약 제가 짐작하는 그것이라 하더라도 그것만 가져가 봐야 아무 쓸모도 없을 것 같은데……. 하지만 모르죠. 일대종사 수준의 절정고수라면 무슨 소용이 있을지도……."

화연옥은 말끝을 흐렸지만 무영의 눈은 날카로운 빛을 발하고 있었다.

"혹시… 가문의 무공과 관계되는 것입니까?"

무영이 불쑥 질문을 던지자 화연옥은 쓴 입맛을 다셨다.

"제가 너무 단초를 많이 제공했군요. 비슷하다고 보면 돼요."

화연옥은 고개를 끄덕이며 기대감 어린 표정으로 무영을 주시했다.

그녀의 말대로 아직까지는 완전히 무영을 믿을 수 없지만 왠지 적은 아니라는 느낌을 받았다. 그것만으로도 일단은 안심이었다. 자신이 던진 단 몇 마디 말로도 핵심을 짚어내는 칼날처럼 날카로운 이 사람이 적이라면 정말 끔찍스러울 것 같았다.

화연옥은 속으로 긴 한숨을 내쉬었다.

적이 아니라면 지금부터는 보검처럼 벼려진 이 사내의 날카로움을 이용하여 흉수를 잡고 싶은 욕망이 샘솟았다. 그 날카로움에 자칫 자신의 손을 베인다 할지라도 그 칼을 휘두르고 싶었다.

"도둑이 들게 된 때부터 지금까지의 경위를 설명해 주시오, 되도록 상세히."

무영의 요구에 잠시 뜸을 들인 화연옥은 바깥의 동정을 살폈다.

"신경 쓸 필요 없소, 음파를 차단하고 있으니."

무영의 말에 고개를 끄덕인 화연옥은 그날부터 지금까지의 일을 비교적 상세히 설명해 주었다.

무영은 미동도 않고 화연옥의 설명을 듣다가 입을 열었다.

"내부자의 소행으로 의심한 적은 없습니까?"

무영의 질문에 화연옥은 즉시 고개를 저었다.

"그건 아니에요. 우리 집안에는 그 정도의 경공과 은신술을 펼칠 사람이 없어요. 무공에 비해 그자의 경공은 예상을 훨씬 뛰어넘을 정도로 가공했다고 들었어요. 그래서 부상당한 몸으로도 가문의 사람들을 따돌리고 몸을 숨겼지요. 도주와 은신술을 펼치는 능력에 있어서는 탁월한 수준이었기에 흥수는 그런 방면에 있어서 고도의 수련을 받은 사람으로 짐작하고 있어요."

화연옥은 완강하게 고개를 저었다. 그러나 무영은 조금도 수긍하지 않는 표정으로 말을 이었다.

"천하의 화씨세가에 숨어들어 무언가를 훔치고, 탈출하다가 부상당한 몸으로 다시 세가 안으로 숨어들어 종적이 묘연할 수 있다는 것은 내부자가 아니면 절대로 불가능해 보이는데… 제 가설에 무리가 있습니까?"

무영의 질문에 화연옥이 잠시 답을 하지 못하고 멍하니 무영을 쳐다보았다.

절대로 내부자가 아니라는 생각과 함께 흥수를 찾으려 했는데 무영의 지적을 듣고 보니 머릿속에 굳건히 자리 잡고 있던 두꺼운 벽 하나가 와르르 무너지는 기분이었다.

"공자님 가설에는 반박할 말이 없군요. 하지만…… 자랑은 아니지만 우리 가문 사람들은 누구보다 눈매가 날카로워요. 그래서 한 번 본 사람 얼굴은 잘 잊어먹지 않아요. 우리 가문 가솔 중에는 절대 그런 사람이 없어요."

화연옥은 확신에 찬 목소리로 답했다.

"그자가 가솔이 아니라 처음 보는 사람이라면 내부자가 공모하여 그를 숨겨주었다고 볼 수 있겠지요. 그래서 손님 중에서는 찾아내지 못했을 테고……."

무영의 말에 화연옥은 뇌리에서 또 하나의 벽이 허물어지고 있는 느낌이 들었다. 하지만 아직까지도 가솔 중 누군가가 공모자라는 생각은 하고 싶지 않았다. 가족이나 하인 중 어떤 사람도 그럴 만한 사람은 없었다. 그들보다는 아직 완전히 다 조사하지 못한 손님들 중에 흉수가 숨어 있을 것 같았다.

"절정고수가 아니라면 훔쳐 가봐야 소용없을 것이라고 했는데… 그 절정고수의 수준이 어느 정도면 소용이 있겠소? 무황성주 정도라면 어떨까요?"

한동안 화연옥이 갈피를 잡지 못하고 있자 무영이 단도직입적으로 말했다.

"무황성주?"

상념에 잠겨 있던 화연옥은 화들짝 놀라며 크게 뜨여진 눈으로 무영을 쳐다보았다.

"무황성주라니요? 갑자기 왜 그런 비약을?"

집 안에 숨어든 좀도둑을 잡는 일에 왜 무황성주가 등장한단 말인가?

화연옥은 무영의 지적이 도저히 이해가 되지 않았다.

"이곳 화씨세가로 오던 사람들 중에서도 갑자기 무황성의 습격을 받고 실종될 뻔한 일이 있었지요. 그 사람들 역시 처음에는 도저히 무황성이 왜 그런 일에 관여되어 있는지 납득하지 못했지만 결국 무황성이 맞았소. 소저로서는 너무 뜻밖이겠지만 난 두 가지 일에서 강한 동질성을 느끼고 있는 중이오."

무영이 차분하게 설명을 했다.

무영의 설명에 화연옥은 혼란이 가중되는 표정으로 무영을 뚫어져라 쳐다보았다. 그러다 무언가 떠올랐는지 조심스럽게 입을 열었다.

"설마… 화산파 사람들이?"

무영과 같이 온 화산파 손님들의 거동에서 몸 어딘가 상처를 입은 듯한 부자연스런 느낌을 받았다. 그러나 도검을 들고 다니는 무인들에겐 그런 것은 일상사나 마찬가지이기에 깊이 생각하지 않았는데 지금 무영의 말을 듣고 보니 짚이는 게 있었다.

"화산파 사람들을 습격한 그들이 누군가요?"

화연옥은 무의식적으로 바깥의 동정을 살핀 후 낮은 음성으로 물었다.

"밀막이라더군요."

"밀막?"

화연옥의 눈 사이가 찌푸려졌다. 생전 처음 듣는 이름이었던 것이다.

"외밀원 소속이라고 했소."

무영이 다시 한 개의 단어를 더 던져 주었다.

"외밀원이라면 무황성의 보이지 않는 칼이라는…… 아!"

화연옥은 자신도 모르게 신음을 토하며 흠칫 몸을 떨었다.

자신이 아는 가솔들 중에서 무황성과 친분이 있는 사람이 떠올랐기 때문이다.

만약 지금 자신의 뇌리에 떠오른 그 사람이 공모자라면, 그래서 그가 이번 일을 꾸미고 그것을 훔쳐 내려 했다면…….

등줄기로 얼음물이 흘러내리는 기분이 들었다.

그건 정말 무서운 일이었다. 만약 그렇게 된다면?

그간 쌓아 올린 화씨세가의 명성은 땅에 떨어지고 화씨세가는, 그리고 자신의 가족은 헤어날 수 없는 풍파에 휘말리고 말 것이다.

부친 화운성은 최근 들어 만화검의 변화를 더욱 다양하게 하고, 그것을 일검 속에 가두는 수련은 중단하고 만화검법의 변초들 중에 섞여 있는 미세한 틈을 메우는 일에 혼신의 노력을 기울이고 있었다.

만화일섬검법은 천변만화하는 검법이라는 말답게 수많은 변초가 숨어 있었다. 그러다 보니 그 변초들 사이에 있는 틈도 만만치 않게 많았다. 그 틈들은 워낙 많은 변초들에 가려 거의 드러나 보이지 않았으나 그것을 잡아낼 만한 고수가 있다면 치명적인 약점이 될 터였다.

수많은 비무를 겪어왔지만 아직 그런 고수는 맞닥뜨리지 못하였다. 그리고 차후에도 그런 고수는 만날 일이 없다고 확신하고 있었다. 그 틈은 백부인 화위성이라도 정확히 집어낼 수 없을 정도로 미세한 수준이었기 때문이다.

소가주 화위성에 이어 만화검법을 대성한 화운성은 그 미세한 틈마저 용납할 수 없어 최근에는 그 틈을 메우는 데 주력하였다.

화운성은 그 수련을 하며 순간적으로 떠오른 착상을 종이 위에 선으로 그어놓았다.

　아무런 설명도 없이 순간적으로 떠오른 검로를 그려놓은 것이기에 그것이 만화검의 수많은 변초들 중 어느 초식의 어느 부분인지는 본인밖에 알 수 없었다. 만화검을 익힌 화씨세가의 식구들이라 할지라도 그것을 제대로 알아보기는 힘들 터였다. 그런 정도이니 가문의 사람이 아닌 다른 사람이 보았다면 그냥 서너 살 된 아이가 붓을 들어 아무렇게나 그어댄 낙서로 보일 것이다.

　그런 연유로 부친은 대수롭게 생각하지 않고 처소의 서탁 위에 놓아두었다가 며칠 후에 한꺼번에 소각해 버릴 생각이었다.

　그런데 도둑이 든 날 그것이 사라져 버린 것 같다고 했다. 물론 확실한 것은 아니라는 단서하에…….

　그런 만큼 놈이 무언가 실수를 하여 잘못 가져갔을 수도 있다고 생각했다.

　완성되지도, 아무런 설명도 없는 낙서 같은 선들만 그려진 종이에서 무언가를 알아내는 것은 불가능할 것이기에.

　그런데 그 배후가 무황성이라면?

　그렇다면 사정이 백팔십도로 달라진다.

　그들이라면 그 낙서 같은 선들에서 무언가를 찾아낼 수 있을 것이다. 최악의 경우 만화검법의 약점을 찾아내어 파훼법을 만들어낼 수도 있을 것이다.

　그런 가정이 가능하려면 흉수는 만화검법의 틈을 메우는 화운성의 최근 수련을 알고 있어야 한다는 말이다. 그래야만 거의 낙서나 마찬가지인 그 종이의 중요성을 인식하여 훔쳐 갈 생각을 하고, 한 장이라도 더 얻기 위하여 소각장마저 조사한 것이리라.

화연옥의 뇌리로 재차 한 사람의 얼굴이 떠올랐다.

부친 화운성이 행한 최근의 수련을 아는 사람이었다. 그리고 무황성의 어떤 인물과도 친분을 맺고 있는 사람이었다.

절대로 그럴 사람이 아니라고 고개가 절로 흔들어졌지만, 부친의 낙서가 만화검법의 약점에 관한 것이라는 사실을 아는 사람은 자신과 그뿐이었다.

화연옥은 자리에서 벌떡 일어섰다.

무황성이란 단어와 함께 자신의 뇌리에 떠오른 한 사람이 겹쳐지자 들불을 만난 것처럼 마음이 급해진 것이다.

"무언가 짐작 가는 데가 있는 표정이군요."

무영은 화연옥의 표정을 주시하며 말했다.

"짐작 가는 일이 있긴 해요. 그러나……."

"내부의 일이라 밝히기 어렵다는 말인가요?"

"……"

"전 기억력이 나빠 남의 가문에서 일어난 일은 금방 까먹지요."

무영이 딱딱하게 굳은 표정을 하고 있는 화연옥을 향해 구슬리듯 말했다.

화연옥의 얼굴에 강한 갈등의 빛이 스쳐 지나갔다.

그동안 두텁게 가려졌던 뇌리 속의 안개를 매우 간단하게 걷어내 준 무영을 보니 고마움보다는 오히려 왠지 모를 두려움이 일었다. 그래서 당장 그 모든 것을 밝히고 같이 의논하는 것은 위험하다는 생각이 들었다.

"그래요. 뭔가 짚이는 것이 있긴 해요. 하지만 아직 확실치 않으니 좀 더 확실해지면……."

화연옥은 고개를 저으며 더 이상 의논하지 않으려 했다.

"이러고 있을 때가 아니라서… 전 그만 가봐야겠어요."

화연옥은 급히 몸을 돌리려 했다. 그러던 그녀는 어느 순간 흠칫 움직임을 멈추었다.

미소!

무어라고 설명할 수 없는 한줄기 미소가 그물처럼 전신을 옥죄어왔기 때문이다.

무성한 구레나룻 사이에서 흘러나오는 미소였다.

구레나룻에 뒤덮여 제대로 드러나지 않는 것 같았는데도 그 미소는 악마의 웃음처럼 전신을 얼어붙게 만들었다.

"앉으시오!"

미소가 사라진 입술에서 억양없는 목소리가 흘러나왔다.

화연옥은 온몸이 빙벽 속에 갇히는 듯한 착각에 빠져들었다. 높낮이없는 한줄기 음성이 얼음벽이 되어 사방에서 흘러나오는 느낌이었다.

화연옥은 자신이 검을 소지하지 않고 온 것을 뼈저리게 후회했다. 만약 손에 검이 들려 있다면 지금처럼 이렇게 몸이 굳어지지는 않을 것 같았다.

　"지금 소저가 생각하는 방식은 별로 바람직하지 않는 것 같소. 아까 말한 화산파의 제자들 중 어떤 사람도 좀 더 확실해지면 알려주겠다고 사부에게 사실을 다 말하지 않고 뜸을 들이다 갑자기 실종되어 버렸소. 그래서 그 사부는 흉수를 알지 못하고 자체적으로 조사를 하다가 같이 실종될 뻔했고."

　무영은 여전히 높낮이없는 음성으로 말했다.

　"당신…… 흉수와 한패인가요?"

　화연옥은 필사적으로 무영의 기세에 대항하여 겨우 입을 열었다.

　"아니오."

　무영이 단호하게 답했다.

　"그런데 왜……?"

　여전히 얼음벽에 갇힌 듯한 자세로 선 채 화연옥이 물었다.

　"난 얼굴에 비해 뇌력이 뒤떨어지는 여자를 싫어하지요."

　"그게 무슨……?"

　"다시 말해 멍청한 여자는 싫다는 말이지요."

　"……"

　"소저는 지금 멍청해지려 하고 있소. 물론 가문을 먼저 생각하는 소저의 입장은 충분히 이해하지만 소저의 방식대로 흉수를 잡으려 하다가는 놓치기 십상이오. 까닥하다간 소저가 실종될 수도 있고."

　무영이 끌어올렸던 기세를 조금 누그러뜨리며 말했다.

　화연옥은 비로소 사방에서 전신을 조여오던 두꺼운 얼음벽이 한 자쯤 뒤로 물러나는 느낌을 받았다.

　짧은 한숨을 토한 화연옥은 도로 자리에 앉았다. 그리고는 이마에 흐른 땀을 닦았다.

　화연옥은 흔들리는 눈으로 무영을 쳐다보았다.

　태어나서 이런 경험은 처음이었다.

　절정고수들은 손 하나 까닥하지 않고 끌어올린 기운만으로도 상대를 죽일 수 있다고 하더니 그 말이 빈말이 아닌 것 같았다.

　만약 이 사내가 이 자리에서 자신을 죽이려고 했다면?

　검을 들고 있었다고 해서 제대로 상대할 수 있었을까?

　여러 가지 생각이 두서없이 뇌리 속을 헤집고 지나갔다.

　세차게 머리를 흔든 화연옥이 무영을 뚫어져라 쳐다보았다.

　"누군가요, 당신은?"

　"장무영!"

　"그게 아니라……."

　"그것보다는 소저가 짐작하는 사람이 누군지 알려주시오."

　무영은 화연옥의 말을 자르며 질문했다.

　"그건……."

　"아까도 말했지만 멍청한 여자는 질색이오."

　"……."

　"좋소. 소저가 생각하는 방식대로 흉수를 잡을 수 있다고 칩시다. 화씨세가라면 그럴 능력이 있으니. 하지만 나에겐 그럴 만한 시간이 없소. 내일 아침에는 이곳을 떠날 생각이니 오늘 밤 안으로 그 도둑이란 자를 잡아 볼일을 좀 보아야 하오."

무영이 자신의 의중을 밝히자 화연옥은 복잡한 생각이 어린 눈으로 무영을 응시했다.

"제가 거절하면 이 자리에서 저를 제압해서라도 알아내겠죠?"

화연옥은 딱딱해진 음성으로 말했다.

"듣고 보니 그것도 한 가지 방법일 것 같소."

무영은 한층 더 기세를 누그러뜨리며 답했다.

이젠 완전히 사라진 얼음벽을 느끼며 화연옥은 마음을 진정시켰다. 그리고는 멍청하게 행동하려 한다는 무영의 말을 상기했다.

극비에 가까운 가문의 사정을 털어놓으며 무영에게 도움을 받기로 한 이상, 흉수를 잡는 일까지 맡기는 것이 나을 수도 있었다. 그러나 그것은 처음의 예상과는 달리 자신의 가족과 관련이 있었다.

만약 자신의 짐작이 맞고, 그 일이 밝혀진다면 어머니는 어떻게 되는 것일까?

실타래처럼 얽힌 심정과 함께 화연옥의 손끝이 자신도 모르는 사이에 떨리고 있었다.

"소저의 표정을 보니 가문의 사람들 중에서도 소저와 특히 가까운 사람이 관련된 것 같군요. 그렇다면 오히려 나를 이용하여 소리소문없이 조용히 처리하는 것이 더 좋지 않을까요?"

무영이 완전히 기세를 누그러뜨린 목소리로 말했다.

극심한 혼란에 빠져 있던 화연옥이 번개에 맞은 듯 화들짝 고개를 들었다. 그리고는 못 박힌 듯 무영을 쳐다보았다.

화연옥의 눈이 활활 타오르기 시작했다.

무영의 말이 백번 옳았다.

만약 가문의 사람들과 합세하여 이번 일을 처리한다면 흥수 정도야 충분히 잡을 수 있겠지만 그 뒤의 여파는 어떻게 감당할지 도무지 엄두가 나지 않았다.

그것은 자신에게 있어 여파를 넘어선 파국으로 이를 가능성이 컸다.

만약 이 사람이 소리소문없이 흥수를 잡고 그 일을 막아준다면?

지금으로선 그것 이상의 상황은 없을 것 같았다. 아니, 그것이 유일한 방책이었다.

'하지만 늑대를 잡으려고 호랑이를 끌어들이는 것이 아닐까?'

화연옥의 가슴에 마지막 갈등이 일었다.

"마음에 안 내킨다면 소저 생각대로 하시오. 지금 다시 생각해 보니 그자를 잡는다고 해도 내가 얻을 수 있는 것이 별로 없을 것 같군요. 그자가 외밀원 소속 밀막주보다 아는 것이 더 많을 것도 같지 않고……. 그러니 없던 일로 하고 난 일어서겠소."

화연옥이 막 입을 열려는 찰나 무영이 냉정하게 말하며 몸을 일으켰다.

"고, 공자님!"

화연옥이 놀란 표정과 함께 일어섰다. 그러나 무영은 어느새 등을 돌려 문고리를 잡고 있었다.

"미안해요. 제 생각이 짧았어요. 솔직히 말씀드려 지금으로서는 공자님의 제안이 유일한 방안 같아요. 도와주세요, 도와주신다면 어떤 대가라도 치르겠어요."

화연옥은 다급한 마음과는 달리 차분한 목소리로 말했다.

전혀 가늠할 수 없는 무영의 정체가 마음에 걸렸지만 지금은 호랑이가 아니라 악마라도 손을 잡을 수밖에 없었다.

"어떤 대가라도 가능하다……? 그런 말은 여자로서 함부로 던질 제안이 아닌 것 같은데."

무영이 빙긋 미소를 지으며 답했다.

"공자님 짐작대로 저에게는 그만큼 절실하다는 말이지요. 또한 그만한 도움을 받았으면 피를 뽑아서라도 보답하는 것이 무인, 아니, 인간의 도리지요. 그에 합당하는 대가를 드리겠어요."

화연옥은 긴 한숨을 내쉬며 말했다.

화연옥의 말에 무영은 속으로 입맛을 다셨다.

그녀의 표정과 떨리는 손끝으로 보아 이 일이 그녀에게 얼마나 심각한 일인지 익히 짐작할 수 있었다. 그래서 자리를 박차며 슬쩍 떠본 것인데 그녀는 무영의 의도를 읽고 한발 앞서 무영의 입장을 편하게 해주고 있었다.

“그렇다면 나 역시 편하게 말하겠소. 이번 일의 대가로 생각하고 언젠가 내가 부탁하면 소저 부친과 소저의 검을 한번 빌려주시오.”

“무황성과 맞서는 일인가요?”

화연옥이 깊숙한 눈으로 물었다.

“그럴지도……”

“그건 대가랄 수도 없군요. 만약 이번 일의 배후가 무황성이라면 전 혼자서라도 놈들을 향해 검을 휘두를 테니까요.”

화연옥의 눈에서 칼날 같은 안광이 뻗어 나왔다.

“그럼 타협이 된 것으로 하겠소. 이젠 소저의 짐작을 들어봅시다. 대신 비밀은 철저히 지켜 드리겠소.”

“믿겠어요. 정체는 짐작이 가지 않지만 약속을 어길 분은 아닌 것으로 보이니까요.”

화연옥은 고개를 끄덕인 후 입술을 달싹거렸다.

음파를 차단했다고 했음에도 불구하고 전음으로 알려주는 것으로 보아 그만큼 외부로 알려지지 않기를 바란다는 뜻이었다.

묵묵히 화연옥의 전음을 듣고 있던 무영의 눈이 날카롭게 빛났다.

전음의 내용은 그녀가 왜 그렇게 밝히기를 꺼리는지 수긍이 갈 만큼 의외였다.

아주 치밀하고 치가 떨릴 만큼 정교한 음모를 꾸며야만 가능할 일이 화씨세가 깊은 곳에 벌어졌다.

　아직까지 그들의 배후에 무황성이 버티고 있다는 증거는 없지만 냄새는 진하게 풍겼다.

　그런 음모를 꾸밀 만한 곳은 무황성뿐이었다.

　'요화극…….'

　무영은 밀막주로부터 알아낸 외밀원주의 이름을 떠올렸다.

　무황성 내에서도 정체가 거의 알려져 있지 않은 그가 배후일 가능성이 높았다.

　'이것도 운명인 것인가?'

　무영은 입가에 냉소를 피워 올렸다.

　조양방에 침투하여 무황성주의 제자들 중에 가장 머리가 좋다는 위건화를 잡은 것은 철저한 계획하에서였다. 그러나 오는 도중에 밀막의 습격을 받은 화산파 사람들을 만나 밀막주를 제거한 것이나, 이곳 화씨세가에서 무황성의 짓으로 짐작되는 사건에 맞닥뜨린 것은 전혀 예기치 못했던 일이었다. 그런데도 이런 일과 연속적으로 연관이 되는 것은 정말 공교로웠다.

　아마도 무황성에 대한 복수심으로 가득 찬 영혼이 자연스럽게 그런 기운이 있는 곳으로 자신을 이끄는 것 같았다. 그래서 생각이 운명을 결정한다는 말이 생겼을지도…….

　"실망스러운가요?"

　무영의 입가에 피어오른 냉소를 본 화연옥이 쓸쓸한 미소와 함께 말했다.

　만약 추측이 맞는다면 그건 자신 가족의 추악한 한 단면이 드러난 것이나 마찬가지다. 그것은 화연옥 자신이 발가벗겨져 무영 앞에 서 있는 것 같은 느낌이었다.

"인간은 약점투성이의 존재들이지요. 그 약점만 전문적으로 공략하는 자들을 만나면 평생 칼만 휘두르며 살아온 우직한 무인들은 속수무책이지요. 그런 인간들을 경멸했을 뿐이오."

무영은 입가에 묻어 있는 조소를 얼른 지우며 답했다.

무영의 말에 화연옥의 표정이 조금은 밝아지는 것 같았다.

"그럼 오늘 안에 일을 끝낼 생각인가요?"

잠시 후 화연옥이 긴장감을 감출 수 없는 음성으로 물었다.

무영은 묵묵히 고개만 끄덕였다.

"그럼 최대한 편하게 처리할 수 있게끔 몇 가지 더 알려 드리죠."

화연옥은 자신의 추측이 들어맞는다는 가정하에서 흉수에게 가장 쉽게 접근할 수 있는 방법과 그에 따른 부대 사항들을 상세히 가르쳐 주었다.

"고맙소. 아주 요긴한 정보요."

"만약 모든 것이 추측대로라면, 그래서 흉수가 소리없이 제거된다면 제가 더 고맙죠. 내 가족은 물론 가문의 큰 위기를 넘긴 것이니까요. 공자님이 제시한 대가와는 상관없이 큰 빚을 진 셈이에요."

화연옥이 가라앉은 목소리로 말했다.

"그렇다면 대가와는 상관없이 한 가지 부탁을 더 드리겠소."

"말씀하세요."

화연옥이 기쁜 표정으로 말했다.

"언젠가 조직을 하나 만들 생각입니다. 그때 소저께서는 집안 어른들을 설득하여 그 조직을 한 번만 지지해 주십시오."

무영은 무당 장문인 영진자에게 했던 것과 같은 부탁을 했다.

"조직?"

화연옥의 눈이 반짝하고 빛을 토했다.

이런 사내가 만든 조직이라면 대체 어떤 것일지 쉽게 상상이 되지 않았다. 모르긴 해도 무림에 큰 회오리를 일으킬 만한 조직이 분명할 것이다.

그런 조직으로 무황성과 상대한다면?

장차 무림은 혈풍 속으로 빠져들지도 몰랐다.

큰 기대감과 불안감을 동시에 느끼며 화연옥의 가슴은 자신도 모르게 진탕되었다.

"어떤… 조직을 만드실 생각인가요?"

화연옥은 조심스럽게 질문했다.

"그냥…… 이것저것 혼자 처리하려니 힘에 부쳐 조력자들을 좀 끌어들일 생각입니다."

"평범한 조력자들은 아니겠죠?"

"그랬다간 이 살벌한 강호에서 열흘도 못 견디겠지요."

무영이 담담한 음성으로 답했다.

"그럼, 저도 한 가지 부탁이 있어요."

화연옥은 눈을 빛내며 말했다.
"쩝! 세상에 공짜는 없다더니… 말해보시오."
"그 구레나룻…… 잠시만 떼었다 붙이시면 안 될까요?"
부탁을 하는 화연옥의 옥용이 발그레 물이 들었다.

第四十九章
뜻밖의 배신자

장홍관일

“외숙!”

문밖에서 들리는 꾀꼬리 같은 목소리에 서류 정리를 하며 열심히 붓을 놀리던 중년인은 고개를 들고 문 쪽을 응시했다.

“연옥이냐? 들어오너라.”

중년인은 반가운 표정과 함께 목소리를 높였다.

문이 열리고 화연옥이 들어왔다.

“공사다망하신 우리 질녀께서 어쩐 일이신가? 평소에는 차 한잔하자고 애원을 해도 바빠서 안 된다더니.”

중년인이 인자한 미소를 지으며 화연옥을 쳐다보았다.

중년인은 화연옥의 외숙인 오인목(吳仁沐)이었다.

오인목은 화연옥의 부친 화운성과 소싯적부터 호형호제하

며 지냈다. 그러다가 그의 누님이 화운성과 결혼을 하고 처남, 매부지간이 되자 일 년 중 반 이상은 이곳 화씨세가에서 머무르며 검술을 논하기도 하고 같이 수련을 하기도 하였다.

지금도 오인목은 화씨세가에서 몇 달째 머무르며 검법을 연구하고 있었다.

"아버님께서 외숙과 상의할 일이 있다고 연공실로 좀 오시래요."

화연옥은 상냥한 음성으로 자신이 이곳으로 온 목적을 밝혔다.

"매형께서?"

오인목의 얼굴에 한 가닥 의구심이 어렸다.

최근 연공실에 틀어박혀 수련에만 열중하는 화운성은 하루에 한 번 하는 식사마저도 정신줄을 놓은 사람처럼 잊어버려 식구들이 연공실 문을 수없이 두드려서 음식을 들게 하는 실정이었다. 그런 사람이 자신을 보자고 한다니 무척이나 의외였다.

"무슨 일로 그러신다더냐?"

오인목은 화연옥의 얼굴을 빤히 쳐다보며 물었다.

"그걸 제가 어떻게 알아요, 매번 두 분이서만 밀담을 나누면서."

화연옥은 어서 가자는 듯 자신이 앞장서서 오인목을 이끌었다.

"거참!"

오인목은 입맛을 한번 다신 후 의자에서 몸을 일으켜 화연옥을 따랐다.

두 사람이 나가고 잠시 후 오인목 처소의 문이 조용히 열렸다. 그리고 그곳으로 한 인영이 천천히 걸어 들어왔다.

구레나룻 수염이 온 얼굴을 덮은 청년이었다.

청년은 마치 자기 방에 들어오기라도 한 듯 아무런 거리낌 없이 오인목이 앉았던 자리에 털썩 주저앉아 오인목이 작성하던 서류를 손에 들고는 두 다리마저 탁자 위에 턱 걸쳤다.

"필체가 아주 좋군. 서예가로 나서도 큰 명성을 얻었겠어."

구레나룻청년은 감탄사를 토하며 서류를 한 장씩 넘겼다. 누가 보면 친구 방에 들어와 친구가 쓴 글씨를 감상하는 듯한 모습이었다.

"그런데… 이건 좀 이상하군."

구레나룻청년은 고개를 갸웃거리며 넘기던 서류 한 장을 따로 빼내 서탁 위에 내려놓았다.

"이것도 뭔가 좀 이상하군. 암호로 적어 어딘가로 보내는 문서 같은데……."

청년은 조금 더 큰 소리로 중얼거리고는 다시 한 장의 서류를 서탁 위에 놓았다.

"이렇게 작성된 문서들은 무황성으로 흘러들어 가려나?"

청년은 이제 옆에 있는 누군가와 대화라도 하듯이 큰 소리로 말했다.

청년의 음성과 함께 벽장 쪽에서 미세한 기운 한 가닥이 찰

나지간 흘러나오다가 급격히 사라졌다.

그것은 시체처럼 기운을 숨기고 있다가 무언가에 놀라 불식간에 생기를 흘리고는 아차! 하며 급히 단속하는 모습이었다.

벽장 쪽에서 순간적인 기운 한 가닥을 읽은 구레나룻청년의 입가에 차가운 미소가 걸렸다.

"이쯤 했으면 그만 나오는 게 어떻겠소? 서로 알 만한 사람들끼리 눈 가리고 아웅 하는 것은 꽤나 낯뜨거운 일 같소만. 후후!"

구레나룻청년 무영은 낮은 조소와 함께 벽장 쪽을 응시했다.

그러나 벽장 안에서는 한참 동안 아무런 기척이 들리지 않았다.

"무황성 사람들이면 뭔가 통할 줄 알았는데 영 아니군. 고함을 쳐서 화씨세가 사람들을 다 불러 모아야 하나?"

구레나룻청년은 정말 고함이라도 치려는 듯 두 손을 입에 모으고 길게 숨을 들이마셨다.

일렁.

마침내 벽장 쪽에서 한 가닥 살기가 흘러나왔다. 그리고는 벽장문이 열렸다.

"역시 무황성답구려!"

무영은 차가운 미소와 함께 벽장에서 모습을 드러낸 인영을 쳐다보았다.

매의 그것처럼 날카로운 눈을 한 중년인이었다. 체구는 호리호리한 편이었는데 온몸 곳곳에서 칼날이 튀어나올 만한 살벌함이 느껴졌다.

벽장 앞에 우뚝 선 중년인은 한참 동안 못 박힌 듯 무영을 노려보았다.

자신이 이곳에 숨어 있다는 사실을 간파한 것도 기가 막힐 일인데 무황성 소속이란 것까지 알고 있으니 흡사 귀신에 홀린 기분이었다.

이곳 은신처는 무황성 내에서도 아는 사람이 없었기에 더욱 혼란스러웠다. 그래서 밖에 포위망이 쳐져 있는지, 아니면 화씨세가의 무인들이 모두 몰려오고 있는지는 살필 겨를도 없이 무영만 노려보고 있었다.

"네놈…… 정체는?"

무영이 화씨세가 사람 같지는 않다고 판단한 중년인이 탁한 음성으로 물었다.

"며칠 사이에 그런 말 여러 번 듣는군……."

무영은 입맛을 다시며 중얼거렸다.

무영을 잡아먹을 듯이 노려보던 중년인은 조금 냉정을 찾았는지 바깥의 동정을 살폈다.

극심한 우려와는 달리 밖에서는 별다른 기척이 없는 것을 느낀 중년인은 조금 긴장을 풀며 한 발 더 무영 앞으로 다가왔다.

"그 거리라면 소리없이 날 처치할 수 있겠소?"

무영이 담담한 음성으로 물었다.

은밀하게 암기를 던져 무영을 처치할 생각을 하고 있던 중년인은 흠칫 신형을 굳혔다.

중년인은 다시 혼란에 빠졌다.

자신의 일거수일투족은 물론 의도까지도 손바닥 들여다보듯 짐작하고 있는 무영에게 암기를 던져 성공할 수 있을지 얼른 판단이 서지 않았다.

파앗—

잠시 혼란에 빠진 짧은 순간 오히려 무영의 손이 전광석화처럼 뻗어나갔다.

"헛!"

중년인이 외마디 비명을 질렀다.

시종 느긋하게 앉아 있던 무영이 이렇게 갑작스럽게 손을 쓸 줄은 몰랐던 것이다.

놀람도 잠시, 신속히 상체를 튼 중년인은 매의 갈고리 같이 손가락을 구부려 무영의 손목을 낚아채 갔다.

어느새 그의 손가락에는 푸르스름한 빛을 발하는 철조(鐵爪)가 끼워져 있었다. 섬뜩하게 흘러나오는 그 푸른빛은 맹독이 발라져 있음을 직잠케 했다.

무영은 슬쩍 신형을 틀어 중년인의 철조 공격을 피했다.

무영이 펼친 수법은 일종의 허초 공격이었다. 그렇게 해서 중년인의 손에 숨겨져 있는 암기의 정체를 파악하고자 함이었다.

무영의 의도대로 자신의 손에 감추어두었던 무기가 적나라

하게 드러나자 중년인의 표정이 독사처럼 변했다.

숨기고 있다가 갑작스럽게 공격하여 선기를 취할 생각이었는데 오히려 무영이 펼친 기습 공격에 의해 모든 것이 무위로 돌아가고 만 것이다.

"여우 같은 놈!"

중년인은 잇새로 내뱉은 후 양손의 손가락들을 한 번 펼쳤다가 다시 구부렸다.

까가각!

철조가 섬뜩한 마찰음을 발출했다. 그와 동시에 중년인의 눈이 맹수의 그것처럼 빛났다.

파앗―

중년인의 갈고리 같은 손이 무영의 심장을 향해 쾌속하게 뻗어 나왔다.

철조로 순식간에 사람의 심장을 꺼내는 마조탈혼(魔爪奪魂)의 수법이었다.

스스스―

철조 끝이 무영의 상체로 다가들기도 전에 순간 무영의 손이 여러 개로 변화며 자욱한 손 그림자를 만들었다.

"허튼수작!"

중년인이 콧방귀를 뀌며 여러 개의 손 그림자 중 한 개를 향해 조권을 찍어왔다.

손 그림자들 중 실체를 향해 공격해 가던 중년인의 표정이 급격히 변했다.

그림자처럼 흐릿하던 손이 어느 순간에 은광을 가득 뿜으며 철조에 부딪쳐 오고 있었기 때문이다.

은광이 서린 저 손은 쇠처럼 단단할 것이 분명했다. 그리고 그 쇳덩이같이 단단한 손에 자신의 철조가 부딪친다면?

아마도 천장이 무너질 듯한 굉음이 울릴 것이다. 뒤이어 화씨세가의 사람들이 개떼처럼 몰려올 것은 불을 보듯 뻔했다.

파앗—

중년인은 찍어가던 철조의 방향을 틀어 무영의 팔꿈치를 할퀴어갔다.

팔꿈치의 관절이 부서지면 손도 무용지물이 될 터였다.

그러나 그것은 자신만의 생각이었다.

무영의 손바닥에 어려 있던 은색 광채는 어느 순간 날카로운 빛살로 형상화되어 중년인의 장심을 향해 쏘아졌다.

파앗—

철조의 쇳조각이 덮여 있지 않은 중년인의 장심에서 시뻘건 핏줄기가 튀었다.

"크윽!"

뒤늦게 중년인의 입에서 비명이 튀어나오며 철조를 낀 다른 한 손으로 손바닥 한가운데에 구멍이 난 손을 움켜쥐었다.

중년인의 얼굴이 흉신악살처럼 일그러졌다.

한쪽 손은 말짱하다지만 두 손으로 익힌 조권은 한쪽 손이 제 역할을 못하면 구멍이 송송 뚫린 우산을 쓴 것과 마찬가지다. 그 구멍을 통해 세찬 빗줄기는 그대로 스며들 수밖에 없다.

중년인은 세차게 이를 갈았다.

같이 마주쳤으면 이런 낭패는 당하지 않았을 것이다.

숨소리마저 죽이고 벽장에 숨어 있던 처지라 소란을 떨 수 없어 초식마저도 극히 제한적으로 쓸 수밖에 없었다.

놈은 그 점을 최대한 이용하여 빈틈을 노렸다.

"억울하시오? 그럼 지금부터는 음파를 차단할 테니 마음껏 휘둘러 보시오. 솔직히 말한다면 나 역시 소리없이 당신을 제압해야 하니까. 그렇다고 일부러 그걸 알려줄 필요는 없었고."

무영의 얼굴에 악동 같은 미소가 피어올랐다.

"교활한!"

중년인의 눈에서 쇠라도 녹일 듯한 살기가 뻗어 나왔다.

처음부터 화씨세가 사람들이 몰려오지 않는 것이 이상했는데 이놈 역시 소란을 피우지 못할, 무언가 떳떳하지 못한 구석이 있는 것이다. 그럼에도 불구하고 돌처럼 단단한 기운을 손바닥에 뭉쳐 자신을 상대하여 낭패를 당하게 만들었다.

자신이 끝까지 철조를 마주쳐 갔다면 놈이 먼저 손을 거두었을 것이다. 그럼에도 불구하고 놈은 자신이 그걸 모른다는 점을 최대한 이용하여 자신을 곤경에 빠뜨렸다.

"너무 억울해할 필요 없소. 소란 떨며 싸웠더라면 당신은 벌써 갈기갈기 찢어진 시신이 되었을 테니……."

중년인의 살기 어린 시선을 소가 닭 보듯 마주하던 무영은 입가에 차가운 미소를 머금었다.

그 미소를 대한 중년인은 섬뜩한 위기의식을 느꼈다. 그리고 불식간에 그의 등줄기에서 식은땀이 흘러내렸다.

그것은 천적을 마주한 동물이 본능적으로 느끼는 위기감 같은 것이었다. 비록 생전 처음 보는 천적이라 할지라도 몸이 먼저 느끼는 것과 같은 반응이었다.

"대체 누구냐, 네놈은?"

중년인은 제일 처음 했던 질문을 다시 했다.

"안다고 해서 상황이 달라지지도 않을 것 같소만."

무영의 대답에 다시 이를 뿌드득 간 사내는 세차게 손을 뿌려왔다.

흔들!

무영은 보법을 펼치지도 않은 채 그 자리에서 상체만 움직였다. 그로 인해 철조는 대기만 가득 움켜쥔 채 허공을 선회했다.

철조가 지나가자마자 갈대처럼 흔들린 무영의 상체는 원래의 자리로 되돌아왔다. 그 모습은 마치 철조가 무영의 허상을 공격한 후 힘만 빼고 돌아가는 것 같았다.

너무나 간단하게 자신의 공격을 무위로 돌린 무영을 보며 중년인은 딱딱하게 표정을 굳혔다.

가슴을 섬뜩하게 하는 순간이었다.

마치 빈 허공을 상대하는 듯한 느낌!

최소한의 동작으로 공격을 무위로 돌리고, 자신의 공격이 끝나기도 전에 다시 원래의 모습으로 돌아온 무영의 움직임은 그야말로 허깨비를 상대하는 것 같았다.

만약 놈이 반격을 했더라면?

그랬더라면 자신의 머리는 박살이 나도 몇 번은 났을 것 같았다. 그런 움직임이라면 충분히 그럴 수 있었을 것이다.

중년인은 낮은·호흡으로 진탕된 내부를 다스린 후 은밀하게 손가락을 움직였다.

또 다른 암수를 펼치기 위한 사전 준비 동작이었다.

파앗!

준비를 끝낸 중년인이 다시 갈고리 같은 손을 뻗었다.

무영의 신형이 아까와 마찬가지로 아지랑이처럼 흔들렸다.

"죽어라!"

고함을 지른 사내가 두 손을 빠르게 뿌렸다.

쐐애액!

두 개의 철조가 사내의 손을 벗어나 허공을 선회했다.

무영의 신형이 흔들림과 함께 주르르 뒤로 물러났다. 그러자 철조 또한 허공에서 궤적을 바꾸며 무영의 신형을 그대로 쫓아갔다.

철조 끝에 눈에 잘 보이지도 않는 은사(銀絲)가 달려 있어 철조의 궤적을 마음대로 조종하는 것이다.

"별걸 다 하는군!"

마주 화답한 무영이 두 손을 빠르게 흔들어 철조를 쳐냈다.

그 순간 중년인의 두 팔도 크게 흔들렸다.

취리리릭!

철조에 달린 은사가 어지럽게 흩날리며 무영의 전신을 향해 날아들었다.

독이 묻어 있는 철조의 공격도 위협적이었지만, 그보다 더 위협적인 것은 철조에 달려 있는 은사를 이용한 공격이었다.

중년인이 세차게 흔든 손에 의해 눈에 잘 보이지도 않을 정도로 가는 은사는 치명적인 그물이 되어 상대를 덮쳐 간다.

그것이 손목에 걸리면 손목이 뎅겅 잘려 나가고, 목에 걸리면 목이 잘린다. 설사 잘리지 않더라도 목살을 파고들어 순식간에 경동맥을 잘라 죽음에 이르게 만든다.

"아주 인상적이군!"

사방을 에워싸며 그물처럼 날아드는 은사를 보며 감탄사를 토한 무영이 팔을 뻗었다.

어느새 그의 손에는 녹색이 선명한 옥피리가 들려 있었다.

파아앗!

녹광이 한 자루 장도처럼 위에서 아래로 떨어져 내렸다.

치치치칭!

날카로운 음향과 함께 은사가 모조리 끊어지며 허공에 흩날렸다. 그러는 중에도 철조는 중년인의 손으로 날아들었다.

"이게……!"

은사가 끊어진 채 되돌아온 철조를 손에 다시 긴 중년인이 신음을 토했다.

철조에 달린 은사는 검으로도 쉽게 끊어낼 수 없는 기물이었다. 그런데 녹광이 뿜어져 나오는 옥피리에 의해 토막토막 끊어져 바닥에 떨어져 내린 것이다.

중년인의 눈이 심하게 흔들렸다.

그것은 피리에 검처럼 날카로운 칼날이 숨겨져 있어서 그렇게 된 것이 아니었다.

피리에 스며든 가공할 내력!

그것이 도검으로도 쉽게 끊지 못하는 은사를 가닥가닥 끊어 버린 것이다.

중년인은 사방으로 먹구름이 밀려오는 느낌을 받았다. 도저히 자신의 상대가 아니란 생각이 뇌리에 가득 찬 때문이었다.

"이제 더 이상 숨긴 재주는 없는 것이오?"

무영이 중년인의 손에 다시 끼워진 철조를 보며 물었다.

중년인은 아무 대답도 없이 무영의 손에 들린 옥피리를 쳐다보았다.

"아직 한 가지가 남아 있지!"

중년인은 차가운 미소를 흘린 후 두 손을 세차게 뿌렸다.

째애액!

철조 두 개가 다시 허공을 갈랐다.

그러나 그것은 무영의 주의를 돌리기 위한 수법이었다.

무영이 철조를 피하는 순간 중년인은 소매 속에 든 환약 하나를 급히 입에 털어 넣었다.

독단을 삼키고 모든 것을 은폐하기 위한 극단적인 수법이었다.

피잉—

입에 털어 넣은 독단을 삼키려는 순간, 옥피리 끝에서 뿜어

저 나온 녹색 기운 한 가닥이 중년인의 목을 강타했다.

"컥!"

중년인은 입에 넣었던 환약을 도로 토해내며 그 자리에서 무너졌다.

"최후의 수단을 쓰려거든 누가 보아도 '나 이제 죽소!' 하는 생각을 읽게 만드는 그런 비감 어린 표정은 짓지 말아야지."

잠시 중년인을 내려다보던 무영은 중년인의 신형을 들어 올려 허리에 걸쳤다.

*　　*　　*

화연옥을 따라 연공실에 도착한 오인목은 어리둥절한 표정으로 화연옥을 쳐다보았다.

화운성이 연공실에서 만나자고 했다는 화연옥의 말과는 달리 연공실은 텅 비어 있었다. 또한 모든 것이 잘 정돈되어 있어 화운성이 수련을 하다 잠시 어디 간 것 같지도 않았다. 그리고 화연옥은 어쩐지 돌처럼 무거운 표정이 되어 있었다.

"매형은 어디 계시느냐?"

연공실 안을 이리저리 둘러보던 오인목이 물었다.

"잠시 어디 가신 모양이에요. 차 한잔 드시며 기다리세요. 그럼 제가 모시고 오겠습니다."

얼른 원래의 표정으로 돌아온 화연옥은 연공실 한쪽에 마련된 탁자에 자리를 권하며 풍로에 올려진 차 주담자를 들어 차를 따랐다.

"허허! 그동안 그렇게 차 한잔하자고 해도 기회가 닿지 않더니 이곳에서 뜻하지 않게 너하고 차를 마시게 되었구나."

오인목은 찻잔을 들어 올려 다향을 깊이 음미하며 인자한 목소리로 말했다.

'외숙……'

화연옥은 가슴이 찢어지는 느낌을 받았다.

외숙 오인목은 어릴 적부터 화연옥을 특별히 예뻐했다. 또한 화연옥도 그런 오인목을 아버지보다 더 따랐다.

만화검을 갈고닦는 데 반쯤 미쳐 버린 화운성이 가족을 잊어버리고 살 때에는 오인목이 아버지 역할을 하며 든든한 버팀목이 되어주었다. 그래서 화연옥은 이제껏 아버지의 부재를 거의 느끼지 못하고 자랐다.

그런데……

그가 배신자가 되어 무황성의 첩자 노릇을 하고 있다니?

이곳으로 외숙을 인도하여 오는 동안 차라리 무영을 만나지 않았더라면, 그래서 영원히 이 사실을 밝히지 못하고 넘어갔더라면 하고 얼마나 자책했는지 모른다.

'제발 아니기를……'

찻잔으로 얼굴을 가린 화연옥은 자신의 추측이 틀리기를, 설사 맞았다 하더라도 무영이 흉수를 잡지 못하고 놓쳐 버리기를 간절히 빌었다.

"어디 아픈 것이냐? 얼굴이 안 좋아 보이는구나."

찻잔을 내려놓은 오인목이 약간 걱정스런 표정과 함께 화연옥의 안색을 살폈다.

"아, 아니에요. 일이 많아 피곤해서 그런가 봐요."

화연옥은 고개를 흔들며 얼른 자신도 모르게 굳어진 표정을 풀었다.

"그렇구나. 요즘 잔치 준비로 눈코 뜰 새 없이 바쁘겠구나. 그 와중에……."

오인목은 무언가 말을 이으려다 얼른 입을 다물었다.

쿵!

화연옥의 가슴이 내려앉았다.

방금 오인목이 하려던 말은 가문에 든 도둑에 대한 것이었다. 그 말을 하려다 멈춘 것은 자신도 모르게 양심의 가책을 받았기 때문이리라.

화연옥은 가슴이 옥죄어오는 기분에 길게 심호흡을 했다.

그렇게 아니었으면 하고 바랐건만 점점 더 심중은 굳어져 가고 있었다.

'차라리 모든 걸 털어놓고… 외숙이 정말 배신자라면 도망치게 할까?'

화연옥은 그런 생각까지 하다가 흠칫 신형을 굳혔다.

연공실 밖에서 나직한 인기척이 들렸다.

부친이 자리를 비운 지금 이 시간, 이곳으로 올 사람은 한 사람밖에 없었다.

"매형께서 오시는 모양이구나."

오인목도 인기척을 느꼈는지 의자에서 몸을 일으켰다.

끼이익—

육중한 연공실 문이 열리며 한 인영이 안으로 들어왔다.

"아—"

화연옥은 외마디 비명을 질렀다. 그리고는 양손으로 자신의 입을 틀어막았다.

연공실로 들어선 사람은 무영이었다. 그리고 그 옆구리에는 축 늘어진 사내 하나가 끼워져 있었다.

"이, 이게……?"

반가운 기색으로 화운성을 맞이하려 몸을 일으켰던 오인목은 갑작스런 사태에 못 박힌 듯 그 자리에 서서 두 눈만 찢어져라 크게 떴다.

화운성 대신 연공실에 들어선 구레나룻 청년이 누군지는 모르지만 그 허리에 걸려 있는 인물은 한눈에도 알 수 있었다.

자신의 벽창에 몸을 숨기고 있던 무황성 외밀원 소속의 인물이었다.

"대체 이게……."

오인목은 귀신이라도 본 듯한 표정으로 화연옥을 쳐다보았다. 그러나 화연옥은 오인목의 시선을 마주하지 못하고 넋이 나간 듯 무영만 응시하고 있었다.

털썩—

무영은 옆구리에 끼고 있던 중년인을 연공실 한복판으로 던졌다.

　그는 피가 묻은 손바닥만 빼면 다른 곳에는 아무런 상처가 없는 것 같았는데 완전히 정신을 잃은 듯 미동도 않고 널브러졌다.

　"외숙…… 왜?"

　낙백한 표정으로 중년인만 응시하고 있던 화연옥이 울부짖는 목소리로 오인목을 향해 질문을 던졌다.

　그녀의 충혈된 두 눈은 쉴 새 없이 눈물을 흘리고 있었다.

　"어떻게 알았느냐? 그리고 저자는 누구냐?"

　한동안 할 말을 잃은 채 무영과 화연옥을 번갈아 쳐다보던 오인목이 마침내 갈라진 목소리로 물었다.

　"그게…… 무슨 상관인가요?"

　화연옥은 가슴까지 적시고 있는 눈물을 닦을 생각도 않고 대꾸했다.

　"그렇… 구나. 그게… 중요한 것은 아니구나."

　오인목은 갑자기 십 년쯤 늙어버린 모습으로 탄식을 토했다. 그리고는 의자에 털썩 주저앉았다.

　"전 외숙을 잘 알아요. 외숙은 절대로 이런 일을 벌일 사람이 아니에요. 무황성이 대체 어떤 위협을 가했나요?"

　화연옥은 여전히 흐르는 눈물을 감추지 못하며 물었다. 그러나 오인목은 참담한 표정을 한 채 한참 동안 입을 열지 않았다.

　"외숙!"

　화연옥이 다시 재촉을 했다.

“모두 내가 못난 탓이다. 내 욕심의 덫에 내가 걸린 것이다.”

오인목은 낙백한 음성으로 중얼거리듯 답했다.

“아니에요. 외숙은 욕심이 없는 사람이었어요. 그건 익히 잘 알아요.”

화연옥은 완강하게 고개를 저었다.

그녀의 말대로 오인목은 재물에 대한 욕심이 조금도 없었다. 그래서 언제나 빈털터리로 다녀 오히려 화연옥이 용돈을 소매 속으로 찔러 넣어주곤 했었다.

“사람의 욕심이란 게 재물에만 있는 것이 아니다. 무인의 가장 큰 욕심은 바로 무공에 있는 법이다.”

“그럼?”

화연옥의 눈이 크게 뜨여졌다.

第五十章

전화위복(轉禍爲福)

장홍관일

"어려서부터 지금까지 난 단 한 번도 네 아버지를 이겨본 적
이 없었다."

넋 나간 표정이었던 오인목의 눈에서 서서히 광채가 뻗어
나왔다.

무엇으로도 꺼지지 않을 불꽃처럼 뻗어 나오는 그 안광은
무공에 대한 한없는 열망이었다. 그 열망은 어떤 욕심보다도
더 강하고, 어떤 것으로도 대신할 수 없는 무인의 처절한 승부
욕 같은 것이었다.

"네 아버지보다 몇 배는 더 노력했지만 결과는 마찬가지였
다. 언제나 백지 한 장 차이로 네 아버지에게 패했다. 겉으로
는 아무런 내색을 하지 않았지만 그럴 때마다 미친 듯이 검술

수련을 했다. 하지만 다음에 다시 비무를 하면 역시 같은 결과였다. 언제나 네 아버지는 나보다 한발 앞서 있었다. 몇 달씩 이곳에 머무르면서까지 연구를 거듭했지만 결코 네 아버지를 뛰어넘을 수 없었다. 그러다가 나는 한 가지 사실을 절감하게 되었다. 그것은……."

오인목은 그 원인을 밝히는 것이 괴로운 듯 잠시 눈을 질끈 감고 심호흡을 했다.

"그것은 내가 네 아버지를 이기지 못한 것이 아니라… 우리 가문의 검법이 네 가문의 검법을 누르지 못한다는 것이다."

"외, 외숙!"

오인목의 목소리에서 참을 수 없는 통한을 느낀 화연옥은 놀란 눈으로 그를 쳐다보았다.

이제껏 단 한 번도 외숙의 이런 모습은 본 적이 없었다.

자신이 아는 외숙은 법없이도 살 사람이었고 누가 원한다면 입고 있는 옷이라도 벗어줄 만큼 욕심이 없었다.

그런데 지금 외숙의 모습은 백팔십도로 달라 보였다.

무공에 있어서 그는 세상 어떤 사람보다 탐욕스러워 보였다.

자기 가문의 무공을 발전시키기 위해서라면 어떤 짓도 할 사람 같았다. 그런 욕망의 틈으로 무황성의 흉계가 스며든 것 같았다.

"그래서 무황성과 손잡고 우리 가문을 부너뜨릴 생각을 하셨나요."

화연옥은 신랄한 음성으로 질문을 던졌다.

"네 가문에 해를 입힐 생각은 추호도 없었다. 그건 내 누님을 해하는 일이기에…… 처음에는 단지 고수들이 득실거리는 무황성의 도움을 얻어 우리 가문의 검법이 네 가문의 검법을 누를 수 있는 방법을 찾고 싶었다. 그런데 일이 흘러가는 모양을 보니 그게 아니었고, 어느새 나는 무황성의 첩자가 되어 있었다. 뒤늦게 후회했지만 이미 호랑이 등에 올라탄 형국이었다."

오인목은 자괴감을 이기지 못하는 듯 고개를 깊이 떨구었다가 한참 만에 들어 올렸다.

"이제라도 밝히고 싶었지만, 그렇게 되면…… 네 어머니이자 내 하나밖에 없는 누님을 자결로 몰고 갈 것 같았다."

오인목은 피를 토한 듯 말을 쏟아낸 후 다시 눈을 질끈 감았다.

"외숙!"

화연옥이 조용히 오인목의 손을 잡았다.

"다행히 이 일을 아는 사람은 아무도 없어요. 외숙과 저밖에 몰라요."

화연옥의 말에 오인목은 감았던 눈을 떴다. 그리고는 무영에게로 시선을 돌렸다.

"저 청년도 알고 있지 않느냐?"

"저 사람은 제 조력자예요. 그리고 협상을 했으니 절대로 발설치 않을 거예요."

화연옥은 조바심이 난 표정으로 말했다.

무공에 대한 열망이 누구보다 강하고, 담금질된 강철처럼 강직한 외숙이기에 굽히기보다는 꺾이는 쪽을 택할 가능성이 높았다. 이대로 두면 아마도 모든 것을 스스로 아버지에게 밝히고 파멸을 택할 것이다.

"협상이라니, 무슨 협상을 했단 것이냐? 아니, 그것보다 저 청년은 누구더냐?"

오인목은 비로소 냉정을 되찾고 무영의 정체에 대해 관심을 돌렸다.

지금 자신 앞에 벌어진 이 갑작스럽고 쉽게 믿어지지 않는 일의 발단은 저 청년임이 분명했다.

자신이 직접 손을 쓴다고 해도 족히 이각은 싸워야 제압할 수 있을 무황성 외밀원 소속의 사람이었다. 그런 사람을 이곳으로 와서 차 한 잔을 다 마시기 전에 완벽히 제압하여 끌고 올 수 있는 청년이라면 온 강호에 명성이 자자하고, 자신 역시 익히 알고 있어야 하거늘 저 청년은 정체조차 짐작되지 않았다.

"이 공자님은……."

화연옥은 말꼬리를 길게 늘였다.

그녀 역시 무영에 대해 모르긴 마찬가지였다.

"장무영이라고 합니다. 무황성과는 원한이 깊어 현재 놈들이 이곳저곳 뻗쳐 놓은 마수를 자르며 돌아다니고 있는 중입니다."

무영이 자신을 설명했지만 그것으로 오인목이 무언가를 짐작하기는 불가능했다.

　오인목은 잠시 동안 무영과 시선을 마주하다가 입을 열었다.

　"그렇다면 저놈의 정체를 미리 알고 이곳으로 왔다는 말인가?"

　"꼭 그렇지는 않습니다. 제가 이곳 화씨세가로 온 이유는 무당 장문인을 만나기 위해서였습니다. 그런데 우연찮게 이곳에도 무황성의 마수가 드리워져 있음을 느끼고 조금 파고들다 보니 여기까지 오게 되었지요."

　무영의 설명에 지금 상황은 조금 이해가 되었지만 그 밖에는 아무것도 짐작이 가지 않았다.

　"자신의 정체는 여전히 알려줄 수 없다는 말이군."

　오인목이 날카로운 시선과 함께 말했다.

　"조만간에 알게 될 것이라 생각합니다. 그것보다 지금은 이자를 처리하는 일이 우선이 아닌가 생각되는군요."

　무영은 쓰러져 있는 중년인에게 눈길을 주었다.

　"그래요, 외숙. 이자를 소리없이 처리하고 앞으로의 일을 도모해요. 그러면……."

　"난 하늘을 향해 얼굴을 들 수 없는 사람이다. 그러니 앞으로의 일은 내 스스로 누님 앞에……."

　"그럴 결심이라면 지금 이 자리에서 제가 대협을 죽일 수밖에 없군요."

　무영이 불쑥 오인목의 말을 자르자 오인목과 화연옥은 꿀

먹은 벙어리처럼 무영의 입만 쳐다보았다.

"오늘 도와준 대가로 언젠가 화운성 대협과 화연옥 소저의 검을 빌리기로 협상했습니다. 그런데 지금 대협께서 대협의 매형과 누님을 찾아가셔서 혼란을 준다면 화운성 대협의 검은 꺾여 버리든지 형편없이 무뎌질 게 뻔하지요. 그건 제가 빌리고자 하는 검이 아닙니다. 제가 빌리고자 하는 검은 무황성마저 벌벌 떨 만큼 예리한 검입니다. 그 검을 무뎌지게 하는 일이라면 어떤 것도 묵과할 수가 없습니다."

무영은 품속으로 손을 넣어 묵광이 번쩍이는 철피리를 꺼내 들었다.

"고, 공자!"

화연옥이 얼른 나서며 무영 앞을 가로막았다.

무영이 무공을 펼치는 모습은 직접 보지 못했지만 어떤 수준일지는 짐작할 수 있었다.

화산의 청우자 일행을 처치하려 한 무황성 외밀원 소속 밀막을 궤멸시킨 사람이었다. 그리고 가문의 사람들도 놓쳐 버린 저 사내 역시 차 한 잔 마시기도 전에 제압하여 이곳으로 왔다.

만약 진심으로 무영이 외숙을 죽일 생각이라면 그 결과는 상상도 하기 싫었다.

화연옥은 더욱 완강하게 무영 앞을 막았지만 어느새 한 걸음 옆으로 밀려난 자신을 발견했다.

"여전히 같은 생각이십니까?"

화연옥을 한 손으로 밀쳐 낸 무영이 철피리를 쭈욱 내밀며
말했다.

"건방진!"

오인목이 볼살을 부르르 떨며 잇새로 내뱉었다. 그리고는
맨손으로라도 당장 무영에게 달려들 듯한 자세를 잡았다.

일촉즉발의 순간 무영이 입술을 움직였다.

"검을 익힌 무인에겐 검이 진실이자 모든 것을 결정짓는 판
관이기도 하지요. 그런 의미에서 내기를 하는 것이 어떻습니
까?"

"내기?"

오인목의 눈 사이가 급히 좁혀졌다.

"그렇습니다. 대협께서 이기면 뭐든 대협의 뜻대로 하시고,
반대로 제가 이기면 저와 화 소저 사이에 이루어진 협상에 대
협까지 포함되는 것으로……."

무영의 제안을 들은 화연옥의 눈빛이 반짝거렸다.

조카 앞에서 자신의 배신 행위가 드러난 오인목은 지독한
자괴감에 스스로 무너지려 하고 있었다. 그런 그에게 화연옥
이 모든 것을 덮어두자며 아무리 애원하더라도 무용지물이었
다. 오히려 조카마저 자신과 공범이 되게 했다는 자괴감만 더
키울 뿐이었다.

그런 엉킨 실타래처럼 복잡한 상황을 무영은 단칼에 베어버
리는 쾌도난마(快刀亂麻)와 같은 방법으로 해결해 나가고 있었
다.

　무인의 호승심을 교묘히 자극하며 무너지려는 오인목의 심중을 다스리게 하고, 내기라는 조건을 걸어 함부로 행동하지 못하게 제약을 걸고 있었다.

　무인에게 있어 비무를 통한 내기는 어떤 금제보다 더 강하게 작용하기에 죽고 싶어도 죽지 못하는 경우도 많았다.

　그렇게 무영은 오인목을 옭아매고 있었다.

　'제발!'

　화연옥은 외숙 오인목이 무영의 제안을 받아들이고, 더 나아가 완벽하게 패하기를 두 손 모아 빌었다.

　"자신없으면 안 하셔도 됩니다. 단 한 번도 화씨세가를 뛰어넘지 못한 검이라면 크게 탐나지도 않고……."

　무영은 교묘히 오인목의 호승심을 자극했다.

　"그런 어설픈 격장지계는 필요없네. 내기에 응하지. 내 기필코 자네를 꺾어 내 죄를 스스로 받도록 하겠네."

　오인목은 고개를 끄덕인 후 연공실 구석에 있는 검대(劍臺)로 다가가 검 한 자루를 집어 올렸다.

　지금 이 순간은 그 어떤 것보다도 검을 들고 싶었다. 그리고 그 검을 미친 듯이 휘두르며 자신의 영혼마저 베어버리고 싶은 심정이었다. 그렇게 해서 가슴속에 엉킨 참담한 자괴감을 조금이나마 잘라내고 싶었다.

　쨍―

　검이 뽑혀지며 청명한 검명이 연공실 안에 울려 퍼졌다.

　"음파를 차단할 수 있겠소?"

무영이 화연옥에게 물었다.

접객실에서 만났을 때 찻잔을 입가로 들어 올리며 날리던 전음 수법으로 보아 충분히 가능할 것 같았다.

"해보겠어요."

화연옥은 얼른 고개를 끄덕이며 단전에서 진기를 끌어올렸다. 그리고는 진기를 연공실 주변으로 퍼져 나가게 했다.

전음술보다는 더 넓은 범위까지 기파를 제어하는 수법이기에 진기 소모가 많겠지만 지금은 주화입마에 빠지는 한이 있더라도 해야 할 일이었다.

"그럼 시작해 봅시다."

무영이 성큼 앞으로 나서며 철피리를 슬쩍 흔들었다.

우웅─

철피리 끝에서 여름날 벌집을 건드린 듯한 소리가 흘러나오며 연공실 바닥의 미세한 먼지 한줄기가 분분히 피어올랐다.

오인목의 눈에 짙은 긴장감이 번져 나갔다.

단순히 슬쩍 흔드는 것만으로도 저런 정도의 기운이 흘러나오는 것은 극강한 내력의 소유자임을 반증하는 것이었다.

다시금 정체가 궁금함을 느끼며 오인목도 검을 들어 올렸다.

검을 들어 올림과 함께 오인목은 한 자루 검으로 동화되어 갔다.

그간의 모든 혼란함이 머릿속에서 지워져 나갔다. 또한 모든 자괴감이 사라지고 그 자리에 강한 승부욕 한 가지만이 가득 찼다.

'꼴깍!'

음파를 차단하면서도 화연옥은 마른침을 삼켰다.

외숙 오인목의 검법을 목격하는 것도 오랜만이었기에 그동안 또 어떤 진전을 이루었는지 궁금했다. 하지만 그것보다 정체를 짐작하기 힘든 무영의 무공이 어떠한지는 수십 배도 더 궁금했다.

하늘에서 떨어지듯 불쑥 나타나 홀로 무황성에 맞서겠다는 사내!

신비하다기보다는 왠지 위험천만한 기운을 더 많이 뿌리는 저 사내의 무공이 어떤 것인지 직접 견식한다는 사실에 화연옥의 손바닥에는 촉촉이 땀이 고였다.

"시작하겠네!"

뇌리 속의 잡념을 완전히 떨쳐 버린 오인목은 기수식을 취했다.

왼발을 반걸음쯤 앞으로 내밀고, 검을 쥔 두 손을 상체 뒤쪽으로 돌린 특이한 기수식이었다.

"제가 먼저 시작하지요."

오인목의 자세를 잠시 바라보던 무영이 성큼 걸음을 옮겼다. 연소자인 자신이 선공을 하겠다는 말이었다.

츄아악—

어느 순간 무영의 신형이 시커먼 그림자가 되어 오인목을 덮쳐 갔다.

이미 강한 경각심을 가지고 있던 오인목은 몸 뒤쪽으로 돌리고 있던 검을 빠르게 앞으로 쳐냈다.

취리리릿—

단 한 번의 검격에 수십 가닥의 바람이 찢기는 소리가 터져 나왔다.

오랜 기간 화씨세가의 만화검법과 겨루며 발전을 거듭한 검법답게 그의 검법 역시 변화가 극심한 환검이었다.

순식간에 오인목의 검은 큰 이불자락만 한 검망(劍網)을 만들어 무영의 전신을 덮쳐 갔다. 그러자 선공을 한 무영이 오인목이 쳐놓은 검망을 향해 달려드는 형국이 되어버렸다.

바람 한 점 새어나가지 못할 만큼 엄밀한 검망이 무영을 덮친다 싶은 순간, 무영이 묵색 피리를 일필휘지의 동작으로 주욱 그어 올렸다.

카카카카캉—

피리에 부딪친 검망에서 불꽃이 튀며 날카로운 금속성이 쉴 없이 터져 나왔다. 그리고 어느 순간 온 연공실 안에 가득 찼던 검망이 씻은 듯 사라졌다.

오인목의 동공이 급격히 확대되었다.

자신의 검망이 단순한 검격 한 번에 이렇게 허무하게 사라질 줄은 상상도 못했던 것이다.

"하앗!"

잠시 황망한 표정을 짓던 오인목은 한층 더 세차게 검을 뿌렸다.

좀 전보다 더 현란한 검법이 펼쳐지며 더욱 엄밀한 검망이 무영의 전신을 뒤덮어갔다.

무영은 아까처럼 초식의 특색이 드러나지 않는 수법으로 묵색 피리를 쳐올렸다. 그러나 같은 수법에 두 번이나 당할 오인목이 아니었다.

오인목의 검이 몇 번 뒤집히는 순간 그가 만든 검망은 그 매듭이 하나하나 끊어지며 수만 개의 세침(細鍼)처럼 무영의 전신을 향해 쏟아져 들었다.

무영의 눈에 짧은 순간 긴장의 빛이 어렸다.

만화검을 뛰어넘기 위해 무수한 수련을 거듭하고 진전을 이룬 오인목의 검은 생각보다 훨씬 무서웠다.

이런 식으로 검기를 자유자재로 뭉치고 뿌리며 치명적인 공격을 펼칠 줄은 몰랐다. 검법만으로 상대한다면 승리를 점칠 수가 없었다.

'어쩔 수 없군.'

무영은 속으로 탄성을 삼키며 철피리를 세차게 흔들었다.

무영의 철피리 끝이 무수한 변화를 일으키며, 그곳에서 은색 꽃송이들이 만천화우처럼 난무했다. 그리고는 세침처럼 날아드는 검기들을 모조리 봉쇄해 나갔다.

치치치칭—

기이한 음향과 함께 무영의 전신을 고슴도치라도 만들 듯이 쏟아지던 검기들이 모조리 사라졌다. 그리고는 잠시 정적이 감돌았다.

“화산파의 제자인가?”

오인목이 의구심 가득한 표정과 함께 무영에게 질문을 던졌다.

‘화산파?’

화연옥은 눈을 동그랗게 뜨고 오인목을 쳐다보았다.

난데없이 화산파라니?

무영이 화산파 사람들과 같이 왔지만 절대로 화산의 문도는 아니었다.

기질도 그랬고, 무공도 그랬다. 무영이 화산파라면 화산은 그동안 전혀 다른 문파로 변했다고 봐야 한다. 그런데 외숙 오인목은 무영을 향해 대뜸 화산파의 제자냐고 물었다.

화연옥은 눈 한 번 깜빡이지 않고 무영의 입만 쳐다보았다.

“아닙니다.”

예상대로 무영은 천천히 고개를 저었다.

“방금 그 초식은 화산의 매화검을 닮았네.”

오인목은 단도직입적으로 말했다.

자신의 검기를 쳐내던 현란한 꽃잎은 화산 매화검의 매화 송이와 흡사했다. 그 속에 담긴 기운이나 변화는 많이 달랐지만 그 근본은 매화검법이 분명했다.

“오래전 제 문파의 조사님께서 화산의 조사님과 인연이 있었습니다. 그래서 두 분의 검법에 서로 동화된 부분이 많지 않았나 생각됩니다.”

“화산파의 누구를 말함인가?”

오인목이 다시 질문을 던졌다. 무인으로서 숨길 수 없는 호기심이 그의 눈에 가득했다.

"그건 화산파 사람들에게 물어보시는 것이 옳을 것 같습니다."

무영은 화산파에서 그 사실을 밝히기를 꺼려할 수도 있다는 뜻을 피력했다.

"알겠네."

오인목은 묵묵히 고개를 끄덕였다. 그리고는 말을 이었다.

"정말 안계를 넓힐 만한 초식이었네. 화산파도 눈에 불을 켜고 탐낼 정도로……."

의미심장한 오인목의 말에 화연옥은 더욱 눈을 크게 뜨고 무영을 쳐다보았다.

화산 문도도 아니면서 화산도 탐을 낼 만한 매화검초를 익히고 있다면 앞으로 무영의 행보는 화산파와 절대로 무관할 수 없을 것이다. 이미 밀막의 습격에서 그들을 구해준 것으로 깊은 인연을 맺고 있지만.

"그럼 계속해 봄세."

오인목은 잠시 내렸던 검을 다시 들어 올렸다.

이번에는 기수식을 배제한 채 바로 검을 휘둘렀다.

파파파팟—

오인목의 검에서 눈이 부실 듯한 광채가 쏟아지며 사방이 온통 은광으로 뒤덮였다. 그리고는 예의 그 세침 같은 검기가 무영을 향해 무섭게 폭사되었다.

좀 전과 같은 수법이었지만 검기의 밀도는 훨씬 높고 거세었다.

쉬이익―

무영은 긴장감이 물든 표정과 함께 철피리를 흔들었다.

철피리에서 무수한 매화 꽃잎이 피어올라 세침처럼 쏟아지는 오인목의 검기에 대항해 갔다.

그 순간, 오인목의 손목이 현란하게 흔들리며 세침처럼 쏟아져 들던 검기가 무질서하게 비산했다. 그리고는 제각각의 궤적으로 날아드는 날파리처럼 무영의 전신으로 쇄도해 들었다.

화연옥은 자신도 모르게 터져 나오려는 신음을 억지로 삼켰다.

외숙 오인목의 검법은 자신의 예상을 훨씬 뛰어넘어 있었다. 저런 변화를 내포한 검초라면 부친 화운성의 검법에 비교해 정말 백지 한 장의 차이밖에 나지 않을 것 같았다.

그러나 지금은 그게 문제가 아니었다.

오인목의 현란한 검기는 무영이 펼친 매화 송이 모양의 검기를 피하며 무영의 전신으로 꽂혀들고 있었다. 그렇게 무영이 패하면 오인목은 화운성을 찾아가 스스로를 파멸시킬 것이다.

화연옥은 자신도 모르게 전장으로 뛰어들려다가 우뚝 신형을 굳혔다.

오인목에 못지않게 화려한 검초를 펼치던 무영의 피리 끝이 갑자기 변화를 멈추며 쭈욱 앞으로 뻗어 나왔다.

삼척동자도 뿌릴 수 있는 단순한 선인지로의 초식이었다.

피리 끝에 어떠한 움직임도 없었고, 어떤 변초도 내포되지 않았다. 그런 초식으로는 오인목이 뿌린 검기의 폭우를 하나도 제대로 막을 수 없을 것 같았다.

“아!”

화연옥이 마침내 신음을 터뜨렸다.

오인목이 뿌린 무수한 검기와 무영의 철피리가 마주치려는 순간 철피리 끝이 더욱 무겁게 굳어지며 폭음이 터져 나왔다.

그 폭음과 함께 만천화우처럼 쏟아지던 검기의 빛살 속에 커다란 동공이 생겼다. 그리고 그 동공 사이로 무영의 신형이 흐릿하게 빠져나갔다.

“이건!”

잠시 후 오인목의 입에서도 낮은 신음성이 터졌다.

현란하게 변화하는 오인목의 초식을 무력화시킨 것은 천주부동(天柱不動)의 수법이었다.

느림은 빠름을 이길 수 없고, 무변(無變)은 다변(多變)을 제압하지 못한다. 그것이 일반적인 무리(武理)였다.

그러나 그 수련이 극에 이르면 그 무리는 역으로 작용해 이정제동 후발제인(以靜制動 後發制人)의 오의에 다다르게 된다.

입으로는 그렇게 외치지만 결코 쉽게 체득할 수 없는 오의(奧義).

지금 오인목의 환검은 그렇게 파훼되어 버렸다.

"역시 그렇군! 와하하하!"

갑자기 오인목이 목이 터져라 광소를 터뜨렸다.

수십 년을 정진했지만 만화검법을 따라잡을 수 없었다. 그리고 작금에 이르러서는 영원히 불가능할 것도 같았다. 그래서 무황성의 마수에 걸려들기까지 했다.

하지만 이젠 무언가 보이는 것도 같았다.

변화가 스며들 수 없는 완벽한 정(靜)!

그것이면 가능성이 있을 것도 같았다.

그동안 이정제동의 무리(武理)를 생각해 보지 못한 것은 아니었다. 그러나 그럴 때마다 천하의 만화검에 이정제동으로 맞서는 것은 도저히 불가능한 것으로 느껴졌고 시도해 볼 엄두가 나지 않았다.

하지만 결국은 그것으로 귀결되었다.

자신 가문의 검법으로 만화검법을 넘을 수 있는 방법은 그것뿐이었다.

"일부러 그 수법을 썼군!"

한동안 허공을 배회하던 오인목의 시선이 무영에게로 모아지며 말했다. 자신에게 무언가 깨우침을 주기 위해 그런 방법으로 상대한 것이 아니냐는 뜻이었다.

"그런 시건방을 떨 상황이 아니었습니다. 오로지 그 방법밖에는 없었습니다."

무영이 인상을 쓰며 자신의 몸 곳곳을 쳐다보았다.

오인목의 검기가 스친 겉옷 곳곳에 칼자국이 만연했다. 그리고 그 칼자국 몇 곳에서는 선혈도 내비쳤다.

"내가 보기에 자넨 오로지 검만 익힌 검수는 아닐세. 그러니 다른 무공으로 파훼할 수도 있었지 않았나?"

오인목이 질문했다.

"그랬다간 둘 중 한 사람은 죽었겠지요."

무영이 빙글 돌려서 말했다.

"그렇군!"

오인목은 고개를 끄덕였다. 그리고는 들고 있던 검을 검갑에 넣은 후 검대에 도로 갖다 놓았다.

"내가 졌네."

오인목은 패배를 인정했다.

"외숙!"

화연옥이 동그랗게 뜬 눈으로 오인목을 쳐다보았다.

아직 승부는 끝나지 않았다. 아니, 엄밀히 말하자면 미세하나마 몸에 상처를 입은 쪽은 무영이었다. 그런데 오인목은 패배를 자인했다.

"저 청년의 무공은 비무보다는 파괴에 더 어울리는 무공이야. 억지로 대결을 끌고 가서 비무로는 유리한 국면에 이를지는 모르지만 결국에 내가 죽을 가망성이 훨씬 더 커. 그럼 내 죄를 씻을 기회는 영영 없어지겠지."

오인목은 잠시 말을 멈추었다가 다시 이었다.

"저 청년과 함께라면 놈들에게 복수할 수 있을 것 같구나."

"외숙, 그럼?"

화연옥의 표정에 강한 기대감이 어렸다.

"네가 저 청년과 맺은 협상에 동참하도록 하마. 내 죄과는 그 후에 달게 받기로 하고."

"정말 잘 생각하셨어요, 외숙. 정말……."

화연옥은 뛸 듯이 기뻐하며 오인목의 팔을 잡았다.

오인목은 아직도 자괴감을 떨치지 못한 표정이었지만 그 자괴감을 짙은 복수심으로 바꾸어 가슴 깊숙이 가라앉혔다. 또한 그 복수심은 무영과의 비무에서 얻은 깨달음과 함께 자신의 검법을 더욱 날카롭게 가는 원동력이 될 것이다.

'한 명의 조력자를 더 얻었군.'

무영은 뜻하지 않은 화씨세가에서의 수확에 조금은 느긋한 마음이 되었다.

화운성과 함께 그에 못지않은 오인목이 합세하면 화씨세가의 다른 사람들도 힘을 합할 가능성이 높았다. 또 화연옥이라면 충분히 그렇게 일을 꾸밀 수 있을 것이다.

"고마워요."

화연옥이 무영을 향해 고개를 숙였다. 그녀의 표정은 만근 바윗덩이를 내려놓은 것처럼 편안해 보였다.

"협상을 했을 뿐이오. 그것보다… 잠시만 자리를 비켜주시오. 난 저자에게 볼일이 좀 있소."

무영은 쓰러져 있는 중년인을 보며 말했다.

"왜……?"

화연옥이 무영과 중년인을 동시에 쳐다보며 의구심 가득한 눈을 했다.

"내 방식대로 저자에게서 뭘 좀 알아낼 생각이오. 그건 안 보는 게 좋을 거요."

무영이 낮게 가라앉은 음성으로 답하자 화연옥과 오인목은 긴장된 표정을 하다가 연공실 밖으로 나갔다.

第五十一章

부녀(父女)

장흥관일

다음날 아침 일찍 무영은 마소창과 부연호를 채근하여 길을
떠날 채비를 했다. 이곳에 온 목적을 완벽히 이루었으니 더 이
상 머무를 이유가 없었다.

"쯧쯧! 잔칫집에 와서 떡 하나 얻어먹지도 못하고 떠나다
니… 이거야말로 상갓집 개보다 못한 신세군."

부연호는 피곤의 기색이 가시지 않은 표정으로 혀를 찼다.

"어차피 이곳은 거쳐 가는 곳이니 떠나려면 한시라도 빨리
떠나는 것이 낫지요."

마소창이 바삐 행장을 꾸리며 대꾸했다.

"이 자식은 내가 무슨 말만 하면 꼬박꼬박 나서서 신경을 긁
고 있어. 아무래도 약발이 떨어진 모양이야."

부연호가 품속으로 손을 넣어 마령패를 꺼낼 듯 겁을 주자 마소창은 기겁하며 뒤로 물러났다.

마령패에 혼쭐이 난 지 며칠이 지났지만 마소창의 뇌리에는 아직도 그때의 공포감이 그대로 남아 있는 모양이었다.

"네놈 시건방에는 이게 약이다."

부연호는 만족한 미소와 함께 품에서 손을 빼냈다. 그의 손에 아무것도 없는 것을 본 마소창은 진땀을 닦으며 한숨을 내쉬었다.

"소련주의 권위를 상징하는 신패를 그렇게 가벼이 휘둘러서는 안 되네. 그럼 신패의 권위가 떨어지네."

두 사람의 실랑이를 내내 지켜보던 허복양이 엄한 표정으로 한마디 던졌다. 그는 어느새 떠날 채비를 다 갖추고 단정히 앉아 있었다.

"죄송합니다, 사형! 제가 아직 철이 덜 들어서……."

"알기는 아네요."

원군을 얻은 마소창은 기가 살아나며 다시 깐죽거렸다.

"휴우―"

부연호는 긴 한숨을 내쉬며 주먹으로 자신의 가슴을 몇 번 두드렸다.

무영은 고소와 함께 두 사람을 쳐다보다가 몸을 일으켰다. 화산파 사람들과 작별 인사를 하기 위해서였다.

"벌써 떠난단 말인가?"

무영이 화산파 사람들에게 작별 인사를 하자 청우자는 놀란 표정과 함께 목소리를 높였다.

무영이 언제까지 이곳에 머물 것이라고는 생각지 않았지만 아침 일찍 바로 떠나는 것은 뜻밖인 모양이었다.

정화영과 소혜진 등도 잠이 확 달아나는 표정으로 무영을 쳐다보았다.

"공자님, 어떻게 이렇게 빨리… 아직 잔치도 시작되지 않았는데……."

마침내 소혜진이 더듬거리며 말했다. 그녀의 눈동자에 갑작스런 공포감이 번져 나갔다.

무황성 밀막의 기억이 뇌리에 고스란히 남아 있는 그녀로서는 무의식적으로 무영을 큰 바람막이로 느끼고 있었다. 그래서 무영의 작별 인사는 그 바람막이를 갑작스럽게 걷어버리는 것과 같은 기분을 느끼게 했다.

"이곳에 온 목적은 잔치 때문이 아니었소."

무영이 간단하게 답했다.

어제 무당 장문인을 만나 목적을 이루었으니 더 머무를 이유가 없다는 말이었다.

"하지만……."

소혜진은 더 이상 할 말이 없어 입술만 깨물고는 정화영을 쳐다보았다.

소혜진과 달리 정화영은 아무런 말 없이 무영을 쳐다보고 있었지만 그녀의 눈에도 안타까운 감정이 가득했다.

"이렇게 갑자기 헤어지다니 너무 섭섭합니다. 그리고 다음
에 만나면 형님으로 모시겠습니다."

조운기는 무영의 손을 덥석 잡으며 아쉬움을 표했다.

조운기의 손에서 뜨거운 열기가 전해졌다. 생명의 은인이기
에 앞서 조운기는 무인으로서 진정한 강자에게 느끼는 경외감
을 무영에게서 느끼고 있었다.

"오래 살아 있다 보면 다시 만날 날도 있겠지요."

무영은 가볍게 고개를 끄덕인 후 조운기의 손을 놓았다.

"너희는 잠시 나가 있거라."

아쉬워하는 사질들의 표정을 묵묵히 쳐다보던 청우자가 조
용하게 말했다.

세 명의 사질은 잠깐 의아한 표정을 지었지만 이내 청우자
의 지시대로 숙소 밖으로 나갔다.

"부디 백진한 조사님의 신검을 되찾게 해주게."

두 사람만 있게 되자 청우자는 거두절미하고 말했다. 조금
더 여유를 갖고 차분하게 얘기를 꺼내려 생각하고 있었지만
이젠 그럴 여유가 없었다.

"그분의 검은 단순한 철검으로 알고 있습니다."

무영은 담담하게 답했다. 그러나 청우자의 표정은 조금도
바뀌지 않았다.

"내 말은 그런 뜻이 아닐세."

청우자는 생각을 정리하는 듯 잠시 입을 다문 후 다시 말을
이었다.

"그분의 검을 일컬어 신검이라는 별호로 칭하는 것이 아닐세. 신검은 그분의 검법을 말함일세."

"화산파 조사님의 검법을 왜 저에게서 찾겠다고 하십니까? 우선 그 영문부터 말씀해 주시지요."

무영은 여전히 무감동한 음성으로 대꾸했다. 표정만으로 보아서는 정말로 그 연유를 모르는 것 같기도 했다.

청우자는 잠시 무영의 얼굴을 뚫어져라 응시하다가 입을 열었다.

"이건 우리 화산파에서도 극비로 봉인된 이야기네……."

청우자는 그 사실을 강조한 후 말을 이었다.

"당시 화산 역사상 제일기재셨던 백 조사님은 화산의 검을 두 단계는 더 날카롭게 만들 검법을 수련하고 계시다가 도저히 넘기 힘든 벽에 부딪쳤네. 그때까지 이룬 성취만으로도 대적할 상대를 찾기 힘들어 신검으로 일컬어졌지만 그분은 한 개의 벽을 더 넘길 원하셨지. 그러다 천만뜻밖으로 자네의 조사님이신 파황객의 방문을 받았지. 그분 역시 자신의 무공의 약점을 보완하기 위해 도가의 본산인 무당으로 향하는 길에 우리 화산에 먼저 들르신 것이지. 두 분은 곧 서로의 비범함을 알아보고 비무를 행하셨네."

"누가 이겼습니까?"

무영은 청우자의 말을 불쑥 자르며 물었다. 그러나 청우자는 그에 대한 답을 하지 않고 말을 이었다.

"그 비무를 통해 두 분은 서로가 원하는 것을 이룰 수 있는 가능성을 발견한 모양이셨던지 다음날 두 분 모두 홀연히 사라져 버렸네. 뒤늦게 제자들이 찾아 나섰지만 종적을 발견할 길이 없었지. 그렇게 삼 년의 세월이 흐른 후 조사님으로부터 한 장의 서신이 전해져 왔네. 각고의 노력 끝에 벽을 넘어서고 머지않아 본 문으로 돌아오겠다고……. 또 그 서신에는 철저한 비밀에 부치라는 당부와 함께 자네 조사님이 자네 문파에 보내는 서신도 동봉되어 있었네. 물론 화산파는 그때 그것을 전한 것으로 아네. 그래서 긴 시간이 지나 자네 대에 와서라도 조사동을 찾은 것이겠지. 어쨌든 그 서신을 받은 후 본 문에서는 뛸 듯이 기뻐하며 학수고대하고 조사님을 기다렸지만 어떤 연유인지 그분은 끝내 돌아오시지 않았네. 자네가 조사동을 찾고 파황객의 진전을 얻었다면 무언가 연유를 알고 있을 것이라 생각하네. 또한 백진한 조사님의 신검에 대해서도 알 것이라 여기네."

청우자의 설명을 모두 들은 무영은 잠시 생각에 잠겼다가 입을 열었다.

"두 분 조사님은 갑작스럽게 찾아온 주화입마로 인해 그곳에서 생을 마감하신 듯 추측됩니다."

무영은 착잡한 표정으로 답했다.

"어떻게… 그런 일이? 일대종사의 무학을 지닌 분들이 그렇게 되시다니……."

청우자는 도저히 믿을 수 없다는 표정으로 탄식을 토했다.

무영은 두 조사님이 그렇게 된 연유를 충분히 짐작했지만 묵묵히 입을 다물고 있었다. 그건 상문 무공의 치명적인 약점이었다. 그것에 신검 백진한까지 휘말린 것이 틀림없었다. 자신 역시 그걸 없애기 위해 무당파 장문인을 만났던 것이고.

두 사람은 서로에게서 원하는 것을 이룰 가능성을 발견했으나 반밖에 성공하지 못했다고 볼 수 있었다.

신검 백진한은 상문 무공의 힘으로 장벽을 뛰어넘고 진정한 신검은 얻었지만 주화입마에 걸려 폐인이 되었고, 조사이신 파황객 역시 도가의 심법으로 본문 무공의 약점인 파멸의 기운을 씻어낼 방법은 찾았지만 자신의 대에서는 이루지 못하고 문파에 서신 한 장만을 전한 후 백진한과 같은 운명에 처했다.

그로 인해 상문은 제대로 빛을 보지도 못하고 오늘에 이른 것이다. 뿐만 아니라 파천황의 무공을 펼친 파황객이 상문 출신임이 밝혀질까 전전긍긍하며 숨어 살아야 했다. 만약 그 사실이 밝혀진다면 상문은 장보도를 지닌 촌부 신세가 되어 온 무림의 표적이 되었을 것이다.

유일하게 그 사실을 아는 화산이 비밀을 철저히 지킨 것을 보면 아마 그때 두 사람의 비무에서 파황객 조사님이 이긴 것 같다는 생각도 들었다.

"그렇다면 신검은…… 그곳에 백 조사님의 신검은 남겨져 있지 않았나?"

청우자는 목이 타들어가는 듯한 음성으로 물었다.

무영은 잠시 갈등하는 듯한 모습을 보이다가 마음을 결정했는지 입을 열었다.

“조사동 벽에 칼로 새긴 무공 구결이 있었습니다. 아마도 주화입마에 빠져 전해주지 못할 상황이 되자 언젠가 먼 훗날에라도 전해지길 빌며 석벽에 새겨놓은 것이 아닌가 생각됩니다.”

“그게, 그게 정말인가? 아니, 자네는 그것을 모두 익혔는가?”

청우자는 당장에라도 검으로 무영의 뇌리를 샅샅이 파헤칠 것 같은 기세로 물었다.

“저하고는 안 맞는 검법이었습니다. 그리고 핵심 부분은 화산의 암호로 짐작되는 구절로 표현되어 있어 알 수도 없었습니다. 저는 조사님의 검을 익혔습니다. 두 분이 공동으로 검을 연구하셨던 모양으로 화산검법의 향기가 많이 스며 있지만 신검은 아닙니다.”

“그, 그럼 그걸… 기억은 하는가?”

청우자의 눈빛이 활활 타오르고 있었다.

그것을 되찾기만 한다면 화산은 머지않아 구파일방의 선두에 설 수도 있을 것이다.

“지금 당장은 어렵겠지만 시간을 두고 짜내면 가능할 것도 같습니다.”

무영은 애매모호한 답변으로 청우자의 질문을 슬쩍 비켜갔다.

“제발 기억을 되살려 그걸 돌려주게. 그렇게만 해준다면 무릎이라도 꿇겠네.”

청우자는 정말 무릎을 꿇을 것 같은 자세를 잡았다.

무영은 얼른 손을 내밀어 청우자를 제지한 후 자신도 모르게 고개를 절레절레 저었다.

절정무공에 대한 집념!

고것은 도를 닦는 도사라고 해서 다르지 않았다. 오히려 그들이 더한 것 같았다.

"그럼 우선 기억나는 부분만 일러 드리지요. 다른 부분은 생각나는 대로 다시 알려 드리겠습니다."

무영은 입술을 달싹거리며 신검의 구절들을 전음으로 청우자에게 전했다.

청우자는 단 한마디도 놓치지 않겠다는 듯 온 신경을 귀에만 집중했다.

그러던 어느 순간 청우자의 표정에 당혹감이 어렸다. 그리고 결국 세차게 고개를 흔들었다.

"그만, 그만두게! 내 두뇌는 자네 두뇌와는 다르네. 지금 일러준 구절만으로도 책 두 권은 될 것 같네."

청우자는 한숨을 푸욱 내쉬며 기가 막힌다는 표정으로 무영을 처다보았다.

조금 전까지는 화산으로서는 최고의 보물이나 마찬가지인 신검의 구절을 필사라도 해오지 않은 무영이 야속하다는 생각도 들었다. 그러나 지금 보니 전혀 그럴 필요가 없을 것 같았다. 저런 가공할 기억력이라면 그런 것은 사족이나 마찬가지였다.

무영을 정시하던 청우자는 고개를 끄덕였다.

비로소 무영이 지금은 신검의 구절을 모두 기억하지 못한다고 한 말의 의미를 알았기 때문이다.

"우리가 무얼 해주면 나머지도 다 전해주겠는가?"

무영의 심중을 헤아린 청우자는 가라앉은 음성으로 물었다.

"무당 장문인께 언젠가 제가 만든 조직을 한 번만 지지해 달라는 부탁을 드렸습니다. 화산파도 그렇게 해주시면 최대한 기억을 되살려 보겠습니다."

무영은 빙긋 미소를 지은 후 솔직한 의중을 밝혔다.

"난 자네에게 생명을 빚졌네. 그런 일이라면 하지 말라고 해도 하겠네."

"그건 청우자 대협의 생각이지 화산파 장문인의 생각은 아니지요."

"알겠네. 내 필히 장문인을 설득하겠네. 아니, 설득하기 이전에 오늘 일을 알려만 주어도 장문인은 나와 같은 생각일 걸세."

"그럼 지금부터 열심히 떠올려 보도록 하지요."

보일 듯 말 듯한 미소를 지은 후 무영은 성큼 실내를 벗어났다.

"이젠 그만 들어가시지요, 대협!"

화씨세가 정문까지 따라 나온 청우자 일행을 향해 부연호가 포권하며 말했다.

방갓을 깊게 눌러쓴 그는 잔치를 구경하지 못하고 가는 것이 못내 아쉬운지 작별을 하면서도 화씨세가 안을 연신 쳐다보았다. 길게 이곳에 있다가는 특이한 용모 때문에 당장 본색이 드러날 것이 분명한데도 그는 여전히 태평스러웠다.

“이젠 무황성의 사운혁 공자를 만나러 갈 건가요?”

내내 침묵만 지키고 있던 정화영이 긴장이 역력한 표정으로 물었다.

아무리 무영이 뛰어나다고 하지만 상대는 무황성이다. 단신으로 그들을 상대하려 했다는 생각만으로도 여벌의 목숨이 열 개는 더 필요할 터였다.

“그래야겠지요.”

무영은 가볍게 고개를 끄덕였다.

“그냥… 위건화 공자를 넘겨줘 버리면 안 되나요? 그러면…….”

이번에는 소혜진이 나섰다.

“그러기엔 차가운 땅속에서 울부짖는 영혼들이 너무 많소.”

무영의 어조는 아무런 감정이 섞이지 않고 담담했지만 북해의 빙풍처럼 사방을 얼려 나갔다.

소혜진은 자신의 입을 손으로 가리며 얼어붙었고, 정화영과 조운기도 할 말을 찾지 못하고 경직되어 있었다.

“험험! 이 친구는 일 년 뒤에, 아니, 몇 년 뒤에 일어날 일까지 완벽히 계산하고 다니는 사람이니 크게 걱정하지 않아도 될 겁니다. 그보다는 아무 대책 없이 위험천만한 이 친구를 따

라다니는 내가 더 걱정인데…… 아무도 내 염려는 안 해주는
군요."

돌처럼 경직된 분위기를 깨며 부연호가 너스레를 떨었다.

"공자님도 조심하세요. 그리고 부디……."

"부디?"

소혜진의 말을 얼른 받아 되뇌는 부연호의 눈이 방갓 속에
서 장난기 가득한 빛을 뿜어냈다.

"부디…… 다시 만나길 빌겠어요."

소혜진은 발갛게 옥용을 물들이며 인사말을 끝맺었다.

부연호는 그녀의 말꼬리를 잡고 장난을 치려다가 세가 안쪽
에서 다가오는 사람들을 보며 흠칫 입을 다물었다.

두 명의 중년인과 한 명의 여인이었다.

중년인 두 명은 한눈에 보기에도 절정의 고수로 짐작되었
고, 여인은 정화영 정도의 나이에 금방이라도 천상으로 날아
갈 듯한 자태를 하고 있었다.

그들을 발견한 무영은 안광을 빛냈다.

오인목과 화연옥은 익히 알겠는데 다른 한 명의 중년인은
초면이었다.

"오늘 떠나신다고는 했지만 이렇게 일찍 서두를지는 몰랐
군요."

화연옥이 곧장 무영을 향해 다가와 말했다. 그녀의 표정에
는 숨길 수 없는 아쉬움이 번져 있었다.

갑작스런 화씨세가 사람들의 등장에 화산파 사람들은 물론

부연호 등의 눈에 강한 의구심이 번져 갔다.

무영과 자신들은 어제 오후쯤에 이곳에 도착했다. 그리고 무영은 곧바로 무당 장문인을 만나러 가서 밤중에 돌아왔다. 그 후 숙소에서 같이 잠을 잤고 아침 일찍 일어나 이렇게 떠나려 하고 있었다. 그런데 어떻게 저 여인과 두 중년인이 몸소 배웅을 나온단 말인가? 특히 저 여인은 하룻밤 사이 만리장성이라도 쌓은 것 같은 분위기가 아닌가?

소혜진과 정화영은 물론 허복양마저도 혼란스런 표정이 되어 무영과 화연옥에게 시선을 고정시키고 있었다.

"떠날 사람은 빨리 떠나야 정리가 되는 법이지요."

무영이 담담한 음성으로 답했다.

"아무리 그렇지만 기별이라도 해주고 떠나야 인사가 아닌가?"

오인목은 낮게 가라앉은 음성으로 말했다.

어젯밤의 번민을 모두 씻어낸 듯 그의 표정에는 바위처럼 강직한 기운만이 어려 있었다. 속으로 깊이 묻어둔 무황성에 대한 증오가 그렇게 표출되고 있는 것 같았다.

"그렇게 생각하신다면 죄송하군요."

무영은 빙긋 미소를 지은 후 화연옥에게 눈길을 주었다. 같이 온 또 다른 중년인의 정체가 궁금했기 때문이었다.

"아버님이세요."

화연옥이 간단히 부친을 소개했다.

짧은 순간 무영의 두 눈이 번쩍 빛을 발했다.

화운성!

만화검의 만변하는 초식을 단 일검에 가둔 화위성의 성취를 보고 오 년이란 세월 동안 폐관수련을 한 후 소가주 화위성으로부터 이만변을 일검 속에 가두었다는 평을 들은 사내!

그 이후로도 오로지 검술 연마에만 온 심혈을 기울여 무황성에서도 요주의 인물로 여겨 마수를 뻗친 사내였다.

무영은 잠시 화운성과 시선을 맞추었다.

순간적으로 무영은 자신의 육신이 화운성의 눈동자 속으로 빨려드는 것 같았다.

화운성의 눈은 아무것도 담기지 않은 텅 빈 동혈 같았다.

어찌 보면 순진무구한 어린아이의 눈 같았고, 더 나아가 검에만 미친 백치의 눈 같기도 했다. 그러나 서로 시선을 돌리기 직전 수유의 순간 번쩍하고 빛나던 안광은 산 하나를 통째로 날릴 만큼 강한 벼락같은 느낌을 주었다.

"네가 말한 대로 나를 꺾을 만큼 고수인 것 같긴 하구나. 그런데……."

화운성이 딸 화연옥을 보며 중얼거렸다.

"그런데요?"

화연옥이 눈을 반짝이며 부친을 바라보았다.

"내부가 너무 강하게 얼어 있구나. 그래서는 진정한 고수가 될 수 없지. 그런 경직된 내부는 결국 초식마저 얼어붙게 만들어."

화운성은 마치 허복양이 무영이나 부연호에게 하는 말투와

비슷하게 중얼거렸다.

"그럼 어떻게 해야 하나요?"

화연옥이 얼른 다시 물었다.

"글쎄다……."

화운성은 정말 어려운 문제에 부딪친 듯 난감한 표정을 지었다. 그리고 한참 동안 시선을 허공에 두고 고민을 했다.

"가진 것을 모두 버려야지."

한참 후에 화운성이 선문답처럼 답했다.

"뭘 가지고 있는데요?"

화연옥은 집요하게 매달렸다.

"희로애락! 오욕칠정!"

다시 한참 후에 화운성이 답했다.

"그걸 다 버리면 목석이지 인간인가요?"

화연옥은 비로소 미소를 머금으며 부친의 말을 받았다. 부친의 말은 그야말로 공자 왈 맹자 왈로 현실과는 동떨어진 얘기였다.

"평소는 아니더라도 검을 들고 무공을 펼치는 순간에는 그걸 버려야 해. 그래야만 자유롭게 초식을 구사할 수가 있어. 그런데 저 친구는 너무 얼어 있어. 쯧쯧!"

화운성이 가볍게 혀를 차며 말했다.

무영은 잠시 혼란한 심정이 되었다.

그녀가 부친을 이곳으로 모시고 온 이유를 짐작하기 힘들었다.

언젠가 도와주어야 할 사람을 미리 보여주려고 한 것 같기도 했고, 무영 자신에게 무언가 가르침을 주려고 한 것 같기도 했다.

어쨌든 내심을 예측하기 힘든 여인이었다.

"아버님을 뛰어넘을 고수를 만났다고 했더니 만사 제쳐 놓고 나오셨어요."

무영의 심중을 읽었는지 화연옥이 미소와 함께 설명했다.

"그럼 지금 한 번 검을 섞어볼 텐가?"

화운성이 불쑥 말하며 청우자가 차고 있는 검을 바라보았다. 여차하면 그것을 빌려 무영과 비무를 해보고 싶다는 표정이었다.

"아, 아네요, 아버님! 지금 공자님은 바쁜 일이 있어 가셔야 해요. 언젠가 다시 만나면 그때 비무를 해보세요."

화연옥이 화들짝 놀라며 부친의 앞을 가로막았다.

"그렇… 더냐? 아깝구나. 그럼 난 가봐야겠다. 할 일이 많아."

화운성은 아쉬운 입맛을 다시며 무영을 쳐다보다가 성큼 등을 돌리고는 세가 안으로 걸음을 옮겼다.

무영은 멍하니 화운성의 뒷모습을 쳐다보았다.

화운성이 처음부터 저런 사람은 아니었을 것이다. 화씨세가의 다른 사람들처럼 날카롭고 오성이 뛰어난 사람이 분명했을 것이다. 그러나 다른 모든 것과는 담을 쌓고 오로지 한 가지 일에만 몰두하다 보니 저렇게 세상과 동떨어진 사람이 된 것 같았다.

[고맙네.]

갑자기 들려온 전음성에 무영은 흠칫하고 상념에서 깨어났다.

사방을 두리번거리던 무영은 멀어져 가는 화운성의 등에 시선을 고정시켰다.

천만뜻밖에도 전음성은 화운성의 것이었다.

[일 년에 몇 번쯤은 나도 제정신이 든다네. 지금 이 순간이 지나고 또 검법에 미치다 보면 여기서 자네를 만난 사실마저도 꿈에서인지 생시에서인지 가물가물하겠지만 다행히 요 며칠 사이에는 뭔지 모를 큰 위기감에 정신을 바짝 차리고 있었네.]

또다시 들려온 화운성의 전음이 잠시 끊겼다가 이어졌다.

[어제저녁 연옥이가 억지로 나를 연공실에서 몰아낼 때 크게 이상함을 느끼고 되돌아와서 비밀 공간에 죽은 듯이 처박혀 있었다네. 음파를 차단하기 위해 딸아이가 펼치는 내공에 대항하면서 자네의 이목을 속이느라 반쯤 주화입마에 이르렀지만 모든 사실을 알 수 있었네.]

화운성의 전음이 다시 끊어졌다. 아마도 감정을 추스르는 모양이었다.

[내 딸아이의 근심과 내 안사람, 그리고 내 처남을 지켜주어 정말 고맙네. 잘 가게! 그리고 다시 만날 땐 한판 신명나게 겨뤄봄세.]

화운성의 전음성은 더 이상 이어지지 않았다.

무영은 잠시 도깨비에 홀린 기분이 되어 입마저 벌린 채 멍하니 화운성이 사라진 쪽을 쳐다보았다.

'정말 무서운 가문이야.'

무영은 속으로 탄성을 토했다.

오는 길에 제일 먼저 만난 화운성의 동생인 화준성에서부터 화연옥, 그리고 그녀의 부친 화운성…….

모두 칼날처럼 날카로운 안목과 오성을 가진 사람들이었다. 아마 그런 사실 때문에 무황성에서도 큰 경계심을 느끼고 마수를 펼쳐 놓은 것이리라.

어쨌든 뜻하지 않게 이곳에 와서 큰 원군을 얻었다.

어떤 폭풍우에도 끄떡하지 않는 거대한 전각 같은 무황성이지만 흰개미가 나무를 갉아먹듯 차근차근 공략해 나가면 언젠가는 폭삭 무너질 수도 있을 것이다.

"아버지는 이제 안채로 들어가셨어요."

화연옥의 목소리에 무영은 정신을 차리고 한곳에 고정시켰던 시선을 돌렸다. 그녀의 말대로 화운성의 모습은 이미 사라진 지 오래였다.

"뭔가 통하는 데가 있었던 모양인가?"

오인목도 화운성에 대한 무영의 과도한 관심이 뜻밖인지 흐릿한 미소와 함께 말했다.

"그런 모양입니다. 아주 많이 끌리는군요."

무영이 미소와 함께 답하자 화연옥의 표정이 환하게 빛났

다. 그녀는 부친 화운성이 모든 사정을 알고 있다는 것을 꿈에
도 짐작 못하겠지만 무영이 부친을 마음에 들어한다는 사실이
무척 기쁜 모양이었다.

　"그리고 이건 제 선물이에요."

　화연옥은 발갛게 옥용을 물들이며 손에 들고 있던 보자기
하나를 앞으로 내밀었다.

　"별건 아니고… 어제 옷을 찢어버렸으니 여벌의 옷이 필요
할 것 같아서……."

　화연옥은 무의식중에 정화영을 의식하는 듯한 기색과 함께
보따리를 무영에게 건넸다.

　"고맙소."

　무영은 별다른 표정 없이 화연옥이 내민 보따리를 받아 들
어 마소창에게 건넸다.

　어젯밤 오인목과의 비무를 통해 옷에 구멍이 숭숭 나서 숙
소로 돌아가자마자 얼른 여벌 옷으로 바꿔 입은 상태였기에
더 이상 여벌이 없었다.

　'이크!'

　두 사람을 지켜보던 부연호가 속으로 경호성을 토했다.

　소혜진과 정화영의 몸에서 강렬한 냉기가 피어오르고 있었
기 때문이다.

　아무런 정황을 모르는 상태에서 들은 화연옥의 말은 온갖
추측을 난무하게 만들 수 있었다. 그 정황이 어떤 것인지는 차
치하더라도 여인이 남자에게 옷을 선물한다는 것은 그 자체만

으로도 큰 의미를 부여할 수 있었다.

"고맙소, 소저! 안 그래도 저 친구 옷을 찢어버리는 바람에 없는 돈에 어떤 옷을 사주어야 하나 하고 고민하고 있었는데… 소저 덕분에 돈이 굳었소."

부연호가 얼른 나서서 몰려오는 냉기를 밀쳐 냈다. 그리고는 무영을 끌며 허복양을 쳐다보았다.

"사형! 이제 그만 발걸음을 옮기도록 하지요. 이러다간 아침에 이어 점심마저 굶게 생겼습니다."

부연호의 재촉으로 무영 일행은 천천히 등을 돌렸다.

청우자 일행과 화연옥, 오인목은 무영의 모습이 보이지 않을 때까지 화씨세가의 정문 앞에 서 있었다.

"정말 번갯불에 콩 볶아 먹을 친구로군. 대체 어젯밤 무슨 일이 있었던 건가? 무당 장문인을 만나는 자리에 화씨 소저도 있었던 건가?"

화연옥과 무영의 관계가 도저히 짐작 가지 않은 부연호는 고개를 절레절레 흔들며 무영에게 시선을 고정시켰다. 마소창과 허복양도 신기하다는 눈으로 무영을 쳐다보았다.

"우연치 않게 어떤 일에 휘말리게 되었네. 그걸 같이 해결하다 보니 안면을 트게 된 것이지."

무영이 심드렁하게 답했다.

"언제 그랬단 말인가? 무당 장문인을 만나고 다시 저 여인을 만났단 말인가?"

부연호는 여전히 납득이 안 간다는 기색으로 물었다.

"그런 셈일세."

"이거야 원! 여자와 안면을 트는 실력은 무공보다 더 뛰어나군. 놀랍군, 놀라워. 내가 자네에게 마도무학을 가르쳐 주는 대신 자네는 그 실력을 내게 좀 가르쳐 주게."

"그래서 뭘 하려나?"

"그야 뭐… 미모의 여인들로부터 흠모의 눈빛을 가득 받는 것은 언제나 즐거운 일이지. 암! 삶의 희열을 느끼는 일이고말고."

부연호는 고개를 주억거리며 너스레를 떨었다.

"나에게 있어서……."

잠시 동안 말을 끊었던 무영이 다시 입술을 움직였다.

"세상의 여자들은 다 죽은 것이나 마찬가지일세."

"……."

돌처럼 무거운 침묵이 한참 동안 이어졌다.

이번에는 부연호도 얼른 나서지 못했다.

"사부……."

뜻밖에도 먼저 나선 사람은 마소창이었다.

"그게 아까 그 소저의 부친이 말한 사부 가슴에 박힌 얼음덩어리 아닙니까? 그게 박혀 있으면 절대로 완벽한 고수가 될 수 없다고 했지 않습니까? 그럼 무황성주도 이길 수 없고……."

말을 마친 마소창은 무영을 바라보며 자신도 모르게 목을 움츠렸다.

이제껏 단 한 번도 화를 내거나 감정의 기복을 보이지 않던 사람이었다. 그러나 그런 고요함은 타오르는 불길보다 더 두려웠다.

그런 고요함이 어느 순간 폭발한다면 거대한 해일이나 마찬가지일 것이다. 그 해일이 지금 닥쳐올지도 몰랐기에 마소창은 무영의 눈치만 보았다.

무영은 여전히 고요하게 가라앉은 기색으로 입술을 움직였다.

"넌 고수의 자질이 엿보이는구나."

빙긋 웃은 무영은 마소창의 등을 두드렸다.

"사부……."

"내 걱정은 안 해주어도 된다. 우선은 어디 가서 아침부터 먹자. 뜨거운 국물을 마시면 얼음이 좀 녹을지도 모르니."

무영은 성큼 걸음을 옮기며 저잣거리가 있는 쪽으로 향했다.

*   *   *

"어찌 그런 일이?"

무영 일행과 이별을 하고 온 청우자는 아침을 든 후 무당 장문인 영진자의 처소를 방문했다. 그리고 그간의 일을 소상히 설명하자 영진자는 자신도 모르게 고함을 지르며 청우자를 쳐다보았다.

그의 눈에는 당혹감과 함께 도저히 믿을 수 없다는 불신의 빛이 강하게 어려 있었다.

그런 일을 벌인 무황성의 목적이 무엇인지는 짐작조차 가지 않았지만 그들이 화산파 문도들을 죽여 살인멸구를 시도했다는 사실만으로도 청천벽력과 같은 일이었다.

"무황성의 비밀 조직이 화산파 사람들을 죽이려 했다니? 진정 그게 사실이란 말이오, 청우자?"

영진자는 여전히 불신 가득한 표정으로 다시 물었다.

"제가 장문인 앞에서 어찌 허언을 늘어놓겠습니까. 그 일은 저뿐만 아니라 제 사질들, 그리고 추풍신개도 같이 겪은 것인데."

청우자는 무겁게 가라앉은 음성과 함께 길게 한숨을 내쉬었다.

"허어ㅡ"

영진자는 긴 탄식을 토했다.

"추풍신개는 대체 그들의 목적이 무언지 짐작 가는 데라도 있는지요?"

영진자는 시선을 돌려 추풍신개에게 질문을 던졌다.

"이곳으로 오면서 내내 생각해 보았지만 도저히 알 수가 없습니다. 그들이 무엇이 부족해서 온 무림에 첩자를 심어놓고 동태를 감시하는지, 그리고 더 나아가 살인도 불사하는지……."

추풍신개는 고개를 가로저었다.

개방의 인물이니 청우자보다는 더 많은 것을 알고 있을 것

인데 그 역시 짐작이 힘들다고 하니 영진자는 더 이상 그에게
질문을 하지 않았다.

"그것이 사실이라면 보통 심각한 일이 아닐 수 없구려. 백번
양보하여 다른 문파 곳곳에 첩자를 심어놓은 것은 정보 수집
을 위한 것이라 치더라도 화산파 문도들을 아무 거리낌 없이
살해하려고 했다는 것은 절대로 그냥 넘길 수 없는 일이오. 하
지만… 너무 갑작스런 일이라 무슨 대책을 세워야 할지도 모
르겠구려."

영진자는 당혹스런 표정과 함께 긴 한숨을 내쉬었다.

"우선은 이곳 화씨세가로 온 각 문파의 명숙들에게라도 이
사실을 알리고 경각심을 일깨우는 것이 좋을 것 같습니다. 마
침 대부분 문파에서 명숙들이 참석했으니……."

추풍신개가 신중한 표정으로 의견을 제시했다.

"그것 좋은 생각이구려. 다들 쉽게 믿지 않겠지만 한 번쯤
의심을 하며 경각심은 가지게 될 것이오. 그것만으로도 한 가
지 대책일 수가 있겠지요. 그리고 그 과정에서 다른 좋은 의견
이 도출될 수도 있을 것이고."

영진자는 고개를 끄덕이며 추풍신개의 말에 동의했다. 그러
나 청우자는 무거운 표정을 풀지 않고 묵묵히 듣고만 있었다.

"왜 그러시오, 청우자? 마음에 걸리는 일이라도……?"

영진자가 의아한 눈길로 물었다.

"어제 장문인께서 만났던 그 청년이 밀막주를 심문해서 몇
가지를 알아냈는데… 대부분의 문파에 무황성의 첩자가 스며

들어 있다고 했습니다. 그렇다면 이곳으로 온 명숙들 중에서도 첩자가 있을 가능성이 있지요. 오히려 타초경사(打草驚蛇)하여 놈들의 꼬리를 감추게 하는 결과를 초래할 수도 있습니다."

"그렇구려. 그런 문제가 있구려. 그런데……."

영진자가 의미심장한 표정을 지은 후 말을 이었다.

"청우자께서는 내가 그들에게 포섭당했으면 어쩌려고 이렇게 모든 것을 털어놓으시오?"

"그렇다면 정파무림은 더 이상 기대할 것도, 지킬 것도 없으니 시궁창에 빠지든 똥통에 빠지든 눈 막고 귀 막은 채 더 깊은 산으로 들어가야지요."

청우자는 단호한 음성으로 말했다.

"청우자께서 이 사람을 그렇게 무겁게 생각해 주신다니 어깨가 무거워 제대로 앉아 있을 수가 없구려. 허허!"

영진자는 비로소 긴장을 풀고 너털웃음을 터뜨렸다. 그러나 청우자의 표정은 더욱 굳어지며 난감한 기색마저 번져 나갔다.

"다른 할 말이 있는지요, 청우자?"

영진자가 차분한 음성으로 분위기를 누그러뜨렸다.

추풍신개는 청우자가 지금 하려는 말이 무엇인지 짐작이 가기에 마른침을 꿀꺽 삼켰다.

"실은……."

"말해보시지요."

"장문인을 완벽하게 믿을 수밖에 없는 이유가 하나 더 있습니다."

청우자는 긴 한숨을 내쉰 후 말을 이었다.

"장문인께서 만났던 그 청년이 밀막주를 심문하여 알아낸 것이 또 있는데… 밀막주가 정체를 실토한 첩자 두 사람 중 한 사람은 하북팽가의 팽소강이고, 다른 한 사람은…… 무당의 허진자라고 했습니다."

"뭣이?"

영진자의 목소리가 폭발하듯이 터져 나왔다.

무황성의 첩자가 자신의 문파에도 스며들었다니?

도의 본산지이자 소림과 함께 백도무림의 양대 산맥이라고 할 수 있는 무당에 배신자가 있다니?

그것은 마치 온 무당이 더러운 오물을 뒤집어쓴 것과 같은 느낌이었다.

"정녕, 정녕 그것이 사실이오?"

영진자의 탐스런 수염이 부르르 떨리고 있었다. 그에게 있어서는 무황성이 화산파 사람들을 죽이려 했다는 사실보다 무당에 배신자가 있다는 사실이 몇 배는 더 큰 충격을 주는 것 같았다.

허진자라면 자신과 같은 배분으로 여러 사제 중의 한 명이었다.

나이 차이가 열 살가량 되었기에 영진자는 그가 무당에 입문하던 어린 시절부터 지금까지 속속들이 알고 있었다.

총명하고 밝은 사제였다.

또한 무공에 대한 자질도 뛰어났다. 그리고 지금은 무당의 일대제자로서 더없이 믿음직한 대들보가 되어 있었다.

그런데 어떻게 그가 배신을 할 수 있단 말인가?

무엇이 그로 하여금 배신자의 길로 빠져들게 만들었을까?

영진자는 넋을 놓고 허진자에 대해 생각했다.

그의 약점이 될 만한 것, 그가 예외적으로 집착하는 것, 그가 야망을 품었을 만한 것들!

아무것도 짚이지 않았다.

그렇다면 그는 함정에라도 빠졌단 말인가?

"도저히 믿을 수 없는 일이오!"

영진자는 세차게 고개를 흔들었다.

"당시 밀막주는 이지를 상실한 상태에서 그 말을 토해냈으니 절대로 거짓은 아닐 것입니다. 또 그 청년을 직접 만나보셨으니…… 그 청년이 무슨 허튼수작을 부릴 사람이 아니라는 것은 판단하셨으리라 생각합니다."

청우자는 더욱 조심스런 음성으로 말했다.

"허허!"

영진자는 긴 탄식과 함께 허공에 두었던 시선을 모았다.

"시간이 지나면 알게 되겠지요. 그리고 괴롭기 짝이 없는 일이긴 하지만 모르고 있던 것보다는 다행이고……."

영진자의 목소리에서 기운이 다 빠져나간 듯했다.

잠시 후 영진자의 눈이 번쩍 빛을 토했다.

“위험 요소는 좀 있겠지만 이곳에 참석한 명숙들 중 절대로 첩자일 수 없는 사람들을 추려보도록 하지요. 그래서 그들과 비밀 회동을 하여 앞으로의 일을 의논해 보도록 합시다.”

영진자는 감정의 소용돌이에서 빠져나온 듯 침착한 음성으로 말했다.

“그렇게 하지요.”

추풍신개가 고개를 끄덕이며 답했다. 넓은 정보망을 가진 그가 이번 일에 제격이었다.

“그리고… 그 청년……”

영진자는 조심스럽게 입을 열었다.

“나에게 와서 자신의 볼일을 보고 난 후 무엇 때문에 그런 일을 하느냐는 내 질문에 아무도 없는 곳에서는 더없이 사악하면서 남들이 보는 데서는 천하에 다시없는 군자처럼 행동하는 위선자의 가면을 벗겨보고자 함이라 했소. 그때는 그 뜻을 짐작하지 못했는데……”

“그 청년의 목표는 무황성주가 아닐까 생각됩니다.”

청우자가 자신의 짐작을 말했다.

“그 청년은 어디 있소?”

영진자가 물었다. 무영이 한 말의 의미를 알고 나니 그가 무황성주에 대해 많은 것을 알고 있을 것이라는 짐작이 들었기 때문이다.

“아침 일찍 떠났습니다.”

“떠났다고? 기별 한마디 없이? 허허!”

영진자의 눈에 아쉬움이 가득했다.

"이럴 줄 알았으면 어제 같이 만날 걸 그랬습니다. 이곳으로 오자마자 당장 장문인에게 달려와서 그간의 일을 고하고 의논을 하고 싶었습니다만 그 청년이 더 급해하는 것 같아 먼저 보냈지요. 그리고 밤늦게 숙소로 돌아왔기에 지금에야 장문인을 찾은 것인데……."

청우자는 자신이 이제야 영진자를 찾은 이유를 밝혔다.

"내가 그 청년과 헤어진 것은 저녁 식사 때쯤인데……."

영진자가 의아한 눈을 했다.

"그렇습니까? 저는 장문인과 그때까지 같이 있는 줄 알았는데… 그럼 그때 화운성 부녀와 만났단 말이로군요."

청우자는 무영 일행이 떠나는 자리에 화운성 부녀와 오인목이 배웅 나왔던 사실을 떠올리며 수긍의 고갯짓을 했다.

무영이 이곳으로 온 것은 미리 정해진 것이 아니라 청우자 자신이 권했기 때문이다. 그런데 화운성 부녀가 배웅을 나오고, 또 보통 사이가 아닌 것 같아 납득이 가지 않았는데 그 공백의 시간 무영은 그들과 무슨 인연을 맺은 것 같다는 생각이 들었다.

'정말 종잡을 수 없는 청년이군.'

청우자는 속으로 혀를 찼다.

"당장 그 청년을 다시 볼 수 없다는 것이 아쉽긴 하지만 조만간 무당을 찾아오게 될 테니 그때 얘기를 나누기로 하고… 지금은 회동할 명숙들 명단을 추리고 은밀히 연락하도록 합시다."

영진자의 목소리가 무겁게 내리깔렸다.

"알겠습니다. 그리고 추풍신개."

청우자가 추풍신개를 쳐다보았다.

"말씀하시지요."

추풍신개는 차분한 표정으로 청우자를 마주보았다.

"개방의 천리신구(千里神鳩)를 지금 이용할 수 있겠는지요?"

"천리신구라면? 무슨 급한 연락을 할 일이라도?"

추풍신개의 눈에 의구심이 어렸다.

"본 파에 전갈을 보내야겠습니다. 가능하겠는지요?"

"그것이 불가능하다면 개방은 곧 무너지고 말겠지요. 한 시진만 기다리십시오."

추풍신개는 빙그레 미소를 지으며 답했다.

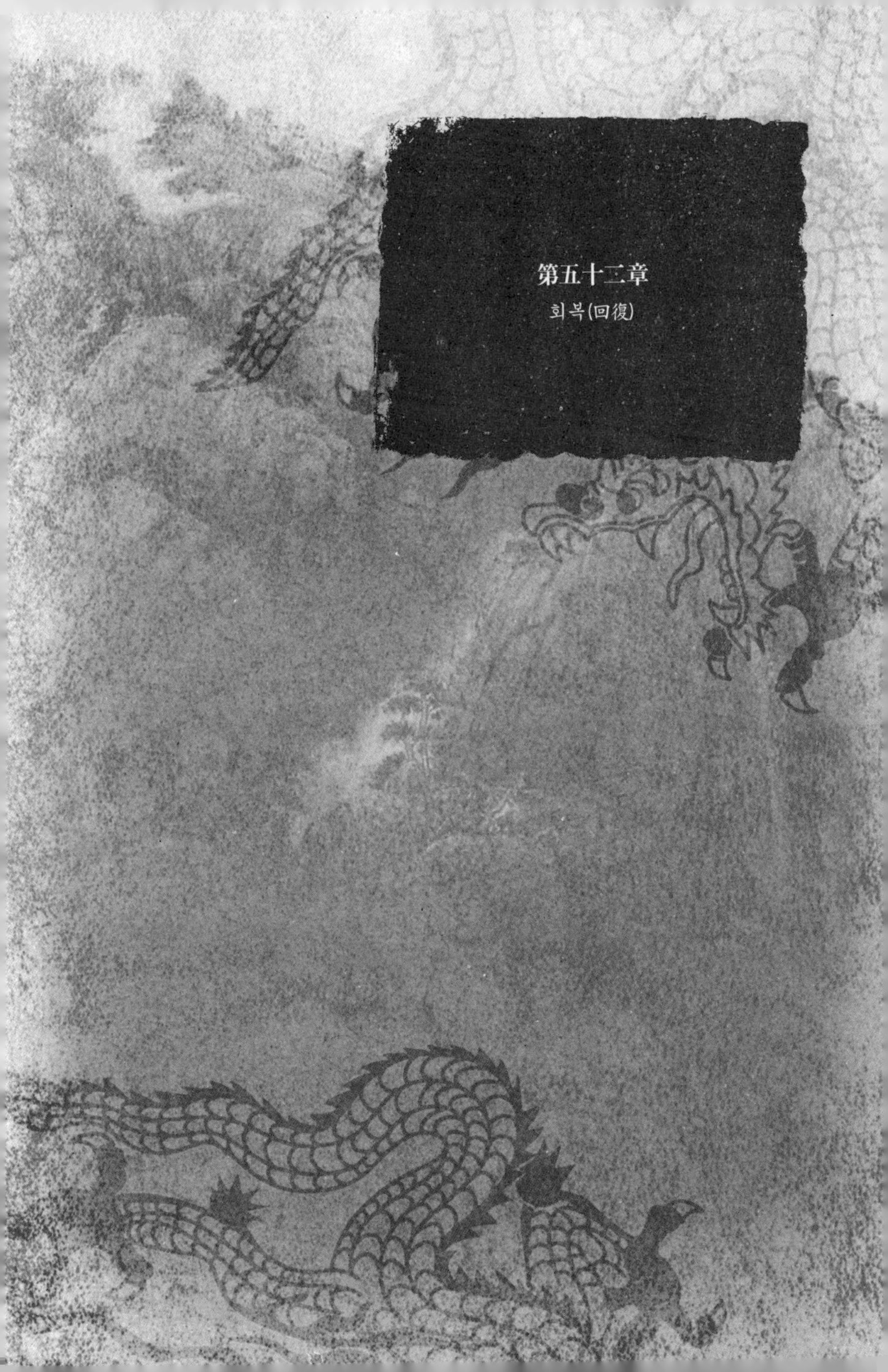
第五十二章
회복(回復)

장홍관일

크르르롱—

산이 무너질 듯한 포효 소리와 함께 괴물의 시뻘건 아가리가 암흑 동굴처럼 크게 벌어졌다. 벌어진 아가리 속에서는 사람을 질식시킬 만한 노린내가 풍겨 나왔다.

"아악!"

비명을 지르며 무의식적으로 손에 든 검을 괴물의 눈을 향해 찔러 넣었다.

온몸에 철갑처럼 딱딱한 비늘을 두른 괴물이지만 눈만큼은 약점이 될 것 같았다.

푸욱—

예상대로 검이 괴물의 눈으로 한 자도 넘게 박혀들었다.

크아아앙—

고막이 터질 듯한 큰 비명을 지른 괴물이 고통에 겨워 땅바닥에 뒹굴며 몸부림을 쳤다.

'됐어!'

금방이라도 기절할 것 같은 마음을 진정시키며 괴물의 다른 쪽 눈을 찌르기 위해 검을 치켜들었다.

두 눈이 검에 찔려 능력을 상실한 다음에야 아무리 흉포한 괴물이지만 물러서지 않을 수 없을 것이다. 그러지 못하더라도 최소한 흉성을 줄일 수는 있을 것이다.

크아아앙—

괴물은 다시 한 번 포효를 터뜨린 후 단검만큼이나 긴 발톱을 세워 검에 찔린 자신의 눈을 빼내었다.

파앗—

어린아이의 주먹만 한 눈알이 빠져나오면서 분수 같은 핏줄기가 튀었다.

핏줄기는 선홍색이 아닌 시커먼 묵색이었다.

괴물은 한 개만 남은 눈으로 당장에라도 찢어발길 듯 자신을 쳐다보았다.

'한 번만 더!'

검을 고쳐 쥐고 다른 눈을 찌를 자세를 잡았다.

그런데,

눈동자가 뽑혀진 괴물의 눈에서 터져 나오던 피가 뚝 멈추더니 놀랍게도 새로운 눈알이 불쑥 튀어 올라왔다.

흐물흐물한 막이 덮인 눈이었다.

번쩍!

순식간에 막이 벗겨져 나가며 새로 생겨난 눈에서 혈광이 쏟아졌다.

“아악!”

자신도 모르게 다시 비명이 터져 나왔다.

온통 도검불침의 비늘에 둘러싸인 괴물에게 있어 유일한 약점이라고 생각되었던 눈마저도 약점이 아니었다.

빠졌던 눈은 숨을 다섯 번도 내쉬기 전에 새로운 눈으로 재생되고 훨씬 더 흉포한 빛이 흘러나와 심혼마저 뒤흔들었다.

크아앙—

눈을 재생시킨 괴물이 긴 발톱을 모두 드러내며 허공으로 뛰어올랐다.

순식간에 온 세상이 칠흑으로 물들었다. 괴물의 커다란 덩치가 태양을 완전히 가려 버린 때문이다.

손에 든 검을 미친 듯이 뿌려댔다.

아무것도 보이지 않았기에 할 수 있는 행동은 그것뿐이었다.

“그런다고 살 수 있을 것 같나?”

갑자기 귓전에서 냉막하고 조롱 어린 목소리가 들렸다.

한 점의 온기도 없는 차가운 음성이었다.

“아아악—”

온몸에서 힘이 빠져 검을 떨어뜨린 후 목이 찢어져라 비명을 질렀다.

"언니!"

또 다른 고함 소리가 들리며 몸이 사정없이 흔들렸다.

단목진희는 진저리를 치며 벌떡 몸을 일으켰다.

어둠이 짙어져 가는 초저녁이었다. 그리고 이곳은 운가장에 있는 자신의 침실이었다.

온몸은 비를 맞은 듯 땀에 젖어 있었다. 얼굴에서는 세수라도 한 듯 땀이 흘러내렸다.

심신이 허약한 바람에 밤낮을 가리지 않고 자다 깨기를 반복하며 오후에 잠이 들었다가 악몽과 함께 지금 깨어났다.

"언니, 또 악몽을 꾼 건가요?"

운가장주의 셋째 딸 운자경(雲紫景)이 걱정스런 눈으로 단목진희를 바라보고 있었다.

계속 겪어온 가위눌림이었다.

처음 이곳으로 왔을 때는 하루도 빠지지 않고 악몽을 꾸었다. 그때는 가위에 눌려 죽을 수도 있을 것 같았다.

운가장 식구들의 극진한 보살핌으로 인해 이제는 며칠에 한 번 정도로 가위눌림에 시달렸지만 그 끔찍함은 여전했다.

괴물의 모습은 언제나 도검불침, 난공불락의 존재였다.

너무 강하고 흉맹스러워 마주 서 있기조차 힘들었다.

그런데 오늘은 조금 달랐다.

매번 일방적으로 쫓기다가 낭떠러지 아래로 떨어지거나 괴물의 아가리 속으로 빨려들면서 깨어났는데 오늘은 검을 휘둘러 괴물의 한쪽 눈을 찔렀다.

그건 스스로 생각해도 놀랄 만한 일이었다.

최초로 괴물과 맞서서 싸웠고 괴물의 몸에 상처까지 입혔다.

오늘 눈 한 개를 찔렀으니 다음 번에는 두 눈을 모두 찌르고 눈이 재생되기 전에 치명적인 약점을 찾아 숨통을 끊어놓을 수도 있을 것이다.

'됐어!'

단목진희는 불끈 주먹을 쥐었다.

그동안 통나무처럼 꼼짝 못하고 누워만 있었으나 내부에서는 치열한 투쟁을 벌였다. 그 투쟁의 결과가 오늘에서야 나타난 것이다.

이젠 공포에서 벗어나 예전으로 돌아갈 때였다. 그리고 더 나아가 자신에게 지독한 수모와 공포를 안겨준 대상에게 복수를 할 때였다.

단목진희는 긴 한숨을 내쉬었다.

"괜찮아요, 언니?"

운자경이 단목진희의 얼굴에 흐른 땀을 닦고 나서 걱정스러운 표정으로 물었다.

"괜찮아. 단순한 가위눌림이야."

단목진희는 고개를 끄덕이고 몸을 일으켰다.

"언니! 그냥 계세요. 온몸이 땀투성인데 감기 걸리겠어요."

운자경이 화들짝 놀라며 소리를 질렀다.

그동안 허약해질 대로 허약해진 단목진희였다. 육체적인 충격은 물론이거니와 커다란 정신적 충격에 거의 허깨비가 된 그녀였다.

우선 다섯 명의 호위 중 세 명을 잃었다. 남은 둘 중에서도 담대봉은 한 팔이 잘려 나가 무인으로서는 생명이 끝난 것이나 마찬가지였다.

또한 그녀 역시 무영과의 대결에서 큰 타격을 받았다.

그러나 그것은 조족지혈에 불과했다.

그녀가 받은 정신적 충격은 육체적인 것과는 비교 자체가 불가능할 정도로 막대했다.

부친의 셋째 제자이자 정인인 위건화!

그는 단목진희를 철저히 배반했다.

우선 그는 단목진희를 지켜주지 못하고 처참하게 패하여 인질이 되었다.

자신의 여자를 지켜주지 못하고 그 여자가 다른 남자에게 치욕을 당하게 하는 것은 남자로서는 최악의 일이었다. 그는 그렇게 단목진희에게 최악의 상황을 선사했다.

그러나 그보다 더 최악인 것은 화설금과의 은밀하고 추잡한 관계가 드러난 것이다.

그것은 단목진희에게 남은 마지막 기대마저 완전히 짓밟아 버린 것이다.

그 큰 정신적 충격을 육체적인 것에 비유한다면 천 길 낭떠러지에 맨몸으로 굴러 떨어진 것이나 마찬가지였다.

그런 충격 속에서 그녀는 그동안 식물인간처럼 누워 있기만 했었다.

그런 그녀가 처음으로 침상에서 몸을 일으키려 하고 있었다. 그것도 온몸이 물에 빠진 듯 땀에 젖은 모습으로.

운자경은 얼른 단목진희를 부축했다. 땀으로 축축한 그녀의 몸이 곧 허물어 내릴 듯이 위태로웠다.

"운기를 좀 해야겠어."

침상에 앉은 단목진희는 차분한 목소리로 말했다.

"정말이에요, 언니? 그럴 수 있어요?"

운자경은 놀란 눈으로 단목진희의 전신을 살폈다.

심신이 극도로 허해진 상태에서의 운기조식은 오히려 독이 될 수도 있었다. 조식 도중에 심마에 빠져 더 안 좋은 상태로 빠져들 가능성이 있었고, 심하면 주화입마에 이를 수도 있었다.

"괜찮아. 이젠 몸을 추슬러야지. 호법이나 좀 서줘."

단목진희는 팔다리를 한 번씩 주무른 후 침상에 앉은 채로 결가부좌를 틀었다.

이번 일이 있기 전에는 하루도 거르지 않았던 운기조식이었다.

부친이 자신의 체질에 가장 잘 맞게 선별해 준 호신기공인 구음무봉심공(九陰無縫心功)은 일주천만으로도 몸을 깃털처럼 가볍게 해주었으며 이주천에 이르면 단전에 뜨거운 열기를 가득 채워준다. 그 열기를 다시 임맥과 독맥으로 이끌어 삼 주천을 하고 나면 온몸에 기력이 충만하여 집채만 한 바위라도 일격에 가루로 만들 수 있을 것 같은 자신감을 느끼게 해주었다.

그러나 그동안은 너무 큰 충격에 운기조식마저 할 여력이 없었던 것이다.

'스으읍—'

단목진희는 최대한 낮고 길게 대기를 빨아들였다.

한 모금의 대기가 의념을 따라 독맥과 임맥, 그리고 기경팔맥으로 스며들었다.

그동안 방치해 두다시피 한 혈맥은 어느새 불순물이 가득 쌓여 있어 진기의 흐름을 방해하고 있었다.

'스으읍—'

단목진희는 더 가늘고 길게 호흡을 이끌었다.

처음에는 최대한 가늘고 길게 호흡하더라도 그것이 어느 정도 물길을 트면 점점 굵어지고 나중에는 장강 물줄기처럼 도도해지게 마련이다. 그때까지는 조심스럽게 호흡을 이끌어야 했다.

그동안 거의 폐인에 가깝게 지냈으므로 더욱 신중하고 조심을 해야 했다.

한 가닥 진기가 단전에서 흘러나와 독맥을 따라 흘렀다. 그 진기를 다시 임맥을 따라 천천히 흘리기를 반복하며 세 번의 대주천이 끝났을 때 실낱처럼 가느다랗던 진기는 서서히 굵어져서 동아줄만큼 굳세어지고 또 한 번의 대주천이 시작되자 비 온 뒤의 개울물처럼 시원스럽게 혈도를 타고 흘렀다.

이렇게 십이주천을 끝내고 나면 몸은 깃털처럼 가벼워지고 전신에는 활력이 넘치게 될 것이다.

단목진희는 더욱 가늘고 깊게 호흡을 이끌었다.

세차게 흐르던 개울물은 어느새 개울의 둑을 커다란 강으로 넓히고 대하를 향해 흘러갔다.

단목진희는 서서히 그간의 모든 번민을 잊고 더 나아가 자신마저 잊은 채 호흡 속으로 빠져들었다.

'흐읍―'

십이 주천을 끝낸 단목진희는 긴 호흡으로 운기조식을 마무리하며 눈을 떴다.

그녀의 눈에서 지금까지 볼 수 없었던 광채가 흘러나왔다. 또한 소낙비라도 맞은 듯 젖어 있던 몸은 완전히 말라 미세한 흙먼지를 뿌린다 해도 그대로 흘러내릴 것 같았다.

"언니, 축하해요!"

옆에서 호법을 서고 있던 운자경이 흥분한 기색으로 소리를 질렀다.

그동안 거의 시신처럼 늘어져 있던 단목진희가 일어나 앉은 것도 놀랄 일이었는데 십이주천의 조식과 함께 완전히 딴사람이 된 것 같았다.

몸에 생기가 도는 것을 확연히 느낄 수 있었고, 깊게 가라앉은 눈빛은 더 이상은 어떤 일에도 동요하지 않을 평정심이 엿보였다.

'역시 무황성이야.'

운자경은 단목진희를 통해 무황성의 힘을 보는 것 같아 자신도 모르게 탄성을 삼켰다.

그동안 시체처럼 누워 있었어도 내부에서는 치열한 혈투를 벌인 것을 알 리 없는 운자경은 단 한 번의 십이주천으로 기력을 대번에 회복하게 만드는 무황성의 심법에 경외감까지 느끼고 있었다.

"그동안 정말 고마웠어, 경 매."

단목진희는 한시도 침상 곁을 떠나지 않고 자신을 보살펴준 운자경의 손을 잡았다.

"그런 말씀 마세요. 언니가 쾌차했으니 그걸로 모두 보상이 되었어요. 이젠 정말 괜찮은 거죠?"

운자경은 단목진희의 손을 잡고 흔들며 기뻐했다.

"그래, 이젠 괜찮아."

단목진희는 짤막하게 대답하고 입을 다물었다.

예전 같았으면 마주 손을 흔들며 수다라도 떨었을 텐데, 죽음 같은 암흑에서 벗어난 그녀는 껍질을 벗듯 한 단계 성장해 있었다.

그런 그녀의 모습에 운자경은 어린애처럼 흔들던 단목진희의 손을 슬그머니 내려놓고는 눈치를 살폈다.

"두 분 호위님을 좀 불러줄래?"

단목진희는 깊이 가라앉은 음성으로 운자경에게 부탁했다. 다섯 명의 수신호위 중 살아남은 이지송과 담대봉을 말하는 것이다.

"그보다는 음식을……."

우선 죽이라도 좀 먹으며 기력을 회복하라고 권하려던 운자경은 담담하지만 왠지 모르게 무겁게 내리누르는 듯한 단목진희의 눈빛에 얼른 입을 다물고 고개를 끄덕였다.

"얼른 다녀올게요."

운자경은 도망치기라도 하듯이 서둘러 실내를 빠져나갔다.

"아가씨!"

단목진희가 기운을 차렸다는 소식에 두 호위는 운가장주 운학기(雲鶴技)와 함께 바람처럼 달려왔다.

그들은 지금까지 살아도 산목숨이 아니었다.

지켜야 할 사람을 지키지 못한 채 폐인처럼 만들어 버린 죄는 죽어도 갚지 못할 것 같았다. 자신 혼자만 죽어서 해결이 되는 일이라면 열 번이라도 그렇게 했을 것이다. 그러나 자신들의 죄는 가족들에게까지 고스란히 대물림되기에 죽지도 못하고 산송장처럼 숨만 쉬고 있었던 것이다.

"성에서는 아무 연락도 없었나요?"

눈물범벅이 된 채 달려온 두 호위에게 안부의 인사조차 하지 않은 단목진희는 가라앉은 음성으로 질문을 던졌다.

금방 손이라도 잡을 듯 다가오던 두 호위는 주춤 걸음을 멈추고는 눈을 크게 뜨고 단목진희를 쳐다보았다.

겉모습은 크게 달라진 것이 없었다. 그동안 폐인처럼 누워 있었기에 좀 수척해진 정도였다.

　　그러나 풍기는 기운은 백팔십도로 달려져 있었다. 극심한 통증과 함께 껍질을 벗고 완전히 다른 사람이 된 것 같았다.

　　"아직……."

　　이지송이 조심스런 음성으로 답했다.

　　성주의 셋째 제자가 인질이 되었고, 둘째 딸이 초주검이 되었다면 당연히 성이 발칵 뒤집히며 수많은 고수들이 몰려와야 할 일이었다. 그러나 보름이 더 지난 지금까지 무황성에서는 단 한 사람도 이곳으로 오지 않았다. 더 나아가 기별조차 없었다.

　　그것은 마치 절벽에 떨어져 기어오르지 못한 새끼를 포기하는 사자 같은 비정함을 느끼게 하는 일이었다.

　　"성내에 무슨 변고라도 있는가요?"

　　단목진희는 납득이 가지 않는다는 표정으로 다시 질문을 던졌다.

　　"제가 알기로는… 특별한 일은 없는 것 같습니다."

　　담대봉이 죄를 짓기라도 한 것처럼 고개를 숙이며 답했다.

　　"아마 위건화 공자를 살리기 위해서 그런 것이 아닐까 생각됩니다. 사운혁 공자 혼자 오지 않으면 놈이 위 공자를 죽이겠다고 했으니, 겉으로는 사운혁 공자 혼자만 가고 다른 사람은 아무도 움직이지 않는 것처럼 꾸미고 있지 않나 짐작됩니다."

　　담대봉의 고개가 더욱 숙여졌다.

　　"그렇더라도 저에게는 무슨 연락을 해야 되는 것 아닌가요?"

단목진희의 얼굴에 차가운 빛이 떠올랐다.

평생 단 한 번도 이런 처지에 놓여보지 못한 그녀로서는 도저히 용납이 안 되는 일이었다.

"제 생각에는……."

이지송이 약간 뜸을 들이며 끼어들었다.

"뭔가요?"

"성에서는 이번 조양방 일을 되도록 외부로 확대되어 알려지지 않길 바라는 것 같습니다. 설사 알려지더라도 무황성과는 무관하게 위건화 공자가 개인적으로 벌인 일로 덮어두려는 의도로 보입니다."

이지송은 조심스런 음성으로 자신의 생각을 말했다.

이지송의 말을 들은 단목진희는 입을 다물고 한동안 꼼짝도 않고 앉아 있었다.

"그렇군요."

단목진희는 아무런 감동 없는 어조로 말을 받은 후 고개를 몇 번 끄덕였다.

너무나 담담한 그녀의 모습에 이지송과 담대봉은 숨이 막혀오는 것 같은 느낌을 받으며 침을 꿀꺽 삼켰다.

"그럼 우리 역시 앞으로의 일을 성에 일일이 보고할 필요가 없겠군요."

단목진희는 혼잣소리처럼 중얼거렸다. 그러나 그 소리는 두 호위의 귓전에 천둥처럼 크게 울렸다.

"아가씨, 그게 무슨……?"

외팔이가 된 담대봉이 놀란 음성으로 물었다.

"그냥 혼자 해본 소리예요. 그보다……."

단목진희는 호위 이지송을 정시했다.

움찔!

이지송이 자신도 모르게 신형을 굳혔다.

마치 긴 대침 한 개가 눈동자 가운데를 찌르는 것 같은 느낌!

단목진희의 눈빛에서 이지송은 순간적으로 그런 느낌을 받았다. 그 느낌은 언젠가 성주 단목상군에게서 받은 그것과 흡사했다.

"벽씨세가(璧氏世家)는 여기서 얼마나 걸리죠?"

"벽씨세가는 왜……?"

이지송이 되묻다 말고 낮은 숨을 토했다. 찌르는 듯한 단목진희의 눈이 묻는 말에 대답만 하라는 뜻을 엄하게 내비치고 있었다.

"열흘 정도 걸립니다."

이지송이 고개를 숙이며 답했다.

"그럼 그곳으로 갈 채비를 해주세요."

"아가씨…… 왜?"

"그리고 운 숙부!"

이지송의 말꼬리를 다시 자른 단목진희는 운가장주 운학기에게 시선을 돌렸다.

"말해보거라."

시종일관 묵묵히 서 있던 운학기가 조용한 음성으로 대꾸했
다.
　"저에게 최대 얼마만큼의 돈을 빌려주실 수 있나요?"
　단목진희의 음성이 조용하게 내리깔렸다.

第五十三章
무위로 돌아간 계책(計策)

장흥관일

현도봉은 무당산 자락의 수많은 봉우리들 중 그리 험하지
않은 산세에 정상으로 오르는 갈랫길이 유난히 많고 경치마저
수려한 터라 행락객의 발길이 사시사철 끊이지 않았다. 또한
절경 곳곳에 아담한 정자가 지어져 있어 더욱 더 행락객의 마
음을 사로잡았다.

봄이 무르익다 못해 이젠 여름의 초입에 이르고 있었지만
아직도 정상 부근에는 이름 모를 여러 종류의 야생화가 만발
하여 그것들에서 풍겨오는 꽃향기가 하루 종일 행락객의 후각
을 자극했다.

여러 행락객 가운데에는 이따금씩 무기를 소지한 강호인들
도 눈에 띄었지만 그들 역시 현도봉의 빼어난 경관에 매료된

채 시종 밝은 표정으로 일행과 환담을 나누며 경치를 감상하고 있었다.

"사형! 저기 좀 보세요. 저 바위는 꼭 곰을 닮았어요. 호호호!"

십칠팔세쯤 되어 보이는 소녀 하나가 옆에 있는 미청년을 보며 짤랑짤랑한 교소를 터뜨렸다. 그녀가 손가락으로 가리키는 비탈의 바위는 그녀 말처럼 웅크리고 있는 곰의 형상을 닮았다.

"그러고 보니 정말 그렇군. 그런데 곰보다는 둘째 사형을 더 닮았는걸. 하하하!"

"어머, 정말! 까르르……."

청년의 지적에 소녀는 그 자리에 주저앉아 배를 잡고 교소를 터뜨렸다.

소녀의 발랄하고도 상쾌한 웃음에 주변에서 경치를 구경하던 사람들까지도 입가에 미소를 머금으며 소녀와 미청년을 쳐다보았다.

한참을 주저앉아 터져 나오는 웃음을 참지 못하던 소녀는 겨우 몸을 일으키며 미청년과 함께 또 다른 경관을 구경했다.

"그런데… 저기 저 사람은 좀 이상해요."

쉴 새 없이 눈동자를 굴리던 소녀는 또 무엇을 발견했는지 두 눈을 깜박거리며 한곳에 시선을 고정시켰다.

소녀의 시선이 머문 곳에는 호리호리한 체격을 한 청년이 산 아래를 내려다보고 있었는데, 근 일각 동안 바위처럼 꼼짝도 않고 그 자리에 서 있었다.

보통 사람이라면 근육이 경직되어 무의식중에라도 몸을 움직일 법하건만 청년은 여전히 미동도 않고 서 있었다.

"그렇군. 아까 우리가 이곳으로 올라왔을 때부터 저렇게 서서 아래를 내려다보고 있더니 지금까지 그 자세 그대로군. 무슨 바위 닮기 무공이라도 익히는 건가?"

"후후! 무슨 그런 무공이 다 있어요."

소녀는 말도 안 된다는 표정과 함께 실소를 터뜨렸다.

소녀의 미소가 끝날 때쯤 청년이 비로소 몸을 움직이며 봉우리의 다른 쪽으로 걸음을 옮겼다. 그리고는 또 그 아래쪽을 내려다보며 미동도 않고 서 있었다.

미동도 않는 것 같았지만 실상 청년은 다른 사람들이 눈치채지 못할 정도로 은밀히 입술을 움직이고 있었다.

[초연! 그쪽 상황을 보고하라.]

청년의 입에서 전음술이 펼쳐졌다.

청년이 근 일각 동안 꼼짝도 않고 서 있는 이유는 제법 멀리 떨어진 곳에 있는 누군가와 전음을 펼치기 위해서였던 것이다.

[이곳에는 놈으로 보이는 자는 없습니다.]

청년의 귓전으로 전음성이 들려왔다.

전음성을 접한 청년의 얼굴이 눈에 띄게 일그러졌다.

약속 날짜인 오늘 이곳에 도착했지만 부하들은 근 열흘 전부터 행락객으로 가장한 채 이곳에 와서 봉우리 인근을 이 잡듯이 뒤져 이상한 것이 있는지 찾았다.

　며칠을 찾았으나 그런 것은 하나도 발견하지 못했다. 그 후 수색은 포기하고 산 아래쪽부터 정상까지 요소요소에 부하들을 매복시켜 천라지망을 펼쳐 놓았다. 이런 정도의 준비라면 그야말로 날개가 달린 새가 아닌 이상 빠져나갈 수 없을 것이다.

　그런데 날이 밝고 해가 중천으로 향하는 시점까지 놈은 나타나지 않았다. 또한 놈이나 놈의 일행으로 의심되는 자들도 보이지 않았다.

　많은 행락객 중 놈이나 그 동료들을 색출해 내기는 어려울 것 같지만 그들에 대한 정보는 철저하게 수집해 놓았다. 그래서 일면식은 없어도 수십 번을 만난 듯 훤히 그려진다.

　'대체 무슨 수작을 부리고 있는 것인가?'

　무황성주의 둘째 제자 사운혁은 초조한 표정과 함께 속으로 중얼거렸다.

　사제 위건화를 계략으로 잡을 만큼 교활한 놈이니 무슨 수작을 부릴 것은 분명하다. 그러나 지금 칼자루를 쥔 쪽은 그놈이니 어쩔 수 없다. 위건화야 제거되든 말든, 아니, 언젠가는 자신의 손으로 제거해야겠지만 겉으로는 사제를 구하기 위해 최선을 다하는 모습을 보여주어야 하는 것이다.

　사운혁은 다시 다른 한쪽으로 신형을 옮겨 전음술을 펼쳤다.

　그곳에서 들려오는 대답 역시 다른 쪽과 똑같았다. 아직까지 놈은 산 아래쪽에도 모습을 드러내지 않았다는 말이다.

'날이 저물 때쯤 나타나겠다는 말인가?'

사운혁은 으르렁거리듯 속으로 중얼거리며 봉우리의 북쪽으로 이동했다.

벌써 몇 번이나 그렇게 봉우리의 네 방향으로 이동하며 확인하였다. 그리고 잠시 후 똑같은 일을 반복할 것이다.

사운혁은 그때까지 잠시 긴장을 풀 요량으로 평평한 바위를 향해 걸어갔다.

바위에 엉덩이를 막 걸치려던 사운혁은 흠칫 신형을 굳혔다. 이제껏 시선을 두지 않았던 봉우리 한쪽에서 누군가 자꾸 자신을 힐끔거리고 있었다.

차림새로 보아 남의 집 일이나 하는 소년이 분명해 보였다. 나이도 열네댓밖에 안 되어 보이고 체격도 작았다. 그래서 전혀 신경을 안 쓰고 있었는데 자꾸만 자신을 힐끔거리고 있었다.

'뭔가, 저놈은?'

사운혁은 눈살을 찌푸리며 소년을 노려보았다. 놈의 일행과는 전혀 상관없는 소년이었지만 자꾸 자신을 힐끔거리는 것은 기분 나빴다.

'저놈이?'

사운혁은 눈을 조금 크게 떴다.

내내 자신을 힐끔거리던 소년이 얼핏 미소를 지으며 자신에게로 다가오고 있었다.

사운혁은 반사적으로 공력을 끌어올렸다가 얼른 긴장을 풀었다. 아무리 봐도 열다섯을 넘지 않은 소년이었고 피죽도 제대로 못 얻어먹고 자란 티가 역력했다.

"저……."

사운혁의 앞까지 다가온 소년이 머뭇거리며 말했다.

"뭐냐?"

사운혁이 차가운 음성으로 말했다.

사운혁의 목소리에 주저앉을 듯 휘청거리던 소년이 결심한 듯 입을 움직였다.

"혹시 사운혁 공자님이 아니신지……?"

천만뜻밖으로 소년의 입에서 자신의 이름이 흘러나오자 사운혁은 얼음장처럼 표정을 굳히며 사방을 둘러보았다. 다행히도 누군가 자신의 이름을 들은 사람은 없는 것 같았다.

"누구냐, 네놈은?"

사방을 얼릴 듯한 사운혁의 목소리에 소년이 황급히 품속에서 꺼낸 봉서 한 개를 건넸다.

사운혁은 혹시 봉서에 무슨 수작이라도 벌이지 않았나 잔뜩 신경 쓰며 내용물을 꺼내 펼쳤다.

약속 장소가 바뀌었네. 내일 정오까지 선인봉으로 오게. 해가 중천에 떴을 때까지 안 나타나면 자네 사제의 목을 많은 구경꾼들과 함께 무황성으로 보내겠네.

“이, 이런!”

서찰을 잡은 사운혁의 손이 부르르 떨렸다.

“이런 개자식이!”

사운혁은 봉우리가 무너져라 고함을 질렀다.

무언가 수작을 벌여놓았을 것이라고 단단히 벼르고 있었는데 이것이 바로 놈의 수작이었다.

그동안 머리를 싸매다가 최악의 경우 이런 상황도 예상해 보았지만 그에 대한 답은 없었다. 그래서 머릿속에서 지워 버렸었다.

그런데 놈은 정확히 그 수작을 벌였다.

뻔히 알고 있더라도 당할 수밖에 없는 수작이었다.

미리 알았다고 한들 무당산 자락의 수많은 봉우리에 모두 대비를 할 수 없었다. 그러려면 무황성의 모든 인원을 동원해야 할 것이다.

사운혁은 손에 든 서찰을 가루라도 만들 듯 발기발기 찢었다.

고함 소리에 몰려든 사람들이 미친놈을 보는 듯한 눈으로 사운혁을 쳐다보고 있었다.

“크크크!”

사운혁은 악귀 같은 웃음을 지으며 구경꾼들을 쳐다보았다.

“앞으로 열을 셀 때까지 내 앞에서 사라지지 않는 놈들은 모두 짓이겨 놓겠다.”

으르렁거림과 함께 사운혁은 손을 갈고리로 만들어 잠시 앞아 쉬려 했던 바위 위로 내려찍었다.

퍼억—

마치 떡을 치는 듯한 소리가 나며 사운혁의 손이 바위 속으로 파고들었다.

이윽고 사운혁은 그 바위를 공놀이라도 하듯 들어 올렸다.

"어헉!"

"아악!"

미친 원숭이를 보듯 구경하던 구경꾼들이 비명을 질렀다.

장정 열 명이 달려들어야 겨우 옆으로 밀칠 정도로 무거워 보이는 바위에 손을 찔러 넣고 한 손으로 머리 위로 들어 올린 사운혁의 모습은 악귀를 방불케 했다. 그리고 그 악귀는 금방이라도 들어 올린 바위를 던질 것 같았다.

"하나!"

사운혁이 숫자를 세기 시작했다.

"아악!"

"어서, 도망쳐라!"

다시 비명이 터지며 현도봉 봉우리에 있던 구경꾼들이 걸음아, 나 살려라 아래로 달려 내려가기 시작했다.

둘을 세자 구경꾼들은 하나도 남김없이 아래로 내달렸고, 그들을 따라 봉서를 전해준 소년도 줄달음을 쳤다.

쿵!

소년 앞에 바위가 떨어지며 포탄이 터지는 소리가 났다. 소년은 비명을 지르며 그 자리에 주저앉았다.

"누가 이 봉서를 보냈지?"

자신이 던진 바위 위에 발 하나를 걸친 사운혁이 넋이 빠진 채 주저앉아 있는 소년을 향해 질문을 던졌다.

"저, 저는 아무것도⋯⋯."

귀기 어린 사운혁의 눈빛을 대한 소년이 오줌을 지리며 제대로 말을 하지 못하자 사운혁은 소년의 허벅지에 발을 올려 지그시 눌렀다.

"묻는 말에 즉각적으로 답하지 않으면 네놈 다리는 수수깡처럼 부서질 것이다."

사운혁이 발에 힘을 주자 소년이 비명을 지르다가 얼른 대답하기 시작했다.

"며칠 전에 어떤 공자님이 제가 점소이로 일하는 주루에 와서 은자 한 덩이를 주며 부탁했습니다."

"며칠 전?"

"그, 그렇습니다. 정확히 말하자면 닷새 전입니다."

소년은 필사적으로 기억을 떠올리며 답했다.

"어떻게 생긴 놈이냐?"

사운혁이 다시 물었다.

"얼굴에 구레나룻이 덮여 있어 생김새는 알 수가 없었습니다."

소년의 대답에 사운혁은 얼굴을 찌푸렸다.

조양방에서 얻은 정보로는 놈은 구레나룻이 없었다. 계집애보다 더 미끈하고 빼어난 용모라고 했다. 아마도 구레나룻은

가짜일 것이다.

"그런데 어떻게 날 찾았지?"

사운혁이 다른 질문을 했다. 점소이 노릇이나 하고 있는 이 꼬마 놈이 자신을 알아봤다는 것이 납득이 가지 않았다.

"그… 그 공자님이……."

소년이 다시 뜸을 들이다가 허벅지에 전해지는 고통에 비명을 지른 후 얼른 입술을 움직였다.

"현도봉 정상에 온 이십대 중반의 청년 중 가장 비열하게 생긴 사람을 찾으면 된다고 했습니다."

소년이 죽을죄를 지은 듯한 표정으로 겨우 말했다.

"가장 비열하게 생긴 사람을 찾으라고……?"

사운혁은 어처구니가 없어 화도 나지 않았다. 오히려 입가에 가느다란 미소가 걸렸다.

"그래서? 이곳에서 가장 비열하게 생긴 사람이 나였단 말이지?"

사운혁은 더욱 짙은 미소와 함께 소년을 노려보았다.

"아닙니다. 그것으로 어찌 사람을 찾을 수 있겠습니까? 그래서 다른 특징을 말해달라고 했더니 꼼짝도 않고 아래쪽을 보며 입술을 달싹거리는 사람을 찾으라고 했습니다."

점소이 소년의 설명에 사운혁은 비로소 수긍이 가는 얼굴이 되었다. 동시에 뒤통수를 한 방 맞은 기분이었다.

놈은 이곳 현도봉 인근에 자신이 어떤 준비를 해놓고 어떤 식으로 연락을 하고 있을지 훤히 꿰뚫고 있었다.

먼 거리에 있는 수하들과 전음을 주고받으려면 서로 미동도 않고 있는 상태여야만 가능했다. 놈은 그것을 예측하고 점소이를 통해 자신을 찾게 만들었다.

한마디로 자신의 움직임을 손바닥 보듯 들여다보고 있었다는 말이다. 또한 놈은 갑작스레 약속 장소를 바꿔 자신이 준비한 모든 것들을 완벽히 무력화시켜 버렸다. 더 나아가 상황을 완전히 역전시켜 놈이 완벽하게 준비해 둔 곳으로 자신은 무방비 상태로 나서야 한다.

이곳에서 선인봉까지는 보통 사람이 쉬엄쉬엄 가면 사흘은 족히 걸릴 거리다. 그러니 지금 즉시 출발해서 목에서 단내가 날 정도로 경공을 펼치면 내일 정오 전에 겨우 도착할 수 있을 것이다. 그런 상황이니만큼 그동안 어떤 준비를 하는 것도 불가능하다. 또한 이곳에 매복시킨 수하들을 같이 데리고 갈 수도 없다. 그들을 같이 데리고 가려면 군대 행렬처럼 줄줄이 경공을 펼쳐야 할 일이다.

"교활한 놈!"

씹어뱉듯이 말한 사운혁은 점소이 소년 앞에 던져 놓은 바위를 걷어찼다.

바위가 박살 나며 포탄처럼 튀어나갔다.

점소이 소년은 다시 한 번 바지에 오줌을 지리며 그 자리에서 혼절했다.

"그래, 가주지! 네놈이 무슨 수작을 벌여놓았는지 내 맨몸으로 한번 견식해 주마. 크크크!"

음산한 웃음을 흘린 사운혁은 잠시 아래쪽을 향해 입술을 달싹거린 후 흔들, 신형을 움직였다.

그의 신형이 허공 속으로 파묻히며 어느새 작은 점으로 변해갔다.

사운혁의 신형이 사라진 얼마 후 한 개의 인영이 땅속에서 솟아오르듯 혼절한 점소이 앞에 나타났다.

보통 사람보다 머리 두어 개는 더 크고 덩치 또한 거대한 철탑을 연상시키는 인영이었다.

"주변까지 이렇게 정리해 주다니 더없이 고맙군. 후후!"

철탑 같은 체구의 사내 석모광은 사운혁의 광기에 의해 혼절한 점소이 소년 외에는 아무도 보이지 않는 현도봉 정상을 둘러보며 나직한 미소를 흘렸다.

거대한 덩치 탓에 함부로 모습을 드러낼 수 없는 처지인데 사운혁이 주변을 깨끗이 정리해 주어 마음 놓고 신형을 드러낸 것이다.

한차례 주변을 둘러본 석모광은 천천히 허리를 숙이고는 손을 뻗어 혼절한 점소이 소년을 툭툭 건드렸다.

잠시 후 정신을 차린 점소이 소년이 눈을 몇 번 깜박인 후 석모광을 쳐다보다가 비명을 지르며 다시 혼절했다. 비정상적으로 큰 덩치의 석모광을 낮도깨비로 오인한 모양이었다.

"간이 콩알보다 작은 놈이로군!"

입맛을 다신 석모광은 솥뚜껑만 한 손으로 점소이 소년의 등줄기를 한 번 훑었다.

명문혈을 통해 흘러든 미세한 진기에 소년은 정신을 차렸다.

"귀신이나 도깨비가 아니니 겁먹을 필요 없다!"

소년이 다시 혼절할 자세를 잡자 석모광은 얼른 소년의 어깨를 잡고 말했다.

"사, 사람이 분명합니까?"

점소이 소년이 사시나무처럼 떨며 물었다.

"그렇다. 그러니 묻는 말에 답해라. 그러면 아무 일도 없을 것이다."

석모광이 부드러운 목소리로 말하자 소년은 비로소 정신을 가다듬으며 고개를 끄덕였다.

"아까 그 비열하게 생긴 공자와 네 녀석 사이에 있었던 일을 빠짐없이 말해보아라. 그럼 이걸 주마."

석모광은 품에서 은자 한 덩이를 꺼내 소년의 눈앞에 내밀며 말했다.

자신의 주먹만 한 은자 덩어리를 본 소년의 눈이 빛을 발하며 며칠 전 구레나룻공자를 만난 일부터 조금 전 사운혁과 있었던 일을 모두 설명했다.

"그랬단 말이지? 아주 재미있구나!"

석모광은 고개를 끄덕이며 미소를 흘린 후 손에 든 은자 덩어리를 소년 앞으로 내밀었다.

"고, 고맙습니다, 공자님!"

소년이 황급히 손을 내밀어 은자를 받고는 연신 고개를 숙였다.

"아니야. 고맙기는 내가 더 하지. 그리고 고맙다는 표현을 할 때는 그렇게 여러 번 굽실거리는 것이 아니라 깊숙이 한 번만 허리를 숙이면 되는 것이다."

석모광의 지적에 소년은 허리를 깊숙이 숙이며 석모광을 향해 인사했다.

"그래, 그래야 사내답지."

석모광은 고개를 끄덕이며 허리를 숙인 점소이 소년의 뒤통수를 쓰다듬었다.

인사를 하고 허리를 펴려던 소년은 순간적으로 어리둥절한 표정이 되더니 그 자세 그대로 바닥에 쓰러졌다. 그리고는 더 이상 숨을 쉬지 못하고 짧은 인생을 마감했다.

"불씨가 될 만한 것들은 완벽히 제거해야지. 그런 면에서 사제 자네는 아직 멀었어. 쯧쯧!"

혀를 찬 석모광은 쓰러진 소년을 내려다보았다.

"고달픈 인생, 깨끗이 끝내고 다시 태어나는 것이 더 나을 것이다. 이것은 저승으로 가는 노잣돈으로 쓰거라."

석모광은 소년의 손에 들린 은자 덩어리를 소년의 품속에 넣어주고는 몸을 일으켰다.

"정말 만만치 않은 놈이야. 위 사제가 꼼짝 못하고 인질이 된 게 결코 우연이 아니야."

석모광은 절레절레 머리를 흔들었다.

"가장 상책은 가장 단순한 것이라더니, 장소를 바꾸는 것만

으로 사제의 계책을 모조리 무위로 돌려 버렸군. 뻔히 알고도
당할 수밖에 없는 일이니 사제가 분통이 터지고도 남겠어. 그
것만으로도 반 이상은 지고 들어가는 것이지. 쯧쯧!"

석모광은 다시 혀를 찼다. 그리고는 어느 한 방향을 향해 신
형을 고정시켰다.

[어떻게 됐나?]

석모광은 입술을 달싹거리며 전음을 펼쳤다.

[움직이는 바람에 거의 파악했습니다.]

화답음이 석모광의 귓전에 들렸다.

[몇 명이나 되나?]

[백 명도 넘을 것 같습니다.]

"많이도 끌어모아 두었군. 그렇게 겁이 나면 사제가 죽든 말
든 도망갈 것이지."

혼잣소리로 중얼거린 석모광은 흐릿한 미소를 지었다.

[동태는?]

석모광은 다시 전음을 날렸다.

[우선 초연을 비롯한 일호, 이호가 은신술을 펼치며 이동하
고 있습니다. 나머지는 분산하여 따를 것 같습니다.]

[초연 일행에게 추종향을 뿌릴 수 있겠나?]

[초연에게는 힘들지만 그 부하들에게는 가능합니다.]

[그럼 뿌려두고 다음 지시대로 하게. 뒷일은 내가 맡겠네.]

[존명!]

전음으로 부하들에게 지시를 끝낸 석모광은 천천히 걸음을

옮겼다.

　장신의 키가 점점 줄어드는가 싶더니 어느 순간 땅속으로 사라져 버렸다.

＊　　　＊　　　＊

　무당산 자락의 또 다른 봉우리인 선인봉은 현도봉과는 달리 산세가 무척 험하고 높이 또한 현도봉에 비해 두 배나 되었다.

　정상으로 오르는 길 역시 현도봉과 달리 몇 개 되지 않아 꼭대기에서 내려다보고 있으면 올라오는 강아지 한 마리까지 다 알아볼 수 있을 정도였다.

　해가 중천으로 떠오르려면 한 시진은 더 기다려야 될 시각, 사운혁은 필사적으로 경공을 펼쳐 선인봉 아래쪽에 도착했다.

　무영이 정한 시간에 늦지 않기 위해 단 한 번도 쉬지 않고 달린 그의 몰골은 개방도들이 동료로 오인할 지경이 되어 있었다.

　땀이 비 오듯 흐른 몸에는 황토 먼지가 뒤범벅되어 백의가 황의로 변해 있었고, 머리는 헝클어져 광인을 방불케 했다.

　그런 물불을 가리지 않은 노력 덕분에 늦지 않게 선인봉 산자락에 도착한 사운혁은 저만치 앞쪽에 있는 민가를 발견하고는 눈을 반짝였다.

　금방이라도 쓰러질 듯한 초가이기에 변변한 음식은 기대할 수 없을 것이다. 있더라도 먹고 싶지도 않았다. 하지만 물 한 사발은 얻어 마시며 갈증을 풀 수 있을 것 같았다.

"안에 누구 계십니까?"

사운혁은 사립문을 밀치며 주인을 불렀다.

"누구……."

부엌에서 나온 중년의 아낙이 경계심 가득한 표정으로 사운혁을 쳐다보았다.

"지나가는 길손입니다. 냉수 한 사발 얻어 마실까 해서……."

사운혁은 마른침을 삼키며 말했다.

아낙은 사운혁의 몰골만 보아도 갈증을 짐작하겠다는 듯 얼른 부엌으로 다시 들어가 커다란 박 바가지에 물을 가득 담아 건넸다.

"고맙소!"

사운혁은 걸신들린 사람처럼 물을 마셨다.

세상에서 가장 맛있는 음식은 지독한 갈증과 함께 마시는 물이라 했던가?

박 바가지에 든 물맛은 이제껏 마신 어떤 미주(美酒)보다 달고 맛있었다. 값을 치르라고 한다면 금자 한 냥이라도 아깝지 않을 것 같았다.

"잘 마셨습니다. 그럼!"

박 바가지를 돌려준 사운혁은 고개를 숙이려다 흠칫 신형을 굳혔다. 아낙의 손에 무언가 들려 있었기 때문이다.

"혹시 현도봉 쪽에서 오신 분이 아닌지요?"

아낙의 질문에 사운혁은 흠칫 신형을 굳혔다.

"그, 그걸 어떻게?"

"어떤 분이 공자님 같은 몰골을 하고 온 사람이 있다면 이걸 전해주라고 했습니다."

사운혁의 눈에서 뿜어져 나온 폭광에 놀란 아낙이 얼른 서찰을 전해주고 부리나케 부엌으로 들어갔다. 그리고는 안에서 문을 걸어 잠그는 소리가 들렸다.

사운혁은 주변을 두리번거린 후 급히 서찰을 펼쳤다.

물맛은 어땠나?

서찰의 첫머리에 적힌 글을 읽는 순간 사운혁은 머리끝이 쭈뼛 서는 기분과 함께 급히 운기를 해보았다.

다행히 중독의 느낌은 없었다.

사운혁은 등줄기에 얼음물이 흘러내리는 느낌을 받았다.

만약 자신이 마신 물에 극독이라도 들어 있었다면? 하다못해 산공독이라도 풀어놓았다면?

싸우기도 전에 낭패를 당할 뻔했다.

"빌어먹을!"

부주의한 자신에 대한 화가 치밀어 오른 사운혁은 역정을 터뜨린 후 서찰을 읽어 내려갔다.

독은 풀어놓지 않았으니 걱정 말게. 그렇게 쉽게 죽일 생각은 없으니까 말일세. 하지만 조심은 했어야지. 대무황성의 둘째 제자라는 사람이 그렇게 조심성이 없어서야 쓰겠나. 그러고도 아직 살아남은 것을 보니 신기하군. 후후! 그렇다고 내가 지켜보고 있지 않나 사방을 두리번거릴 필요는 없네. 만약 자네가 바가지의 물을 의심하는 기색과 함께 마셨으면 이 서찰은 전해지지 않았을 걸세. 아무 의심 없이 급히 마시는 바람에 이 서찰이 전해져 자네가 읽는 것이고, 나는 족집게가 될 수밖에 없지.

"개자식!"
사운혁은 자신이 철저히 농락당하고 있다는 생각에 절로 욕설을 토했다.
순간적으로 놈이 근처에서 자신을 지켜보고 있지 않나 하는 의심까지 들었는데 미리 두 가지 방향을 설정해 두고 아낙에게 그에 따라 행동하게 한 것이다.
콧김을 한 번 내쉰 사운혁은 다시 서찰을 읽어 내려갔다.

지금 이 순간 다시 약속 장소를 변경하면 어떨까? 그럼 자넨 열받아서 쓰러지겠지. 그래서 그러지 않기로 했네. 아까도 말했듯이 난 자네가 그렇게 쉽게 쓰러지는 꼴을 볼 수 없으니 말일세. 한 방울 한 방울 생명을 소진시키며 그렇게 쓰러지게 만들겠네. 사도맹에서 자네가 수많은 여인들에게 했듯이 말일세. 그럼 지금부터 다시 경공을 펼쳐 보게나. 이곳 선인봉은 현도봉과는 달리 길이 험해서 오르기가 쉽지 않을 걸세. 그러니 아주 조심해서 오르는 것이 좋을 거야. 자네가 현도봉 주변에 온갖 준비를 하는 동안 나 역시 이곳에 많은 준비를 해놓았으니까 말일세. 어 쨌든 사랑하는 사제를 구하려면 그 정도 노력은 해야 하지 않겠 나? 그래야 사제를 완전히 바보로 만들고 자네 위치는 그만큼 부각되겠지? 행운을 비네.

처음부터 끝까지 오랜 친구에게 보내는 편지처럼 다정스러 웠다. 그러나 그것이 더욱 화를 돋우었다.

사운혁은 현도봉에서처럼 서찰을 와락 구겨 쥐고는 갈가리 찢어발겼다. 그리고는 자신이 달려온 방향으로 신경을 집중했 다.

부하들은 아직 따라오지 않는 모양이었다.

은신술을 펼치며 따르는 것은 배로 힘들고 속도도 느릴 테 니 자신이 산 중턱을 올라가고 있을 때쯤에야 도착할 것이다.

사운혁은 선인봉 정상 쪽을 쳐다보며 해를 가늠했다.

정상까지 올라가면 딱 해가 중천에 뜰 것 같았다. 단 한 치 의 빈틈도 없는 놈의 안배에 절로 혀가 내둘러졌다. 그리고 그 만큼의 긴장감이 몰려왔다.

놈은 이곳에 어떤 술수를 펼쳐 놓았을까?

환술과 사술에 능한 놈이라 했으니 상상도 못할 수작을 펼 쳐 놓았을 것이다. 또한 그 환술은 백주에도 가공할 능력을 발 휘한다고 했으니 절대로 만만치 않을 것이 분명했다.

사운혁은 자신도 모르게 눈살을 찌푸렸다.

그러잖아도 몸이 젖은 빨래처럼 처진 기분인데 또 그런 것
들에까지 신경을 쓰다 보면 배는 더 피곤해질 터였다.

"어떤 술수를 펼쳤든 이곳이 네놈 무덤이 되는 것은 변함없
다."

스산하게 중얼거린 사운혁은 천천히 호흡을 가다듬으며 진
기를 끌어올렸다.

최근에 거의 완성에 이른 옥혈심공(玉血心功)의 기운이 전신
의 혈도를 따라 대하(大河)의 물결처럼 도도히 흘렀다.

이렇게 단 한 번의 운기만으로도 큰 효력을 발휘하는 것이
이 심법의 가공할 위력이었다.

"후후!"

나직한 웃음을 흘린 사운혁은 다시 경공을 펼쳤다.

"갔습니까?"

사운혁의 신형이 사라진 후 부엌과 연결된 방문이 열리며
한 청년이 모습을 드러냈다.

청년은 얼마 전 부연호가 새겨놓은 마련의 표식을 보고 찾
아온 서문진충 일행 중 한 사람이었다.

"갔어!"

사운혁에게 서찰을 건네주고 겁먹은 표정을 하며 부엌으로
달려들어 온 중년 여인이 고개를 끄덕이며 답했다. 그런데 그
음성은 절대로 중년 여인의 것이 아니었다. 이십대 중반을 넘
지 않은 여인의 특색을 내보이고 있었다.

“미리 준비한 물을 충분히 마셨습니까?”

청년이 다시 질문했다.

“그래. 목이 말랐는지 거의 한 바가지 다 마셨어.”

여인이 고개를 끄덕였다. 그러자 귀밑으로 금발 몇 가닥이 엿보였다. 그것이 여인의 본래 머리카락인 것이다.

여인 역시 서문진충 일행 중 한 명인 이족(異族)의 미녀 강운설이었다.

“대체 그 물에 탄 것이 무엇일까요? 극독이나 산공독도 아니라면…….”

“낸들 어찌 알겠어? 우린 그냥 시키는 대로만 하면 되는 거지.”

강운설이 약간은 분기가 이는 목소리로 대꾸했다.

마교도인 그들이 정체도 모르는 무영의 지시를 이 년 동안이나 꼼짝없이 따라야 한다는 사실에 아직도 분이 풀리지 않는 모양이었다.

“그런데 물을 마시는 즉시 운기를 하였느냐?”

방 안에서 굵직한 중년인의 목소리가 들렸다. 서문진충의 음성이었다.

“네. 서찰을 읽은 후 깜짝 놀란 표정과 함께 급히 운기를 하는 것 같았습니다.”

강운설이 음성을 누그러뜨리며 답했다.

“곧바로 이곳으로 와서 물을 청하고 마신 즉시 운기를 했다…… 정말 자로 잰 듯 정확하군.”

서문진충은 감탄 어린 목소리로 말했다.

"그럴 수밖에 없지요. 이곳이 길목에서 유일하게 마주치는 집이니까요. 인근에 있던 다른 몇 집은 비싼 값으로 사서 허물어 버렸으니 이곳으로 올 수밖에요."

장운설은 그게 뭐 자로 잰 듯한 것이냔 뜻으로 반박했다.

겉으로 보기엔 빈틈없이 맞아떨어지는 예측 같았지만 실상은 그렇게 맞아떨어질 수밖에 없도록 만들어놓았던 것이다.

가만히 두었다면 근처에 있던 다른 인가로 갈 수도 있었을 터인데 그곳을 사들여 허물어 버렸으니 이곳으로 올 수밖에 없었다. 그리고 서찰에 무슨 다른 술수를 부려 진기를 끌어올리게 만들었으리라.

"그래서 더 무서운 것이지. 예측은 빗나갈 수도 있지만 이중, 삼중의 그물을 쳐놓고 어디로 가든지 걸리게 만들어놓는다면 빠져나갈 수가 없지."

"그거야 뭐……."

강운설은 더 이상 대꾸를 못한 채 입술을 질끈 깨물었다.

이런 식으로 일을 처리하는 사내라면 자신들이 무슨 술수를 부리더라도 통하지 않을 것이고, 이 년 동안 꼼짝없이 수족이 되어야 했다. 그것이 참을 수 없는 역정을 불러일으키고 있었다.

"피할 수 없으면 즐기라고 했다. 그러니 마음을 비우고 앞으로의 일이 어떻게 돌아가는지 지켜보도록 해라. 놈들은 우리에게도 불구대천의 원수이니 놈들이 어떻게 당하는지 두고 보는 것도 재미있는 일이지 않느냐?"

　강운설의 내심을 짐작한 서문진충은 엄한 음성으로 말했다.

　강운설이 아무리 강호인이라 해도 여인인 이상 남자보다는 속이 좁을 수밖에 없었다. 그래서 처음 만난 자리에서 무영에게 가슴을 일격당하고 나가떨어진 감정이 아직도 살아 있는 것이다. 그리고 그런 감정은 앞으로의 일에 지장을 초래할 수도 있어 엄하게 단속을 시켰다.

　"알겠…… 습니다, 사부님."

　강운설은 한숨을 내쉬며 답했다.

　"그런데 아까는 조마조마했습니다. 아까 그놈이 발광하며 강 사저를 공격하면 어쩌나 했습니다."

　청년이 안도의 음성으로 말했다.

　"그랬다면 같이 대적하는 수밖에. 그에 대비해서 우리 전부를 이곳에 숨어 있게 한 것이 아니겠느냐. 어쨌든 일차 지시는 이행했으니 다음 일을 준비해야겠구나. 어서 움직이자."

　서문진충의 지시에 강운설과 청년은 서둘러 몸을 움직이며 비밀 통로를 통해 인가를 빠져나갔다.

第五十四章
개목걸이

장홍관일

“개자식!”

한 개의 앙칼진 음성이 산자락 아래에서 울렸다. 그러나 그 어디에도 음성의 주인은 보이지 않았다.

스스스—

어느 순간 잡목 수풀 속에서 흐릿한 그림자가 생기며 한 명의 인영이 솟아올랐다.

완전히 모습을 드러낸 인영은 여인이었다.

밀가루를 칠한 듯 창백한 얼굴의 여인은 나이를 짐작하기 힘들어 보였다. 다만 탄력적인 몸매와 눈빛으로 보아 이십대 중반에서 후반 정도로 가늠할 수 있었다.

“감히 우리를 이렇게 골탕 먹이다니… 잡으면 갈기갈기 찢어 죽이겠다!”

여인은 다시 고함을 지르며 숨을 몰아쉬었다.

가쁜 숨결과 함께 오르내리는 가슴은 가히 육감적이었다. 온몸이 땀에 젖어 옷이 몸에 착 달라붙어 더욱 그렇게 느껴졌다.

여인은 사운혁의 심복인 초연으로 현도봉으로 오르는 산자락에 은신하고 있다가 약속 장소가 바뀌는 바람에 은신술을 펼치며 이곳까지 달려온 것이다.

그냥 달려오기도 힘든 거리를 은신술까지 펼치며 온 그녀는 극심한 피로감에 자신을 이런 상황에 처하게 만든 무영을 저주하고 있었다.

스스스―

스스―

잠시 후 그녀 옆으로 두 개의 그림자가 더 솟아오르며 인간의 형상을 만들었다.

“수하들은?”

초연이 사내들을 향해 물었다.

“분산하여 따라오느라 한 시진은 더 걸릴 것입니다.”

한 사내가 숨을 몰아쉬며 답했다. 그의 온몸에도 땀이 비 오듯 흐르고 있었다. 공력도 많이 소모된 듯 피곤한 기색이 역력했다.

“죽일 놈!”

초연이 다시 역정을 토하며 선인봉 정상으로 시선을 돌렸다.

해가 거의 중천에 떠 있었다.

주인인 사운혁은 지금쯤 정상에 거의 도달했겠지만 자신들은 부하들을 기다렸다가 다시 산개하여 따라야 하니 산에 오를 즈음에는 대결이 시작되었을지도 모른다. 대결이 끝나기 전에 올라야 한다는 조급한 마음으로 산을 오르자면 배는 더 힘들어질 것이 틀림없다.

더욱이 놈이 이곳에 무슨 술수를 부려놓았는지 모르기에 온통 신경을 곤두세우며 경공을 펼치려면 몇 배는 더 힘들 것이다. 놈을 잡는 데 힘을 보태기도 전에 지쳐서 먼저 쓰러질 것 같았다.

초연은 다시 터져 나오는 역정을 겨우 억누르며 가죽 주머니를 들어 그 속에 든 물을 모두 마셨다. 부하들 역시 허리춤에서 가죽 주머니를 들어 목을 축였다.

"지금쯤 주군께서 놈과 마주쳤을까요?"

물을 다 마신 한 사내가 물었다.

"그렇다면 싸우는 소리가 들리겠지. 안 들리는 것을 보니 아직 아니다."

초연이 단정적으로 말했다.

꼭대기까지는 까마득했지만 절정고수 두 사람의 싸움이라면 이곳까지도 충격파가 들릴 것이다.

"어떻게 할까요? 여기서 수하들이 오기까지 계속 기다릴까요?"

다른 한 사내가 물었다. 초연이 잠시 미간을 모았다.

"그랬다간 너무 늦을 것 같다. 이호! 너는 이곳에서 기다리다가 수하들과 함께 산개하여 은밀히 올라와라. 나는 일호와 함께 먼저 오르겠다."

초연은 결심을 굳힌 듯 말하고는 공력을 끌어올렸다. 다시 경공을 펼쳐 선인봉 정상으로 오를 준비를 하는 것이다.

"이런! 이런!"

난데없이 들려오는 굵은 목소리에 막 경공을 펼치려던 초연과 그녀의 부하 두 사람은 깜짝 놀라며 쾌속하게 등을 돌렸다.

"서, 석 공자!"

초연과 두 사내는 동시에 외쳤다. 목소리의 주인공은 뜻밖에도 성주의 첫째 제자이자 철탑같이 거대한 체구의 사내 석모광이었다.

"석 공자께서 어떻게……?"

초연이 당혹감을 감추지 못하며 물었다.

사운혁과 그는 겉보기에는 다정한 사제지간이었지만 등 뒤에서는 어느 순간 비수를 찔러 넣을지 모르는 가장 위험한 적이었다. 그런 그가 사운혁이 위기에 빠진 이곳에 나타났다는 것은 실로 혼란스러웠다. 언뜻 생각하기에는 도와주러 온 것 같았지만 절대로 그렇지 않을 것이다.

그렇다면?

초연은 긴장된 눈빛과 함께 석모광의 전신을 훑었다.

평소에는 거의 차고 다니지 않던 철부(鐵斧) 두 자루가 등 뒤

에 열십자로 교차되어 매달려 있었다. 그건 전투에 임할 때의
모습이었다.

"어떻게 이곳에 오셨습니까, 석 공자님?"

초연이 다시 물었다.

서로 존재를 알아서는 안 되는 처지이지만 그건 눈 가리고
아웅이나 마찬가지다. 석모광은 자신들 존재를 알고 있을 것
이고, 자신 역시 석모광의 비밀 조직을 알고 있었다. 공식적으
로만 모른 척하고 있을 뿐이다.

"그러는 그대께서는?"

석모광이 빙긋 웃으며 반문했다.

"우리는……."

초연이 대답하려다 입을 다물었다.

자신들의 지금 행보는 공식적으로는 절대 허용된 것이 아니
기 때문이다. 흥수는 위건화를 살리려거든 사운혁 혼자 오라
고 했고, 성주도 성내 인원은 한 명도 움직이지 말라는 엄명을
내린 때문이다.

"운혁 사제를 도우러 왔단 말인가?"

석모광이 입가에 피어오른 미소를 지우지 않은 채 말했다.

"그건……."

초연은 대답을 하지 못했다.

"성주님의 명령을 어기겠다는 말이군. 그 결과가 어떤 것인
지 모르는 것은 아니겠지?"

석모광의 눈이 초연의 몸 전신을 부지런히 훑으며 말했다.

"그러는 석 공자께서도 여기까지 왔으니 성주님의 명령을 어긴 것이 아닌지요?"

초연 옆에 선 사내가 끼어들며 말했다.

"나? 나야 자네들이 엉뚱한 짓을 할까 봐 살피러 온 것이지. 자네들로 인해 내 사랑하는 건화 사제가 잘못되는 것은 바라지 않으니까 말일세."

석모광은 더욱더 짙은 미소와 함께 답했다.

"그럼, 사운혁 공자는 잘못되어도 된단 말입니까?"

초연이 짙은 경계심의 기운을 드러내며 물었다.

자신의 예상대로 석모광은 사운혁을 도우러 온 것이 아니다. 그리고 위건화가 걱정되어 온 것 역시 절대로 아니다. 사운혁보다는 덜하겠지만 위건화 역시 눈엣가시로 여기고 있는 것은 자명했다.

"그럴 리가 있나. 다 같이 사랑하는 내 사제들이지. 하지만 운혁 사제가 어떤 사람인데 그런 족보도 없는 놈에게 당하겠나. 여기서 가만히 기다리고 있으면 놈을 잡고 건화 사제도 무사히 구해 내려올 걸세. 후후!"

석모광은 나직한 웃음을 흘렸다. 그리고는 느긋하게 팔짱을 끼며 세 사람을 주시했다.

세 사람은 잠시 할 말을 잃고 서로를 쳐다보았다.

세 사람의 눈에 동시에 갈등이 어렸다.

무황성주의 첫째 제자!

그 자리가 결코 그냥 얻어진 것은 아니다. 그만한 능력과 실력이 있어야 가능한 자리이다.

그런 인간이니만큼 세 사람이 합공한다고 해도 상대가 되지 못할 것이다.

그렇다면…….

조금 더 기다리다 보면 분산되어 따라오는 부하들이 도착할 것이고, 그때는 석모광도 어쩔 수 없이 길을 비켜줄 것이다.

초연이 막 그 생각을 하는 순간 석모광의 입꼬리가 뒤틀렸다.

"운혁 사제는 확실히 수하들을 잘못 길렀어. 내 수하들이라면 이런 경우 만사를 제쳐 놓고 달려들 텐데 말이야."

석모광의 빈정거림에 초연과 두 사내의 얼굴이 동시에 일그러졌다. 그러나 그들은 섣불리 움직이지 못했다.

파천쌍부라는 별호답게 석모광이 휘두르는 두 자루의 도끼는 전각 하나쯤은 순식간에 무너뜨린다고 했다. 은신술을 펼치며 이곳까지 오느라 진이 다 빠진 상태에서 그 도끼와 맞부딪치고 싶지 않았다.

"하긴…… 능력보다 무언가 다른 목적을 위해 사부께서 키운 제자이니 그럴 수밖에."

석모광은 다시 빈정거리며 뜻 모를 말을 읊었다.

"그게 무슨 말인가요, 다른 목적을 위해 키우다니요?"

초연이 의구심 가득한 표정과 함께 질문을 던졌다. 그런 말은 생전 처음 듣는 것이었다.

"어릴 때부터 많이 이상했지. 사부가 거둔 제자들 중 네 주인인 그놈이 가장 멍청했는데도 불구하고 제거되지 않고 살아 남더군. 더 영리하고 뛰어난 제자들은 일곱이나 나가떨어졌는데 말이야. 그래서 오랜 시간 동안 세심하게 지켜봤더니 사부의 보이지 않는 비호가 있다는 것을 알았지. 어떤가, 그 이유가 궁금하지 않나?"

금시초문인 내용에 초연은 눈만 깜박거리고 있었다.

석모광은 비릿한 웃음을 흘리며 말을 이었다.

"그건 그놈이 채음보양술에 있어 천부적인 능력을 가진 신체를 타고났기 때문임이 분명해. 아직까지는 나만의 짐작이지만 조만간 밝혀지겠지. 후후후!"

석모광은 고개를 젖히며 음산하게 웃었다. 기습 공격을 하려면 방심한 지금이 적기였지만 석모광의 뒷말이 궁금한 초연은 침만 꿀꺽 삼키며 서 있었다.

석모광의 말대로 사운혁은 방사의 능력에 있어서 타의 추종을 불허하는 인간이었다.

하루저녁에도 몇 명의 여인들을 황홀경으로 보내면서 스스로는 끄떡도 없었다. 보통 사람이라면 진기가 다 빠져 몇 번은 쓰러질 상황인데도 그는 멀쩡했다. 정말 타고난 정력가라는 생각을 하며 자신 역시 그 능력에 완전히 매료되어 충성을 다하고 있었다.

그런데 그게 채음술과 관련이 있다니?

"대체 그게 무슨 말인가요? 그 능력 때문에 왜 성주님이……?"

"그건 차차 밝혀질 일이지. 그러나 그대들에게는 그럴 기회가 없다는 사실이 안타깝군."

말을 마친 석모광은 팔짱을 끼었던 양팔을 풀었다. 어느새 그의 양손에는 각각 한 자루씩의 철부가 들려 있었다.

느긋하게 팔짱을 낀 자세는 실은 쌍부를 거머쥐기 위한 동작이었던 것이다.

"당신……?"

초연은 두 눈을 커다랗게 뜨며 주춤 뒤로 물러섰다.

자신들이 선인봉 정상으로 오르는 것을 막으려 석모광이 나타난 줄 알았는데 그게 아니었다. 두 자루 도끼를 든 석모광의 눈은 야차의 그것처럼 차가운 살기를 내뿜고 있었다.

"느려! 주인을 닮아서 상황 판단이 너무 느려. 아직도 내가 단순히 그대들을 막기 위해 이곳까지 온 것이라 생각하는 것은 아니겠지?"

석모광은 두 자루 도끼를 휘리릭 돌리며 말을 이었다.

"언젠가 소리없이 제거해 버리려고 벼르고 있었지만 성안에서는 많이 번거로운 일이었지. 그런데 오늘 그 기회가 왔군. 후후!"

석모광은 천천히 걸음을 옮기며 거리를 좁혔다.

"잠시, 잠시만……."

새파랗게 질린 초연이 다급성을 지르며 손을 내혼들었다. 어떻게든 시간을 끌어 부하들이 올 때까지 기다려야 했다.

"마지막 유언이라면 들어주지, 아직 시간은 충분하니까."

석모광은 차가운 미소와 함께 들어 올렸던 도끼를 조금 내렸다. 그러나 한 치의 빈틈도 없이 세 사람을 견제하는 것은 여전했다.

"만약 당신이 우리를 제거한다면……."

초연은 말꼬리를 길게 끌었다. 그리고는 눈앞을 가린 머리카락을 치켜올리려는 듯 고개를 흔들었다.

그 순간, 그녀의 가슴 언저리에서 들릴 듯 말 듯한 음향이 새어 나왔다. 그것은 극히 미세했기에 초연 본인에게나 겨우 들릴 정도였다.

그러나 그 미세한 음향의 파급 효과는 절대로 그렇지 않았다. 미세한 소음과 함께 터질 듯 부풀어 오른 그녀의 가슴이 실제로 뻥! 터져 버리며 시커먼 연기가 쾌속하게 앞으로 쏟아졌다. 그리고 그 연기 속에서 무수한 우모침(牛毛針)이 섞여 있어 석모광의 전신을 향해 벌떼처럼 덮쳐 갔다.

"요사스런 계집!"

터질 듯 솟아오른 가슴이 정말 터져 버릴 줄 몰랐던 석모광은 급히 보법을 밟으며 철부 두 자루를 부우욱 그어 올렸다.

순식간에 그의 전면에 거무튀튀한 막이 만들어지며 초연의 가슴으로부터 터져 나온 우모침이 모조리 튕겨났다. 그리고 흑색 연기마저 세찬 폭풍우에 휩쓸리듯 휘날려 갔다.

"제 주인을 닮아서 아주 교활하군."

초연의 기습 공격을 막아낸 석모광은 코웃음과 함께 앞을 주시했다. 그의 표정이 잠시 찡그려졌다.

조금 전까지 앞에 서서 기습 공격을 가했던 초연이 보이지 않았다. 또한 그의 부하 두 명도 연기처럼 사라져 버렸다.

그들은 사운혁의 그림자들로 언제나 몸을 은신하며 그의 곁에 맴돌았다. 그래서 이런 식의 은신술은 일상이라 할 수 있었다.

"잔재주를 피워보시겠다……? 그건 보통 인간들에게나 통하는 것이지."

말이 끝남과 동시에 석모광은 길게 자란 잡풀 숲 한쪽을 향해 도끼 한 자루를 쾌속하게 던졌다.

쐐액—

철부가 대기를 찢어발기며 날아갔다.

보통 사람으로서는 들어 올리기도 힘들 만큼 커다란 철부였기에 그것이 회전하며 날아가는 모습은 마치 커다란 바위 하나가 날아가는 것 같았다.

도끼에 부딪친 지표면에서 굉음이 울리며 땅거죽이 포탄의 파편처럼 허공으로 터져 올랐다. 그리고 그것은 어느 순간 핏빛으로 물들어 떨어져 내렸다.

수풀 그림자 한곳에 은신해 있던 초연의 부하 한 명이 그렇게 온몸이 터져 나가며 혈편으로 사라져 버린 것이다.

파앗—

자욱히 터져 오른 혈편이 다 떨어져 내리기도 전에 석모광은 또 다른 도끼를 반대쪽을 향해 던졌다.

“헉!”

동료의 처참한 죽음을 보며 기절초풍할 듯 놀란 다른 사내 하나는 석모광의 도끼가 도달하기도 전에 은신을 드러내며 수풀 그림자 속에서 솟구쳐 올랐다.

그 순간 석모광의 손바닥이 활짝 펼쳐졌다.

퍼엉!

솥뚜껑만 한 석모광의 손에서 장력이 터져 나왔다.

철탑 같은 신체에서 쏟아져 나오는 장력 역시 엄청난 파괴력을 내포하고 있었다.

“하앗—”

허공으로 솟아오른 사내가 대갈일성과 함께 양손을 교차하며 세차게 흔들었다.

파팡—

사내의 양손에서 폭음이 울렸다. 동시에 사내의 신형이 휘둘러지는 쇠방망이에 맞은 자갈돌처럼 튕겨 나갔다. 그리고 그 뒤를 따라 폭포수 같은 핏줄기가 길게 이어졌다.

사내는 땅에 떨어져 내리기도 전에 숨이 끊어져 길게 자란 수풀 속으로 처박혔다.

순식간에 두 사내를 처치한 석모광은 천천히 걸음을 옮겨 두 자루 도끼를 다시 손에 들었다.

“포기하고 그만 나서는 게 어떤가? 그따위 은신술이 통하리라 생각한다면 무황성 대제자를 너무 우습게 여기는 처사가 아닌가?”

비릿한 미소와 함께 소리친 석모광은 도끼를 들어 올려 어느 한곳을 가리켰다.

우웅—

도끼 끝에서 무거운 진동음이 흘러나오며 무형의 기운 한 가닥이 도끼가 가리킨 곳을 향해 뻗어나갔다.

"아악!"

짤막한 비명성이 울렸다. 그리고 은신술을 펼치고 있던 초연의 모습이 땅껍질이 벗겨지며 선명하게 드러났다.

무형의 진기에 당한 듯 그녀의 입가에서는 선혈 한줄기가 흘러내리고 있었다.

사색이 된 표정으로 초연이 몸을 일으켰다.

그동안 석모광에 대해서 너무 모르고 있었다는 생각이 들었다.

타고난 덩치와 신력으로 인해 무황성의 대제자 자리를 차지하고 있지만 무공이나 두뇌 회전은 다른 제자에 비해 다소 떨어진다고 판단했다. 사운혁 역시 그렇게 생각하며 자주 무시하는 태도를 보였다. 그때마다 석모광은 사람 좋은 표정과 함께 웃어 넘겼다.

그러나 그것은 철저히 자신을 숨기기 위한 행동이었다.

자신들을 이곳까지 추적하고 고도의 은신술을 간파하는 능력은 이제까지 보여주던 모습과는 판이하게 달랐다.

무공 또한 도끼로 무형의 기운을 발출할 정도라면 위건화와 사운혁보다 한참 더 고수라는 말이었다.

초연은 무형의 기운에 격중당한 가슴 어림에 진기를 유통시키며 석모광을 노려보았다.

"더 이상 터져 나올 가슴은 없겠지?"

석모광은 초연의 가슴에 시선을 고정하며 물었다.

"어디 한번 살펴보세요."

초연은 가슴을 앞으로 내밀었다. 가슴이 다시 부풀어 올랐다. 이번에는 무슨 장치에 의한 것이 아니라 실제였다.

솟아오른 가슴과 함께 그녀의 눈에서도 진한 색기가 뿜어져 나왔다.

보통 남자라면 그것만으로도 혼백을 잃을 만큼 뇌쇄적인 눈빛이었다.

"그것도 운혁 사제에게서 배웠나?"

석모광은 초연의 가공할 미혼공에 추호도 흔들리지 않고 차갑게 내뱉었다.

초연은 속으로 신음을 삼켰다.

이런 정도의 미혼공이라면 눈빛 정도는 흔들려야 하는데 석모광은 그야말로 목석이나 다름없었다. 그리고 그 목석의 눈에서 더욱 진한 살기가 피어올랐다.

이젠 더 이상 다른 방법이 없었다.

입술을 깨문 초연은 혼신의 공력을 끌어올렸다. 이젠 마지막 남은 한 가지 수법에 모든 것을 걸 수밖에 없었다.

그건 철저히 비밀에 부쳐져야 할 일이었지만 지금은 목숨을 보존하는 게 우선이었다.

스스스―

　무방비 상태로 서 있는 것 같던 초연의 신형이 어느 순간 여러 개로 분리되며 병풍이 펼쳐지듯 옆으로 주르륵 펼쳐졌다. 그리고는 개개의 환영들이 서서히 부풀어 오르기 시작했다.

　"이런!"

　석모광의 표정이 한순간 찌푸려졌다.

　지금 초연이 펼치는 수법은 무황성에 있는 무공이 아니었다. 더 나아가 그것은 정파무림의 무공도 아니었다.

　"어림없는 수작!"

　석모광은 고함과 함께 도끼를 들어 올렸다.

　그 순간 콰앙! 하는 폭음과 함께 여러 개로 늘어난 초연의 환영이 동시에 폭발을 일으켰다.

　석모광은 신속히 두 개의 도끼를 휘두르며 강기막을 펼쳤다.

　분명히 환영이 터져 나갔는데 개개의 환영에서 피보라와 함께 육편들이 포탄의 파편처럼 쏟아졌기 때문이다.

　자욱한 혈향과 함께 터져 나오는 혈편들은 절대로 환영이 아니었다. 그것은 완전한 실체였고, 실체에 부딪친 석모광의 도끼에는 핏자국이 얼룩졌다.

　"악독한 계집!"

　온 세상을 뒤덮을 듯한 혈편들이 사라졌을 때 석모광은 낮게 으르렁거리며 주변을 살폈다.

터져 나온 살 조각과 혈흔들이 온 사방에 흩어져 처참한 광경을 이루고 있었다.

방금 전까지 살아 있던 초연의 흔적이라고는 도저히 상상이 가지 않는 모습이었다.

인상을 찌푸리며 사방을 살펴보던 석모광은 입가에 흐릿한 미소를 피워 올렸다.

"그건 사파의 악독한 사술이군. 그것 역시 사제에게 배웠나?"

석모광은 마치 초연이 살아 있기라도 한 듯 중얼거렸다. 아무리 사술이라지만 몸뚱이가 이렇게 천 갈래, 만 갈래 터져 버린 상태에서는 절대로 환생할 수 없을 터였다. 그런데 석모광은 살아 있는 상대에게 하듯 말했다.

"하지만 여전히 부족해. 이왕 그런 악독한 수법을 펼치려면 완벽하게 해야지."

뜻 모를 말을 중얼거린 석모광은 손에 쥔 도끼를 한곳으로 던졌다.

그곳은 초연의 부하 한 명의 시신이 있는 쪽이었다.

팍!

도끼가 시신에 꽂히는 파육음이라기엔 뭔가 이질적인 소리가 터져 나왔다.

아니나 다를까, 도끼가 꽂힌 시신은 연기처럼 사라지고 빈 땅에 도끼 한 자루만이 깊숙이 박혀 있었다.

"남의 시신을 자신의 시신인 양 터뜨리며 은신술을 펼치다니, 정말 악독해. 역시 사제다워."

석모광은 차가운 미소를 지으며 남은 도끼로 한곳을 가리켰다.

스스스—

잡목 더미가 흔들리며 초연이 모습을 드러냈다.

마지막 수법까지 무위로 돌아가자 그녀의 얼굴에는 죽음의 그림자가 드리워져 있었다.

"사파의 무공을 수하들에게까지 전해줄 정도라니, 사제는 아주 위험한 지경에까지 이르렀군!"

석모광은 고개를 저으며 초연을 응시했다. 그리고는 커다란 도끼를 들어 올렸다.

덜덜덜!

초연의 몸이 사시나무처럼 떨렸다.

평소 사람 좋은 허풍선이로만 생각했던 석모광의 진면목은 그야말로 한 치의 빈틈도 없는 야차였다. 그리고 그 야차의 도끼가 자신의 명줄을 끊기 일보 직전에 와 있었다.

저 도끼가 손을 떠나는 순간 자신의 혼백은 지옥으로 떨어질 것이다.

초연은 머릿속이 하얗게 탈색되는 것은 느끼며 눈을 감았다.

"살고 싶나?"

텅 빈 초연의 뇌리 속으로 석모광의 목소리가 천둥처럼 울렸다.

추호의 인정도 없을 것 같은 석모광의 제의에 초연은 연신 고개를 끄덕였다. 그리고 죽음을 의식했던 그녀의 눈에서는 불식간에 눈물이 흘러내리고 있었다.

"시키는 대로 한다면 살려줄 수도……."

"살려주십시오. 그러면 무슨 짓이든 하겠습니다!"

석모광의 말이 끝나기도 전에 초연은 더욱 세차게 고갯짓을 했다.

"좋아! 그럼 지금부터 네 조직은 나에게로 복속된다. 하겠느냐?"

"하겠습니다. 당장 그렇게 하겠습니다."

초연은 잠시 후면 부하들이 달려올 방향을 보며 답했다.

석모광의 도끼에 죽어버린 일조장과 이조장을 빼면 다른 부하들은 자신이 무엇을 하는지도 알지 못한 채 따르는 무리들이다. 비로소 초연은 석모광이 그걸 모두 계산하고 순식간에 일조장과 이조장을 죽여 버린 것이라는 사실을 깨달았다.

다시금 석모광의 진면목을 알게 된 초연은 속으로 치를 떨었다.

"그럼, 네 부하들이 도착하면 이 산 근처에 천라지망을 펼치고 개미새끼 한 마리 올라오지도, 내려가지도 못하게 해라. 단, 관을 메고 오는 내 부하들은 예외다."

"알겠습니다!"

초연은 고개를 조아렸다.

"다음 지시는 산을 내려와서 내리겠다."

“존명!”

초연은 최대한 허리를 숙이며 석모광에게 복종의 자세를 잡았다.

외상이면 소도 잡아먹는다고 했다. 일단 목숨을 붙여놓아야 후일을 기약할 수도 있는 것이다. 그러다 보면 복수의 기회도 잡을 수 있을 것이고…….

“그리고…….”

또다시 들려온 석모광의 목소리에 허리를 숙이고 있던 초연은 흠칫 상체를 일으키며 고개를 들었다.

“이걸 삼켜라!”

석모광은 손끝으로 환약 한 알을 초연에게 튕겼다.

환약을 받아 쥔 초연은 자신의 모든 기대가 와르르 무너지는 느낌을 받으며 우두커니 서 있었다.

그럼 그렇지, 그렇게 쉬울 리가 없었다.

단 한 치도 빈틈이 없는 놈이 이렇게 쉽게 마무리할 리가 없었다.

이 환약은 그 어떤 개목걸이보다 더 단단한 구속이 될 것이다.

“싫은가?”

멍하니 환약을 쳐다보던 초연은 싸늘하게 밀려오는 석모광의 음성을 접하고 얼른 삼켰다.

“앞으로 보름에 한 번씩 해약을 복용하지 않으면 넌 세상에서 가장 지독한 고통과 함께 내장부터 터지며 죽어갈 것이다.”

　　석모광은 넋이 나간 표정을 짓고 있는 초연을 뒤로한 채, 양
손에 든 두 자루의 도끼를 등 뒤로 갈무리하고는 천천히 선인
봉을 향해 걸음을 옮겼다.

第五十五章
드러나는 비밀

장홍관일

"대체 놈의 꿍꿍이는 무엇인가?"

선인봉을 향해 경공을 펼치던 사운혁은 잠시 신형을 멈추고 사방을 두리번거리며 중얼거렸다.

벌써 반 이상 산을 오른 상태였다. 그러나 그동안 어떤 장애물이나 은신의 기척도 느끼지 못했다.

이따금씩 먹이를 찾아 나선 산짐승들이 후다닥 놀라 달아나는 소리나, 둥지 속에 있던 야조들이 날아오르는 소리들밖에 들리지 않았다. 그놈들이 자유롭게 돌아다닐 만큼 선인봉으로 오르는 산길은 평화롭기만 했다.

사운혁은 쉽게 납득이 가지 않았다.

현도봉에서 갑작스럽게 이곳으로 약속 장소를 바꿨기에 이곳에 온갖 종류의 술수를 다 부려놓았을 것이라 생각했는데 그런 낌새는 그 어느 곳에서도 보이지 않았다.

'아직은 다 오른 것이 아니니 방심은 금물이겠지.'

스스로 다짐한 사운혁은 선인봉 산정을 쳐다보았다.

아직은 시간이 남아 있어 이곳에서 조금 더 쉬며 조식을 해도 될 것 같았다.

"흐읍—"

사운혁은 길게 호흡을 들이마시며 진기를 이끌었다.

단전에서 즉각적인 반응이 일며 물밀 듯한 진기가 느껴졌다.

점점 더 위력을 발휘하는 옥혈심공이었다.

완벽한 순음(純陰)에 기반을 둔 미증유의 공력!

그 공력을 자신의 것으로 완전히 소화시키기 위해 그동안 얼마나 피나는 노력을 했던가?

그로 인해 특수하게 개조된 연공실에서 두문불출하며 올빼미 인간이 되어갔지만 그 고난의 열매는 달고도 달았다.

아무리 피곤해도 단 한 번의 운기조식이면 온몸에 터질 듯한 충만한 기운을 채워주는 심법!

이제 그 심법을 대성하면 자신은 미증유의 공력을 지닌 초인으로 거듭날 것이다.

이런 공력이라면 그 어떤 인간도 두렵지 않았다. 그래서 단신으로 이곳까지 오는 것도 마다하지 않은 것이다.

사운혁은 한 번의 운기로 충만하게 차오른 기운을 갈무리하며 몸을 일으켰다.

한 발을 내딛으며 선인봉 정상을 향하여 경공을 펼치려던 사운혁은 갑자기 느껴지는 이질적인 기운에 흠칫 신형을 굳혔다.

요란한 인기척은 아니었다. 그러나 무언가 본능을 자극하는 기운이 느껴졌다.

"여인?"

사운혁은 눈을 크게 떴다.

저만치 떨어진 숲길에서 약초 망태기를 어깨에 걸친 세 명의 여인이 바쁘게 내려오고 있었다. 해가 지는 저녁도 아닌데 그녀들은 뛰듯이 서두르고 있었다.

사운혁은 경계심을 늦추지 않고 여인들을 살폈다.

삼십대 초반 정도의 여인들이었는데 행색은 초라했지만 묘하게 끌리는 데가 있었다. 다른 때였다면 불러 세워놓고 한번 희롱을 해보고픈 여인들이었다.

여인들도 마침 사운혁을 발견했는지 주춤 걸음을 멈추고 빤히 쳐다보다가는 더 빠른 걸음걸이로 산길을 내려갔다.

"정말 이상한 기운을 풍기는 여인들이군!"

사운혁은 의아한 표정으로 중얼거렸다.

보통의 여인들과 달리 무언가 자신의 기운에 감응하는 듯한 느낌을 주는 여인들이었다. 그건 마치 같은 심법을 익힌 동도끼리 서로 동질감을 느끼는 그런 기분이었다.

나물 캐는 아낙들에게서 그런 느낌을 받은 것이 납득 가지

않은 사운혁은 따라 내려가 한번 확인해 볼까 하다가 고개를
저었다.

　지금은 그런 사소한 일에 신경 쓸 때가 아니었다. 모든 신경
과 모든 힘을 집중해서 그놈을 찾아내고 잡아야 하는 것이다.

　잡념을 떨쳐 버린 사운혁은 앞으로 내민 발끝에 힘을 주었
다.

　미세하게 흔들린 그의 몸이 바람처럼 산길을 쏘아져 올랐
다.

　"엇!"

　산 정상 바로 아래에서 사운혁은 경호성을 지르며 신형을
멈추었다.

　산정의 널찍한 공터 끝 부분에 소나무 한 그루가 수백 장 낭
떠러지를 향해 비스듬히 서 있었다. 그리고 소나무 가지 하나
에 밧줄에 꽁꽁 묶인 인영이 거미줄을 늘어뜨리고 내려온 거
미처럼 대롱대롱 매달려 있었다.

　"사제?"

　사운혁은 즉각 그 인영이 사제 위건화임을 직감했다.

　허리에서부터 가슴 어림까지 밧줄에 칭칭 묶인 채 아래로
늘어뜨린 한 가닥 밧줄에 대롱거리며 매달려 있는 모습은 위
태하기 짝이 없었다. 만약 조금이라도 요동을 쳐서 소나무 가
지가 부러지기라도 한다면 위건화는 절벽 아래쪽에 칼날같이
튀어나온 바위에 부딪쳐 뼈도 추리지 못할 것 같았다.

또한 저 상태에서 누군가 비도라도 날려 한 가닥 밧줄을 끊어버린다 해도 결과는 마찬가지일 것이다. 그야말로 위건화는 저승 문턱에 반쯤 발을 들여놓고 있었다.

'그렇다면 놈은?

사운혁은 극도의 긴장감을 느끼며 무영의 모습을 찾았다.

이제까지는 아무런 술수를 부려놓지 않았지만 위건화를 절벽 끝에 매달아놓은 이곳에는 충분히 무슨 흉계를 꾸며놓았을 가능성이 높았다.

빠르게 주변을 탐색하던 사운혁의 눈이 번쩍 빛을 토했다.

위건화가 있는 절벽 반대쪽에서 한 인영이 모습을 드러낸 것이다.

'암중인……."

위건화는 속으로 신음처럼 중얼거렸다.

군살 하나 없이 매끈한 몸매에 훤칠한 키, 그리고 여인처럼 하얀 얼굴!

그동안 자신의 정보망으로부터 입수된 정보였다.

수없이 읽고 또 읽은 정보였기에 먼 거리에서도 인영의 정체를 단박에 알 수 있었다.

놈은 조양방에서 사제 위건화를 잡아간 암중인이 틀림없었다. 몇 명의 동료들이 있었지만 그놈들은 아니었다.

사운혁은 그 동료들의 모습을 찾았으나 정상의 넓은 공터에서는 보이지 않았다. 아마도 다른 곳에 숨어서 무슨 짓을 벌이고 있을 것이다.

'한꺼번에 덤벼도 상관없어!'

불끈 주먹을 쥐며 중얼거린 사운혁은 천천히 걸음을 옮겼다. 그러면서 그는 단전에 가득 찬 옥혈심공의 내력을 다시 끌어올렸다.

"드디어 만났군!"

정상의 공터에 오른 사운혁을 보며 무영이 빙긋 미소와 함께 말했다.

사운혁은 멍한 표정으로 무영을 쳐다보았다.

지난 한 달 동안 온통 혼란의 대상이었던 인간!

때로는 악마의 화신 같기도 했고, 때로는 찢어 죽이고 싶은 증오의 대상이었던 자였다.

그 인간과 마주 서 있다는 것이 실감 나지 않았다.

사운혁은 눈을 몇 번 끔벅거린 후 다시 무영을 노려보았다.

악마의 화신 같지도, 지옥 용암 속에서 뛰쳐나온 괴물 같지도 않았다.

어지간한 미모의 여인이라도 고개를 숙일 정도로 준수한 귀공자풍이었다. 또한 외양만 보아서는 무공도 익히지 않은 서생 같았다.

사운혁은 그동안의 적개심이 스르르 녹아내리는 것 같은 착각에 빠졌다.

"내 얼굴에 뭐라도 묻었나?"

바람 소리처럼 들려오는 무영의 목소리에 사운혁은 퍼뜩 정신을 차렸다.

"올라오느라 고생했을 테니 거기 있는 차나 한잔하게."

무영은 턱짓으로 한쪽을 가리켰다.

그곳에는 마치 차탁처럼 작고 평평한 바위가 있었고, 그 위에 주담자 한 개와 찻잔 몇 개가 놓여 있었다.

사운혁은 기막힌 심정이 되어 잠시 말문을 닫고 있다가 천천히 고개를 끄덕였다.

"마침 목이 마르던 참인데 고맙군!"

한쪽은 뭉게구름처럼 여유로운데 다른 한쪽은 똥 마려운 강아지처럼 불안해한다면 싸워보나 마나다. 그리고 독을 풀 생각이었으면 산 아래서 그랬을 것이다.

사운혁은 성큼 바위 쪽으로 다가가 주담자째 입에 대고 벌컥거리며 안에 든 내용물을 마셨다.

향긋한 차 냄새가 후각을 자극했다.

주담자에 든 다액을 거의 반쯤 마신 사운혁은 거칠게 주담자를 내려놓고 운기를 해보았다. 역시 독은 없었다.

목을 축인 사운혁은 반대쪽에 있는 소나무 쪽으로 눈을 돌렸다.

그곳에는 사제 위건화가 여전히 위태로운 모습으로 매달려 있었다.

정신을 잃었는지 고개를 앞으로 떨구고 있었다. 풀어헤쳐진 머리카락이 온 얼굴을 뒤덮고 있어 살았는지 죽었는지조차 확인이 불가능했다. 기감으로 온기가 느껴지는 것으로 보아 죽지 않았다고 짐작될 뿐이었다.

"내가 왔으니 내 사제는 풀어주는 게 어떤가?"

사운혁은 시선을 무영에게로 돌리며 말했다.

"조금 뒤에 그렇게 할 생각이네. 아직까지는 자네에게 몇 가지 물어볼 것이 있어서 말이야."

무영이 빙긋 웃으며 답했다.

사운혁의 눈 사이가 약간 찌푸려졌다. 무영의 질문이 어떤 것인지 짐작 가지 않았기 때문이다.

"산 아래쪽에서 아낙이 건네주는 물은 잘 마셨겠지?"

전혀 예상하지 못한 무영의 질문에 사운혁은 또 한 번 급히 운기를 해보았다.

여전히 중독이나 산공독의 흔적은 느껴지지 않았다.

사운혁은 눈을 부릅뜨며 무영을 노려보았다.

"그 물에 무슨 수작이라도 부렸단 말이냐?"

사운혁은 마치 조롱이라도 당하는 기분에 목소리를 높였다. 몇 번이나 운기를 해보아도 아무런 느낌이 없었는데 무영이 그 사실을 여기서 다시 언급한다는 것은 분명 무언가 있기 때문이란 생각이 들었다.

"수작을 부렸다기보다는… 확인할 것이 있어 약간의 시약(試藥)을 풀어놓았지. 독이나 최혼제 같은 것은 아니니 걱정 말게. 그 물을 마시고 난 후에 자네 몸에 아무런 반응이 일어나지 않았다는 사실은 나에게는 무척 중요한 일이지만 자네에게는 아무런 문제가 없는 일이지."

도저히 뜻을 헤아릴 수 없는 무영의 대답에 사운혁은 불쾌

한 표정과 함께 주먹을 쥐었다 폈다를 반복했다.

자신이 지금 이곳에 온 이유는 암중인으로 알려진 저놈을 때려잡고 사제를 구하는 것이지 쓸데없는 잡담이나 하려는 것은 아니었다.

"그럼 또 한 가지 질문을 하겠네. 올라오는 산 중턱쯤에서 세 명의 여인을 보았겠지? 그녀들이 자네에게 아무 짓도 하지 않던가?"

그 질문 또한 의미를 헤아리기 힘들었다.

질문 자체야 단순한 것이지만 왜 그 질문을 이 자리에서 하는지, 또 그것이 지금 이 상황과 무슨 연관이 있는지 도무지 짐작 가지 않았다.

"아무 짓도 않고 그냥 내려갔겠지, 그러니 멀쩡한 모습으로 도착한 것이고."

무영은 자신의 질문에 스스로 답하며 사운혁에게 고정되었던 시선을 돌려 어느 한곳을 쳐다보았다.

무영의 시선이 향하는 곳을 따라 쳐다보던 사운혁은 그쪽은 무황성이 있는 방향이란 생각을 했다. 그리고 그 순간 무영의 안광이 번쩍하고 섬광처럼 폭사되는 것을 느꼈다.

사운혁은 순간적으로 자신의 뇌리가 하얗게 탈색되는 느낌을 받았다.

인간의 눈이 어떻게 저런 광채를 뿜어낼 수 있을까? 하는 생각이 탈색된 뇌리 표면에 제일 먼저 떠올랐다. 뒤이어 정체 모를 불안감 한 가닥이 산중에서 찾아오는 어둠처럼 전신을 뒤덮었다.

사운혁은 불식간에 심호흡을 했다. 그리고 속으로 역정을
터뜨렸다.

무황성주의 둘째 제자인 자신이 저런 족보도 없는 놈의 눈
빛 한 가닥에 공포를 느끼다니!

그건 용납되지 않는 일이었다.

"허튼수작 그만하고 이젠 시작하는 게 어떤가? 난 기다리는
건 딱 질색이니까."

사운혁은 목소리를 높이며 금방이라도 출수할 것 같은 자세
를 잡았다.

"서두를 것 없다. 죽이려고만 했다면 네놈 따윈 현도봉에서
내려오는 순간 죽었을 것이다."

시선을 사운혁에게로 돌린 무영이 낮은 음성으로 말했다.

지금까지와는 확연히 달라진 모습이었다.

지금까지는 마치 오랜 친구를 대하듯 부드럽고 온화했다면
두 개의 질문을 던지고 무언가를 확인하는 순간부터는 마치
한 마리 벌레를 보듯 사운혁을 대하고 있었다.

사운혁의 눈이 서서히 살기에 젖어들었다.

"이젠 더 이상은 네놈 말에 귀 기울이지 않겠다. 네놈을 죽
이고 사제를 구해가겠다."

낮게 으르렁거린 사운혁이 오른팔을 쭉 뻗었다.

이제까지는 암중인을 마주했다는 긴장감에, 그리고 혹시 이
곳에 무슨 함정이라도 펼쳐져 있지 않나 하는 경계심에 무영

이 주도하는 분위기대로 이끌려 왔지만 더 이상은 인내력의
한계를 벗어난 일이었다.

치잉—

날카로운 금속성이 일며 그의 오른팔 소매 속에서 새하얀
광채가 쏟아졌다.

채앵—

어느새 사운혁의 손에 한 자루 검이 들려 있었다. 팔뚝에 숨
겨져 있다가 튀어나온 검이었지만 그것은 결코 연검이 아니었
다.

강호에서 가장 흔한 병기의 한 가지인 보통의 검과 똑같은
길이, 모양을 하고 있었다.

평소에는 단검처럼 작은 모양으로 팔뚝에 채워져 있다가 내
공을 주입하면 보통의 검과 똑같이 변하는 그 보검은 무황성
주가 사운혁에게 직접 하사한 천뢰검이었다.

그 보검 덕분으로 사운혁은 그간 여러 차례 맞은 절체절명
의 위기에서 목숨을 구할 수 있었다. 첫째 제자 석모광이 초연
에게 말한, 사부의 보이지 않는 손이 그의 목숨을 이제까지 붙
여놓았다는 말도 이것과 일맥상통하는 데가 있었다.

"좋은 검이군."

무영은 무심하게 사운혁을 쳐다보았다. 여전히 벌레를 바라
보는 듯한 차가운 시선이었다.

"그것이 네 사부가 너에게 선물한 검인가?"

무영은 한층 더 차가워진 목소리로 말했다.

"죽엇!"

사운혁은 더 이상 무영의 말을 듣고 싶지 않다는 듯 천뢰검을 휘둘렀다.

콰아앙—

커다란 폭음과 함께 천뢰검에서 그야말로 벼락이 떨어지듯 섬광이 쏟아지며 무영의 전신을 짓이길 듯 덮쳐 갔다.

벼락같은 검기가 전신을 난도질하려는 순간, 무영이 슬쩍 팔을 흔들어 신형 주변으로 반원을 그렸다.

파츠츠츠—

무영의 손에서 뻗어 나온 강기가 둥근 막을 치며 시퍼렇게 덮쳐 오는 천뢰검의 검기를 모조리 튕겨내 버렸다. 그리고는 아무 일도 일어나지 않은 듯 사위는 고요해졌다.

사운혁은 두 눈을 부릅떴다.

극강의 강기막이었다. 저런 정도의 강기막을 펼치려면 일 갑자 이상의 내공이 있어야 했다.

사운혁의 표정이 납처럼 딱딱하게 굳어갔다.

사제 위건화가 속절없이 포로가 된 상황이 결코 우연이 아니라는 생각이 들었다.

사운혁은 대체 이놈의 정체가 무엇인가 하는 생각을 다시 하게 되었다.

그의 사형 석모광은 외밀원으로 들어가는 정보를 가로채서 무영에 대해 최소한의 정체 정도는 파악하고 있었지만 사운혁은 다른 일에 모든 심혈을 기울이고 있는 상태였기에 그 정도도 모르고 있었다.

"제법 한 수가 있는 놈이었군. 그러니까 사제를 사로잡았겠지. 인정하지. 후후!"

사운혁은 낮은 웃음과 함께 마치 조금 전의 한 수는 인사치레였다는 듯 천뢰검을 가볍게 휙휙 돌렸다.

"그럼 이제 본격적으로 해보지. 아니, 그전에 내 사제의 생사부터 확인해야겠다."

사운혁은 천천히 사제 위건화가 묶여 있는 소나무 쪽으로 걸음을 옮겼다.

"아직 내 질문은 끝나지 않았다!"

사방을 얼릴 듯 들려오는 무영의 목소리에 사운혁은 흠칫 걸음을 멈추었다.

"난 네놈과 입싸움을 하러 온 것이 아니다. 그러니 더 이상 네놈 말을 들을 이유가 없다."

사운혁이 다시 위건화에게로 걸음을 옮겼다.

"정말 그럴까?"

무영은 차가운 음성과 함께 손가락을 튕겼다.

핑! 하는 소음과 함께 무영의 손가락에서 쏘아져 나간 지풍이 위건화를 매달고 있는 밧줄을 가격했다.

출렁!

위태롭게 매달려 있던 위건화의 몸이 아래위로 한 번 요동쳤다. 여러 가닥을 꼬아 만든 밧줄이 한두 가닥은 끊어진 것 같았다.

"개자식!"

사운혁이 욕설을 토하며 다시 그 자리에 섰다.

"어서 죽어버렸으면 하는 사제겠지만 이곳에서 죽는 것은 원하지 않겠지? 그랬다간 당장 사제 하나도 못 구한 병신으로 낙인찍힐 테니. 더 나아가 일부러 죽도록 내버려 두었다는 오해도 받게 될 테고. 후후!"

"비열한 놈! 결국 이런 식으로……."

사운혁은 이를 뿌드득 갈며 잇새로 내뱉었다.

정정당당한 대결을 회피하며 약점으로 승부하려 한다는 생각에 무영을 쳐다보는 그의 눈에서는 경멸의 빛이 흘러나왔다.

그런 사운혁의 눈을 보며 무영이 차갑게 웃었다.

"아까도 말했지만 네놈을 죽이려고만 했다면 벌써 열 번은 죽였을 것이다. 네놈은 네 사부가 얻은 열 명의 제자 중 제일 뒤떨어지면서 여태까지 살아남은 이유도 짐작하지 못하는 멍청한 놈이니까 말이야."

"뭐가 어째?"

사운혁의 눈매가 더 이상 치켜 올라갈 수 없을 만큼 위로 치켜졌다. 그러면서도 그의 눈에 한 가닥 의구심이 어렸다.

처음부터 지금까지 무영이 한 말은 하나도 알 수가 없었지만 무언가 한 가지 맥락을 향해 있다는 생각이 든 것이다. 또한 방금 무영이 한 말대로 자신보다 더 뛰어난 사형제들이 도태되거나 제거되었는데 자신은 건재하다는 사실에 항상 큰 행운이 따랐다는 생각을 하고 있었다. 그런데 그걸 무영이 정확히 지적한 것이다.

"사도맹을 공격한 진짜 이유는 그곳의 신전을 지키는 여사제들 때문이었겠지?"

갑작스런 무영의 질문에 사운혁은 억! 하고 신음을 삼켰다.

사부가 사도맹을 무너뜨리라고 명령을 내린 것은 절대 그 이유 때문이 아니었지만 자신이 사도맹 총단에서 얻은 가장 큰 수확은 그것이었다.

그건 사운혁 자신만 아는 철저한 비밀이었다. 사형과 사제는 물론, 사부조차 모르는 일이었다. 그런데 저놈이 알고 있다니?

사운혁의 뇌리가 온통 헝클어졌다.

"무슨 개소리냐?"

사운혁은 진탕된 자신의 내부를 다스리기 위해 큰 고함과 함께 반문했다. 하지만 무영의 눈빛을 대하는 순간 그건 아무런 의미가 없다는 것을 깨달았다.

영혼마저 꿰뚫을 듯한 무영의 눈빛은 자신의 뇌리 속 잡념 한 조각마저 모두 읽고 있는 것 같았다.

"또한 그건 네 사부가 네놈에게 시킨 일이겠지? 네놈 같은 멍청이는 사도맹에 그런 여인들이 있었다는 사실조차 짐작하지 못할 테니까."

"무슨 미친 소리냐? 사부께서 사도맹을 친 것은 삭초제근을 위한 것이다. 사부는 그곳에 그런 여인들이 있다는 것도 몰랐다."

그건 사실이었다. 그곳에서 그런 여인들을 발견한 것은 오로지 행운에 의해서였다. 사부 단목상군은 그것에 대해서는 일언반구도 없었다.

"네놈이 말한 그런 여인들이란 어떤 여인들인가?"

무영이 정곡을 찌르고 들어오자 사운혁은 입술을 씹었다. 분위기에 휩쓸려 스스로 사실을 인정한 꼴이지만 이미 뱉어버린 말은 되돌릴 수 없었다.

"세상에서 가장 지고한 순음(純陰)을 지닌 여인들이었지. 천혜의 지형인 옥음지(玉陰地)에서 태어나 밤마다 달의 정기를 받아 마시며 평생 달의 정령으로 살아갈 여인들이었지. 그 여인들의 존재를 안 네놈 사부는 삭초제근이란 미명하에 네놈을 보낸 것이고."

"여전히 허튼소리만 하고 있구나. 아까도 말했듯이 내 사부는 나를 그곳에 보내며 그 여인들에 대해서는 일언반구도 하지 않았다. 아니, 그런 여인들이 있다는 사실조차 모르고 계셨다."

사운혁은 완전히 냉정을 되찾은 후 차가운 비웃음 한 가닥을 입에 물고 말했다.

무영이 사도맹의 여인들을 언급했을 때는 가슴이 철렁할 정도로 놀랐지만 그게 사부가 시킨 일이라고 허방을 짚고 있는 것을 보며 코웃음과 함께 냉정을 찾을 수 있었던 것이다.

"그래서 네놈이 멍청이란 것이다."

무영의 음성이 더욱 차갑게 이어졌다.

"네놈 사부는 너를 그곳에 보내기만 하면 필연적으로 네놈이 그녀들을 찾아내고 의도대로 움직이리란 것을 예상하고 있었지. 네놈은 날 때부터 그런 체질로 태어난 놈이니까."

빙풍같이 흘러나온 무영의 말에 조소가 번져 가던 사운혁의 표정이 다시 굳어졌다.

사부가 정말 그런 의도로 자신을 보냈는지는 알 수가 없지만 사도맹의 총단에서 그런 여인들을 만난 것은 어쩌면 필연에 가깝다고 볼 수 있었다. 자신은 절대로 그런 여인들을 놓칠 리 없었기에.

하지만…….

"네놈이 내 체질을 어떻게 안단 말이냐? 나도 모르는 내 체질을."

"네놈은 모르겠지만 네 사부는 잘 알고 있겠지. 그래서 널 어린 시절부터 제자로 삼고 죽지 않게끔 세심하게 사육하고 있는 것이고."

"뭣이!"

사운혁이 폭발할 듯 검을 들어 올렸지만 한발 앞서 내민 무영의 손이 움직임을 제지했다.

"계속 듣는 게 좋아. 갈수록 흥미진진해질 테니 말이야."

손을 한 번 흔든 무영은 말을 이었다.

"아까 산 아래에서 아낙이 준 물에 시약(試藥)을 타놓았지. 그 시약을 마시는 즉시 운기를 하게 되면 보통 사람은 양기가 폭발하여 미쳐 날뛰겠지만 네놈 같은 체질을 가진 인간은 아무런 반응도 일어나지 않지. 어떤가, 그 물을 마시고 양기가 폭발하여 날뛰진 않았겠지?"

"그건……."

"거짓말할 생각 말게. 그랬다면 조력자들이 신호를 보내 내가 먼저 알고 있었을 테니까."

무언가 말을 하려던 사운혁은 와락 눈살을 찌푸리며 입을 다물었다.

산 아래 아낙으로부터 물을 얻어 마시고 서찰을 받아 읽는 순간, 아차! 하며 운기를 하여 중독의 기운을 살폈다. 아무런 중독의 기운이 느껴지지 않아 다행이라 생각했는데 그 서찰은 운기를 하게 만드는 것이 목적이었던 것이다. 그리고 무지렁이 시골 아낙은 놈의 조력자였단 말이다.

'그때 그년을 족쳐 보는 것인데…….'

뒤늦은 후회감이 밀려왔지만 지금은 소용없는 일이었다.

"그런 체질이라면 사도맹의 옥음지로 안 끌릴 수 없는 것이지. 그곳에서 네놈은 달의 정령이나 마찬가지인 그 여인들을……."

무영의 말이 잠시 끊어졌다가 이어졌다.

"네놈은 그 여인들에게서 지고의 순음지기를 모조리 취했을 테지."

말을 마친 무영의 눈이 극한의 살기를 담고 타오르고 있었다.

"기담을 쓰는구나. 그 여인들은 내 부하들의 투항 권유에도 불구하고 끝까지 저항하다가 도륙된 것이다. 그러니 더 이상 헛소리는 집어치워라."

"후후!"

무영이 차갑게 웃은 후 다시 입술을 움직였다.

"죽은 사람은 말이 없고 증거도 없으니 잡아떼시겠다? 사부에게서 더러운 것만 배웠구나."

"이런 개자식이!"

"그래서 한 가지 시험을 더 했지. 네놈이 산중턱에서 만난 세 명의 여인은 내 사형이 만든 존재들이지."

"……?"

"네놈이 사도맹 여사제들의 순음지기를 모두 취했나 그렇지 못했나를 알아보기 위한. 만약 네놈이 그녀들의 순음을 취하지 않았다면 산중턱에서 마주친 여인들은 네놈에게 악귀처럼 달려들었을 것이다. 그 여인들 역시 아무런 행동을 않고 사라지지 않았나?"

사운혁은 이번에도 아무런 대답을 하지 못했다.

"비록 부적으로 만든 여인들이었지만 그들이 달려들었다면 절대로 지금처럼 멀쩡하게 오지 못했을 것이다. 그러니 네놈은 내 짐작을 모두 충족시킨 셈이지."

'부적이라고?

사운혁의 얼굴에 당혹감이 번져 갔다.

해가 지는 시간도 아닌데 허겁지겁 산을 내려오던 여인들!

무언가 이상한 느낌을 주었다. 그러나 그것보다 더 의아한 것은 그 여인들에게서 마치 같은 종류의 심법을 익힌 동도에게서나 느낄 수 있는 동질감이 느껴졌다는 것이다.

그런데 그것들이 사람이 아니라 부적이 만들어낸 허상이었다니…….

그동안 수집한 정보에 의하면 놈과 그 사형이란 자는 환술의 대가라고 했는데 그 정도였단 말인가?

사운혁은 길게 심호흡을 하며 마음을 가라앉혔다.

처음부터 끝까지 놈의 장단에 놀아난 셈이지만 더 이상은 그럴 수 없었다.

"네놈은 그녀들의 순음지기를 사악한 채음법으로 취하고 그 흔적을 남기지 않기 위해 그녀들의 시신마저 처참하게 훼손했지. 세상에서 가장 더럽고 악독한 놈!"

무영이 벌레를 보듯 사운혁을 쳐다보았다.

"큭큭! 그래, 그 모든 것이 사실이라 치지. 그래서 뭐가 어떻단 말인가? 무림대회라도 소집하여 재판이라도 열 텐가? 무림은 힘이 곧 법이지. 그 재판은 백 번을 열어도 내가 이길 거야. 그러니 개 짖는 소리는 그만하고 본론으로 들어가지."

사운혁은 입가에 조롱기 가득한 미소를 피워 올리며 거들먹거렸다.

"본론이라……? 그것도 좋지. 네놈 사부가 대체 왜 너 같은 멍청이를 제자로 키웠는지 한 번쯤 생각해 보지 않았나?"

"그건 본론이 아니지. 본론은 이것으로 하는 것이다. 하앗!"

사운혁은 기합성과 함께 천뢰검을 다시 휘둘렀다.

파아앙—

커다란 폭음과 함께 검에서 벽력같은 검기가 쏟아졌다.

그 순간 무영은 슬쩍 어깨를 흔들었다. 무영의 신형이 아지랑이처럼 흔들리거나 싶더니 그 자리에서 푹 꺼졌다.

콰앙!

무영이 섰던 자리에서 땅거죽이 터져 올랐다.

"약은 수작!"

사운혁은 다시 천뢰검을 들어 올렸다. 그러다가 우뚝 신형을 멈추었다.

다시 나타난 무영의 신형은 위건화가 매달린 소나무 앞이었기 때문이다.

만약 한 번 더 목표물을 놓치고 자칫 잘못하여 소나무라도 가격한다면 사제 위건화는 절벽 아래로 추락하고 말 것이다.

"끝까지 비열하게 나오는구나. 대결할 자신이 없으면 무릎을 꿇어라. 그러면 목숨은 살려주겠다."

사운혁은 천뢰검으로 땅바닥을 가리키며 소리쳤다.

"마지막으로 한 가지만 더 묻지. 이 장신구를 기억하나?"

무영은 품에서 한 가지 물건을 꺼냈다.

그것은 새하얀 백옥으로 만들어진 여인들의 머리 장신구였다.

한 송이 국화 모양으로 만들어진 장신구는 너무도 정교하여 금방이라도 국화 향이 흘러나올 것 같았다.

"미친!"

한소리 역정과 함께 사운혁은 미간을 찌푸리며 무영의 손에 들린 백옥 장신구에 시선을 모았다.

이제껏 셀 수 없이 많은 여인을 접한 그였기에 그런 장신구 또한 수없이 많이 보아왔다. 그러니 그게 누구의 것이지 기억하는 것은 그 여인들 이름을 모두 기억하라는 것과 마찬가지였다.

그런데……?

사운혁의 눈이 조금 크게 뜨여졌다.

보통의 장신구는 나비나 새 모양이 많았다. 그런데 저것은 국화 모양이다. 그리고 너무나 정교했다.

또한 그 색채가 어딘지 모르게 색달랐다.

백옥의 흰 색채에 섞인 은은한 홍광!

그 홍광은 햇빛을 받음과 함께 결코 진하지 않지만 신비로운 분위기를 사방으로 뿌렸다.

'저건!'

갑자기 사운혁의 기억 한 자락이 폭주하기 시작했다.

궁장머리를 한… 마치 천상에서 하강한 것 같던 여인!

사원을 지키는 여사제는 아니었지만 그 여사제들의 미모를 모두 합친 것보다 더 고결하고 아름다웠던 여인!

세상의 모든 기품과 청순함을 한 몸에 간직하고 있는 것 같던 여인!

그 여인의 머리에 꽂힌 장식에서 저런 영롱한 빛이 흘러나

왔었다. 하지만 그 색채마저도 여인의 얼굴에서 자연스럽게
빛나는 광채에 비하면 조족지혈 같았다.

'그래, 그 여인의 머리에 꽂혀 있던 장신구야!'

몽롱하게 변했던 사운혁의 표정에 진한 상실감이 스쳐 지나
갔다.

만약 지금까지 꺾었던 꽃을 모두 돌려주는 대신 그 꽃 한 송
이만 가지라고 한다면 일말의 망설임도 없이 그렇게 할 것이
다.

천상의 꽃처럼 아름다웠지만 자신의 손으로 꺾지 못했기에
더욱더 큰 상실감을 느꼈었다. 그 여인은 끝내 자신의 마수를
뿌리치고 천 길 절벽 아래로 몸을 던졌다.

"네놈…… 기억하는 모양이군."

무영의 목소리가 지옥 유부에서 들려오는 악령의 부르짖음
처럼 흘러나왔다.

"큭큭큭!"

갑자기 사운혁이 괴소를 터뜨렸다. 그 괴소는 어느덧 광소
로 변하기까지 했다.

"자네 여인이었나?"

한참을 웃어젖히던 사운혁이 무영을 쳐다보며 물었다.

"그랬군! 그래서 이렇게 광분하고 있군. 크크크큭!"

사운혁은 다시 괴소를 터뜨렸다.

이제껏 내내 무영의 장단에 놀아나며 자존심을 구겼는데 처
음으로 무영의 내부를 뒤흔들 기회를 잡았다고 판단했다. 그

리고 이 기회를 최대한 이용하여 무영을 격분시킨다면 일은 훨씬 더 쉬워지는 것이다.

"그래! 그 여인이라면 그럴 만도 하지. 암, 그래야지. 그러지 않는다면 그 여인에 대한 모독이지. 크크크! 크하하하!"

사운혁은 고개까지 크게 끄덕이며 다시 괴소를 터뜨렸다. 그러면서 은밀하게 무영의 표정을 살폈다.

철렁!

사운혁의 가슴에 커다란 바위 하나가 떨어져 내렸다.

눈!

미친 듯이 격분하여 이성을 잃을 줄 알았던 무영의 눈!

그 눈은 심연처럼 가라앉아 있었다. 아니, 온 세상을 다 얼릴 듯이 차갑게 빛나며 자신을 쏘아보고 있었다.

'으으ㅡ'

사운혁은 자신도 모르게 신음성을 삼켰다.

태어나서 지금까지 저런 눈을 본 적은 없었다.

와호장룡(臥虎贓龍)에, 때로는 이무기나 다름없는 인간들이 수없이 득실거리는 복마전이나 마찬가지인 무황성에서 십오 년 가까이 부대끼며 살았지만 아직 저런 눈빛을 대한 적은 없었다.

설사 성주 단목상군 앞에서도 이런 느낌은 받지 못했다.

꽈악!

성주 단목상군의 얼굴을 떠올리며 조금이나마 냉정을 되찾은 사운혁은 검을 쥔 손에 힘을 불끈 주었다.

자신은 천하제일성인 무황성 성주의 둘째 제자이다.

성주와 사형 석모광을 빼면 모두 자신을 우러러보는 자리이다. 그런데 저놈의 눈빛에 놀라 싸워보기도 전에 간이 오그라든다면 지나가는 개도 웃을 것이다.

사운혁은 검을 쥔 손에 더욱 힘을 주며 천뢰검에 진기를 불어넣었다.

치이잉―

천뢰검이 피를 찾아 광분하고 있었다.

"그래, 이제 네놈이 말하는 본론이란 것으로 들어갈 때가 된 것 같군."

잠시 동안 먼 하늘 한쪽을 쳐다보던 무영은 천천히 사운혁에게로 시선을 맞춰갔다.

第五十六章

첫 번째 복수

장흥관일

휘이잉—

바람 소리와 함께 네 명의 사내가 산자락 아래로 모습을 드
러냈다.

석모광에게 목숨을 구원받고 그의 충견으로 전락한 초연은
안력을 돋우었다.

석모광의 지시대로 이미 합류한 부하들과 함께 선인봉 하부
에 천라지망을 펼치고 있는 그녀는 누구의 접근도 못하게 하
고 있었다. 저들이라고 해서 예외는 아닌 것이다.

그런데?

그들 중 한 사내의 어깨에 무언가가 걸쳐져 있었다.

사내들의 모습이 조금 더 가까워지자 초연은 사내의 어깨에

걸쳐진 그 물건이 한 개의 관이라는 것을 알았다.

그렇다면 저들은 석모광의 부하들이 틀림없었다. 그들이라면 산 아래에 펼쳐진 천라지망에서 유일하게 예외의 적용을 받을 자들이었다. 그러나 만사 불여튼튼, 한 번은 확인을 해야 했다.

부하들은 사정을 모르고 시키는 대로만 하고 있으니 이 일은 자신의 몫이었다.

"신분을 밝혀라!"

초연은 네 사내 앞을 막아서며 말했다.

"그러는 그대는?"

제일 왼쪽에 선 사내가 나서며 대꾸했다. 입가에 흐릿한 미소가 매달려 있는 것으로 보아 이미 초연 자신의 신분을 짐작하고 있는 것 같았다.

초연은 입술을 씹었다.

어제였더라면 단칼에 베어버렸을 것이다.

석모광이 자신을 알고 있듯이 자신 역시 석모광을 알고 있고, 석모광의 비밀 조직 수장 역시 알고 있었다. 물론 그 역시 마찬가지겠지만.

그런데 지금 말대꾸를 하는 자는 안면이 없다. 그렇다면 그의 부하란 말이다. 그런 놈이 자신을 똑바로 바라보며 입가에 조소까지 매달고 대꾸하고 있었다.

아마도 놈은 석모광의 개목걸이에 자신의 목이 단단히 묶여 있다는 것을 짐작하는 모양이었다.

주르르―

깨물린 입술에서 미세한 선혈이 흐르는 것을 느꼈지만 어쩔 수 없었다.

"난 초연이라고 하지. 사운혁 공자의……."

"알고 있소."

사내가 말을 잘랐다. 그리고 다시 입을 열었다.

"석 공자님으로부터 듣지 못했소? 우리를 막지 말라고."

사내는 한층 더 거만한 목소리로 말했다.

"들었다."

"그런데?"

"확인은 해야 하니까."

"그렇군."

사내가 고개를 끄덕였다. 그러나 여전히 입가에는 한 가닥 조소가 걸려 있었다.

"주인도 그대만큼 똑똑하고 철저하다면 그대가 이런 신세는 되지 않았을 텐데……."

이번에는 다른 사내가 비릿한 미소와 함께 중얼거렸다.

꽈악!

초연은 으스러져라 주먹을 쥐었다.

오늘은 참겠지만 석모광에 의해 자신의 위치가 재조정되면 제일 먼저 죽여 버릴 생각이었다.

"올라가도 좋아."

터져 나오려는 살기를 간신히 억누른 초연이 고개를 끄덕였다.

"그럼 계속 수고하시오. 그 노고는 잘 전해 드리겠소."

네 명의 사내는 한 번 더 조롱의 미소를 흘린 후 선인봉을 향해 걸음을 옮겼다.

"개자식들!"

네 사내의 모습이 보이지 않을 즈음 초연은 들끓는 분기를 참지 못하고 옆에 있는 돌덩이를 걷어찼다.

어린아이 머리통만 한 돌덩이가 박살 나며 파편처럼 앞으로 쏘아져 나갔다.

"네놈들 얼굴은 똑똑히 기억해 두었으니 십 년 후에라도 오늘 일은 대가를 치르게 하겠다."

초연은 다시 한 개의 돌을 더 차서 박살을 내버렸다.

한참을 씩씩거리던 초연은 이젠 자신의 할 일은 다 했으니 나머지는 부하들에게 맡기고 자리를 뜨기 위해 신형을 돌렸다.

막 경공을 펼치려던 초연은 눈 사이를 좁혔다.

조금 전 석모광의 부하들이 온 반대 방향에서 한 명의 인영이 표표히 걸어오고 있었다.

방갓을 쓰고 유유자적 걸어오는 자세였기에 아무런 경계심도 불러일으키지 않을 것 같았지만 오랜 세월 칼날같이 신경을 곤두세우고 살아온 초연이었기에 오히려 그런 모습이 더 큰 경계심을 느끼게 했다.

저런 류의 인간이라면 부하들보다는 자신이 맡는 것이 나았다.

　자리를 뜨려던 초연은 한 번만 더 임무를 수행하겠다고 내심을 굳히며 앞으로 나섰다.

　"누구신지……?"

　초연은 방갓을 쓴 인영을 향해 공손하게 물었다.

　인영은 잠시 아무 말 없이 초연을 바라보다가 손을 들어 올렸다.

　"헉!"

　초연이 단말마의 비명과 함께 앞으로 무너졌다.

*　　*　　*

　"요사스런 놈!"

　사운혁은 이글거리는 눈으로 무영을 쳐다보며 내뱉었다.

　도합 다섯 차례의 공격!

　그러나 그 다섯 번의 공격이 단 한 번도 먹혀들지 않았다.

　처음에는 환술을 펼친다고 생각했다. 한데 그게 아니었다. 놈은 딱 반 자 정도의 차이를 두고 허깨비 같은 신법으로 자신의 검초를 모두 피해냈다.

　물론 처음부터 구명절초를 펼치며 혼신의 힘을 다한 것은 아니다. 그러나 신법만으로 그렇게 피해낼 검초는 아니었다.

　최소한 놈도 무기를 꺼내어 맞부딪치든지, 장력이라도 터뜨려 역공을 취해와야 했다. 그래야 서로를 탐색하며 가늠을 해

볼 수 있는 것이다. 그런데 지금까지 놈은 아지랑이가 흔들리는 것 같은 신법으로 상대했고 자신은 허공만 자르고 있었다.

"언제까지 그것이 통하는지 보겠다!"

거친 콧김을 내뿜은 사운혁은 다시 천뢰검을 휘둘렀다.

휘이잉—

천뢰검이 날카로운 바람 소리를 토했다. 그러나 검끝에 걸리는 것은 아무것도 없었다. 여전히 텅 빈 허공을 상대하는 기분이었다.

사운혁은 야차처럼 인상을 썼다.

"역시 내 짐작대로야. 네 사부는 네놈에게 무공을 완벽하게 가르치지 않았어. 네놈을 거두고 키운 목적은 따로 있었으니 그렇겠지. 하지만 아무리 그래도 너무 엉성하게 키웠어."

한동안 신법만으로 사운혁의 검초를 모두 무력화시켜 버린 무영이 조롱기 어린 눈으로 사운혁을 바라보며 말했다.

"개소리!"

사운혁은 고함을 치며 다시 검을 휘둘러 왔다.

우우웅—

무거운 진동음과 함께 시퍼런 검기가 일었지만 그것 역시 무영의 옷깃 하나 건드리지 못했다.

무영은 사운혁의 손에 들린 천뢰검을 응시했다.

"그 검이 아니었으면 네놈은 네 사부의 제자들 중에서 제일 먼저 죽었을 놈이다. 이제부터 철저히 인식시켜 주지."

무영은 품속으로 손을 넣어 묵색 철피리를 꺼내 들었다. 맞

상대하기 시작하며 처음으로 무기를 손에 잡은 것이다.

"그래! 그래야 맛이 나지. 요사스런 환술로 도망만 쳐서는 재미가 없지."

무영의 손에 들린 묵색 철피리를 쳐다본 사운혁은 호기를 잔뜩 끌어올리며 고함을 질렀다.

그러던 사운혁의 눈살이 찌푸려졌다.

왠지 모르게 단전 한구석이 꿈틀 요동을 쳤기 때문이다. 그건 무언가 종류를 알 수 없는 기운에 자신도 모르는 사이 강하게 감응하는 그런 느낌이었다.

사운혁은 무영의 손에 들린 피리에 시선을 고정시켰다.

언뜻 보아도 절대로 평범해 보이지 않는 묵색 철피리!

꺼내는 순간 무슨 영문인지 내부가 진탕될 듯한 귀기가 몰려왔다.

울렁!

다시 단전이 출렁거렸다.

사운혁은 급히 심호흡을 하며 진기를 다스렸다. 그리고는 다시 철피리를 쳐다보았다.

사운혁은 어쩌면 저 철피리는 자신의 천뢰검의 천적일 것 같다는 생각이 들었다. 그런 내심을 숨기려 호기롭게 고함을 질렀지만 가슴 한복판으로 불길한 느낌이 스며드는 것은 어쩔 수가 없었다.

사운혁은 순간적으로 정상 아래쪽의 기색을 살폈다.

빨리 쫓아왔다면 초연과 두 명의 조장은 지금쯤 정상에 거의 도달했을 법도 한데 아직 아무런 기척이 들리지 않았다. 그들이 합류하면 이놈을 잡을 수 있을 것이다.

사운혁은 다시 온 신경을 무영에게 집중시켰다.

"환술이라고? 후후! 네놈들은 자신의 한계를 벗어난 무공을 보면 사악한 환술이나 극악무도한 마공으로 매도하지. 그리고는 개떼처럼 달려들지. 하지만 지금은 그 개떼들이 없으니 어떻게 할 텐가?"

말을 끝냄과 동시에 무영은 발끝으로 땅을 박찼다.

쉬이익—

무영의 신형이 그 자리에서 쭈욱 늘어나듯 사운혁을 덮쳐왔다. 그리고 그의 손에 들린 묵색 피리가 한발 앞서 사운혁의 가슴을 찔러왔다.

"헛!"

사운혁은 헛바람을 내쉬었다.

이제까지 자신의 검을 피하던 움직임과는 백팔십도로 다른 모습이었다.

보법만으로 아슬아슬하게 자신의 검을 피해내며 모든 공격을 무위로 돌릴 때는 여우같이 약삭빠른 놈이라 여겼다. 그래서 조금만 더 힘을 빼놓으면 일검에 벨 수 있으리라고 생각했다.

그런데……

경멸의 눈빛과 함께 공격해 오는 저 모습은 거대한 해일을 방불케 했다.

쐐애액—

사운혁은 쾌속하게 천뢰검을 휘둘렀다.

천하의 보검 천뢰검에서 벽력이 쏟아지며 무영의 철피리를 난도질할 듯 마주쳐 갔다.

꽈앙!

산 정상을 뒤흔드는 폭발음이 울렸다. 뒤이어 터져 나오는 기파에 휩쓸린 지표면의 흙더미가 허공으로 휘말려 올랐다.

'으음!'

사운혁은 속으로 신음을 삼켰다. 천뢰검에 부딪쳐 싹둑 잘려 나갔어야 할 묵색 피리에서 마치 쇠몽둥이로 바위를 두드린 듯한 충격파가 전해져 왔다.

진탕된 내부를 다스린 사운혁은 다시 천뢰검을 들어 올렸다. 그리고 검신 가득 진기를 실어나갔다.

치이잉—

천뢰검에서 기이한 음향이 일며 시퍼런 검기가 검의 길이보다 더 길게 뻗어나갔다.

무황성주가 직접 하사한 보검 천뢰검과 그동안 축적한 공력이 어우러진 가공할 기운이었다. 비록 무영으로부터는 제대로 평가를 못 받았지만 보통의 무인들이 그 기운에 맞닥뜨린다면 마주쳐 보기도 전에 오금부터 저려 필사적으로 몸을 피할 수 준이었다. 그럼에도 불구하고 무영의 신형은 사운혁의 검기를 조금도 개의치 않고 계속 앞으로 전진해 왔다.

'찔렀다!'

사운혁은 속으로 쾌재를 외쳤다.

시퍼렇게 늘어난 검기가 무영의 가슴을 관통하고 있었기 때문이다. 그러나 그 순간 무영의 신형이 푹 꺼지며 두어 차쯤 옆에서 솟아났다. 그리고는 태산이라도 무너뜨릴 기세로 묵색 철피리를 휘둘러 왔다.

필사적으로 상체를 틀었지만 묵색 철피리 끝이 왼쪽 어깻죽지를 스치고 지나갔다.

퍼억!

탄환에 관통당하듯 살점이 터져 나가며 선혈이 솟구쳐 올랐다. 뒤이어 불에 달군 쇠꼬챙이로 어깨를 지지는 듯한 통증이 전해져 왔다.

사운혁은 이를 악물었다.

지혈을 할 여유도 없이 무영의 신형이 다시 짓쳐들어 오고 있었다. 동시에 팔뚝 길이만 한 철피리가 대전의 기둥처럼 거대하게 느껴지며 머리를 향해 떨어져 내렸다.

"하앗!"

고통에 겨워 주춤거리는 것 같던 사운혁이 갑자기 기합성을 지르며 천뢰검을 사선으로 그어 올렸다.

천뢰검이 무영의 심장을 양단할 듯 베어갔다.

쌔애액—

무영의 묵색 철피리가 파공성을 내뿜으며 천뢰검에 부딪쳐 갔다.

두 자루의 병기가 서로 부딪치려는 순간 사운혁의 입가에서 보일 듯 말 듯한 조소가 어렸다.

원래 그렇게 생겨먹었기에 평소의 모습과 거의 구별이 안 되는 미소였다. 그러나 그 미소를 보는 순간 무영의 뇌리 속에서 맹렬하게 경종이 울렸다.

파앗—

무영은 부딪쳐 나가던 철피리를 신속하게 회수했다. 그리고는 바람처럼 신형을 뒤틀었다.

파츠츠츠—

가랑잎이 타들어가는 듯한 소음이 일며 사운혁의 천뢰검에서 마치 검신이 폭발하듯 검기가 온 사방으로 터져 나왔다.

무영은 천뢰검에 맞부딪치려다 회수한 철피리를 세차게 흔들었다.

파파파팡—

무영의 검에서 매화 모양을 한 꽃잎들이 무수히 쏟아져 나오며 천뢰검에서 터져 나온 검기의 빛줄기들을 봉쇄해 나갔다.

생사를 가를 만한 대격돌을 한 후 두 사람은 한 발짝씩 물러나며 서로를 노려보았다.

"역시 멋진 보검이야. 주인을 잘 만났더라면 훨씬 더 큰 명성을 얻었을 텐데 말이야."

무영은 마치 살아서 퍼덕거리는 것 같은 천뢰검을 쳐다보며 차갑게 내뱉었다.

천뢰검에서 터져 나오는 시퍼런 검기는 예상보다 훨씬 더 강력하고 음험했다.

　예측하지 못한 상태에서 폭죽처럼 사방으로 터져 나오는 검기는 그야말로 포탄의 파편이나 마찬가지였다. 자칫 검의 궤적만 보고 짓쳐들었다가는 고슴도치처럼 검기에 관통당하고 말 터였다. 어쩌면 그것이 사운혁을 아직까지 살아 있게 한 가장 큰 요인 같았다.

　"용케도 피해냈군. 확실히 대단해. 아직까지 내 천뢰광폭(天雷光爆)의 검식에 당하지 않은 놈은 없었는데 말이야."

　사운혁은 의기양양한 표정으로 거들먹거리며 천뢰검을 빙글빙글 돌렸다.

　최근 들어 펼치는 천뢰광폭의 초식은 예전보다 훨씬 더 고강하고 치명적이었다. 놈의 대응이 조금만 늦었으면 자신을 암습했다가 도로 당한 두 명의 사제처럼 지금쯤 상체 어느 곳에 구멍이 뻥 뚫려 선혈을 콸콸 쏟고 있을 것이다.

　'어쨌든 여우 같은 놈이야. 그 짧은 순간에 어떻게 그걸 간파하고 피해냈을까?

　사운혁은 천뢰검의 위력에 재삼 감탄하면서도 무영의 귀신 같은 대응에 속으로 혀를 내둘렀다. 또한 폭죽처럼 터져 나간 천뢰검의 검기를 모두 쳐내던 화산의 매화검 같은 그 검법의 정체도 납득이 가지 않았다.

　'차츰 알게 되겠지.'

　사운혁은 다시 천뢰검을 들어 올렸다. 그리고는 곧바로 진기를 검신에 주입했다.

이젠 무영이 천뢰검의 위험성을 알아버렸으니 숨기며 펼칠 필요가 없었다. 처음부터 천뢰검의 장점을 십분 발휘하며 몰아붙여 심장을 꿰뚫어 버릴 심산이었다.

"이제 더 내놓을 패가 없어 어쩔 셈인가?"

무영이 조롱 어린 음성으로 물었다.

"글쎄…… 더 있을지 없을지는 두고 보면 알겠지."

사운혁은 여전히 득의에 찬 표정과 함께 말을 받았다.

"그걸 하나하나 깨부수며 즐기기에는 내 분노가 너무 크군. 한꺼번에 부숴주지!"

포효하듯 고함을 친 무영은 좀 전보다 더 맹렬하게 사운혁을 향해 짓쳐들었다.

"마귀 같은 놈!"

사운혁이 콧방귀를 뀌며 천뢰검을 휘둘렀다.

파츠츠츠.

예의 그 음향이 울리며 천뢰검에서 폭죽처럼 검기가 터져 나왔다.

"이젠 안 통한다!"

고함을 지른 무영은 묵색 철피리를 세차게 휘둘렀다.

대나무만큼 가는 철피리가 어느 순간 아름드리 소나무만큼 굵은 묵색 기운을 피워 올리며 폭발하는 검기의 다발들을 모조리 차단해 버렸다. 그것은 마치 커다란 붓이 세필이 그어놓은 선들을 일필휘지로 뭉개 버리는 것과 같았다.

'대체 이놈은?'

사운혁의 눈에 한줄기 공포가 어렸다.

도대체 그 한계를 알 수 없는 무공!

이런 정도의 무공을 지닌 놈이 어떻게 지금까지 이름조차 알려지지 않았단 말인가?

절대로 자신의 아래가 아니었다.

아니, 자신보다 한참 위에서 오연히 내려다보며 짓누르고 있는 기분이었다.

'이젠 어쩔 수 없다.'

사운혁은 이를 앙다물었다.

이젠 그동안 죽을 고생을 하며 익힌 옥혈심공을 모두 끌어올려 천뢰검에 실을 수밖에 없다. 아직까지 외부로 드러내서는 안 되는 진기이기에 최대한 억제했지만 지금은 그걸 따질 때가 아니었다.

"하앗!"

기합성과 함께 사운혁은 천뢰검에 바닥까지 끌어올린 옥혈진기를 모두 불어넣었다.

파파파팡!

갑자기 세상이 핏빛으로 물이 들었다.

옥혈진기를 실은 그 검기의 폭발은 중천에 떠오른 태양광마저 시뻘겋게 가리며 무영의 전신을 향해 폭사되었다.

그것은 결코 무황성의 무공이 아니었다. 정파에서는 금기시되는 역천의 무공이었다.

"결국 본색을 드러내는구나!"

냉소를 터뜨린 무영은 두 자루 피리를 왼손에 모아 잡고 우수를 쭈욱 뻗어 장력을 뿌렸다.

장력이 터져 나가며 천뢰검이 뿌린 핏빛 검기에 부딪쳤다.

그런데!

세찬 바람에 밀려가는 연기처럼 사라질 줄 알았던 핏빛 검기가 전혀 소멸되지 않고 그대로 무영의 장력 속으로 스며들었다.

무영의 눈이 칼날 같은 빛을 토해냈다.

저건 마교에서도 금기시하는 마혈섭혼기(魔血攝魂氣)였다.

사람의, 아니, 여인의 생명을 짜내어 강력한 기운으로 응축시켜 그것을 무공으로 뿌리는 역천의 수법이었다.

그것을 대무황성의 둘째 제자가 검으로 뿌려대고 있었다.

츠츠츠!

장력 속으로 스며들어 다가온 마혈섭혼기가 무영의 가슴을 향해 짓쳐들었다.

무영은 다시 우수를 어지럽게 흔들었다.

허공 가득 무영의 손 그림자가 어렸지만 마혈섭혼기는 조금도 사그라지지 않고 악령의 입김처럼 무영의 가슴으로 다가들었다.

무영은 극강의 신법으로 신형을 옆으로 이동시켰다.

그러나 사방으로 퍼져 나가는 붉은색 기운은 그림자처럼 무영의 신형을 따라 스며들었다.

무영은 쾌속하게 허공으로 신형을 날렸다.

"어림없다!"

사운혁이 고함을 지르며 다시 검을 허공으로 뿌렸다.

츠츠츠츠!

예의 그 붉은 검기가 뭉게구름처럼 피어올라 무영을 덮쳐왔다.

'악독한 놈!'

무영의 눈이 허공중에서 섬뜩한 살기를 토해냈다.

극강의 공력을 악독한 무공에 접목시켜 아무 거리낌 없이 뿌려내는 놈!

자신이 큰 내상을 입더라도 이놈은 처치해야겠다는 생각을 굳힌 무영은 천근추의 기운을 끌어올렸다.

슈아악!

무영의 신형이 무서운 속도로 떨어져 내리며 핏빛 검기 속으로 파고들었다.

삐이익—

핏빛 기운이 무영의 가슴으로 파고들려는 순간, 무영의 왼손에 들린 묵색 철피리가 날카로운 음향을 토해내며 진동을 일으켰다. 그와 함께 핏빛 기운이 주춤 뒤로 물러났다.

바닥에 내려서자마자 사운혁을 향해 돌진하려던 무영은 흠칫 철피리를 쳐다보았다.

사도맹의 정인에게서 선물받은 두 자루의 피리!

그중 묵색 철피리는 탄생하는 순간 그 여인의 피 한 방울을 빨아들이며 생명을 얻은 사도맹의 신물이었다.

그 피리가 지금 핏빛 기운에 반응하며 그 기운을 밀어내고 있었다.

무영은 묵색 피리를 우수에 옮겨 빠르게 뿌려댔다.

악령처럼 밀려오던 기운이 주인의 명령에 복종이라도 하듯 물씬 뒤로 물러났다.

무영의 눈빛이 어둡게 가라앉았다. 그리고는 번쩍하고 살기가 폭사되었다.

무영은 묵색 철피리의 중간으로 손을 옮겨 피리를 세차게 돌렸다.

휘이잉―

광풍이라도 몰아치는 듯한 소음과 함께 피리가 맹렬히 회전하며 방패처럼 앞으로 밀고 나갔다.

팔랑개비처럼 회전하는 피리는 어느새 피리의 길이보다 몇 배는 더 큰 직경의 강기막을 형성하며 사운혁의 검기를 덮쳐 갔다.

파파팡―

검기와 피리가 만든 강기막이 부딪치며 충격파를 토해냈다.

"헛!"

마침내 사운혁이 경호성을 토했다.

구름처럼 덮쳐 가던 옥혈진기의 기운이 거대한 멍석처럼 크게 변한 묵색 강기막에 부딪쳐 단 한 점도 남김없이 소멸되어 버렸다.

그 검기는 그렇게 다른 기운에 부딪쳐 소멸될 기운이 아니었다. 그것은 인간의 육체보다는 심맥을 파열시키는 기운이었다. 그 기운에 접한 이상 진기의 흐름이 순탄치 못하다 결국 심맥이 터져 쓰러지게 된다.

그런데!

묵색 피리에서 피어오른 기운에 의해 옥혈진기는 모조리 소멸되어 버렸다.

사운혁은 눈을 부릅떴다.

저 피리!

저 피리 때문이었다.

처음부터 온통 신경에 거슬리던 저 피리는 사도맹의 물건이 분명했다. 그랬기에 도검으로는 절대로 막을 수 없는 옥혈진기를 부적처럼 모조리 소멸시켜 버린 것이다.

그 사실을 절감하던 사운혁은 경호성을 삼키며 급급히 뒤로 물러났다.

거대한 구름처럼 덮쳐 오던 기운 뒤에서 무영의 신형이 흡사 유령인 듯 사운혁의 코앞으로 다가들었다.

경호성을 터뜨릴 사이도 없이 사운혁은 천뢰검을 들어 올렸다. 그러나 무영의 손이 한참 빨랐다.

퍼억!

사운혁의 관자놀이에서 뼈가 부서지는 듯한 격타음이 터졌다.

"크윽!"

왼쪽 관자놀이가 두 치쯤 함몰된 사운혁은 비명과 함께 바닥으로 나뒹굴었다. 그와 동시에 그가 생명줄처럼 잡고 있던 천뢰검마저 놓쳐 버렸다.

검이 바닥에 떨어지자 온 사방을 가득 메웠던 마혈섭혼기가 굴속으로 도망치는 도마뱀의 꼬리처럼 순식간에 사라졌다.

무영은 천천히 사운혁에게로 다가갔다.

사운혁은 아직도 제정신을 차리지 못하고 바닥에서 꿈틀거리고 있었다.

"그만한 충격에 사부가 하사한 검마저 놓아버리다니 네놈은 무인의 자격이 없다. 네놈은 사악하고 더러운 음적일 뿐이다."

차갑게 사운혁을 내려다보던 무영은 피리를 품에 넣고 손을 앞으로 뻗었다.

우웅―

낮은 진동음과 함께 사운혁의 생명줄인 천뢰검이 허공으로 떠올라 무영의 손에 들려졌다.

"아, 안 돼!"

관자놀이에서 포탄이 터져 나가는 듯한 충격과 함께 정신이 나가 있던 사운혁은 뒤늦게 사태를 파악하고 고함을 질렀지만 자신의 생명줄은 이미 무영의 손에 잡혀 있었다.

사운혁은 멍하니 입을 벌리고 무영의 손에 들린 천뢰검을 쳐다보았다.

내력이 스며들지 않은 천뢰검은 원래의 모양인 단검으로 변해 있었다.

　사부에게 하사받은 후 단 한 번도 남의 손에 잡혀본 적이 없는 천뢰검이었다. 그것이 남의 손에 잡혀 있다니!
　그것은 자신의 목이 남의 손에 잡혀 있는 것이나 같았기에 사운혁은 함몰된 관자놀이에서 전해져 오는 지독한 통증도 잊은 채 망연히 쳐다만 보고 있었다.
　"정말 좋은 검이군!"
　단검으로 변한 천뢰검을 쳐다보며 감탄사를 내뱉은 무영은 한줄기 호흡과 함께 천뢰검에 진기를 불어넣었다.
　찌잉—
　천뢰검이 검명을 토하며 단검에서 보통의 검으로 변모했다.
　"안 돼!"
　사운혁은 헛소리처럼 중얼거리며 무영의 손에 들린 천뢰검을 빼앗기라도 할 듯 손을 뻗었다.
　번쩍!
　섬광이 터지며 사운혁의 손 하나가 허공으로 떠올랐다.
　이제껏 주인의 목숨을 몇 차례나 구해주었던 천뢰검이 주인의 손목을 자른 것이다.
　"크아악!"
　사운혁은 선인봉 봉우리가 무너져라 비명을 내질렀다.
　손목에서 분수처럼 솟구치는 피!
　남의 몸에서 흘러나오는 피만 보아온 그는 자신의 손목에서 솟구치는 피를 보며 미친 듯이 허둥거렸다.
　"어헉! 내 피, 내 피⋯⋯."

비명을 지른 사운혁은 남은 한 손으로 급히 잘린 손목 부근을 지혈해 나갔다.

번쩍!

다시 섬광이 번쩍였다.

파앗—

피분수와 함께 이번에는 사운혁의 왼쪽 발 하나가 주인을 배반하고 떨어져 나가 절벽 아래로 추락했다.

“아아악—”

막 잘린 손목의 지혈이 끝나자마자 다시 찾아오는 고통에 사운혁은 아까보다 두 배는 더 큰 고함을 질렀다.

“어서 지혈하는 게 좋을 거야. 안 그럼 피가 다 빠져나와 죽을 테니.”

너무 큰 고통에 지혈할 생각마저 잊어버린 사운혁을 향해 무영은 한 점 온기도 없는 음성으로 말했다.

“크으윽!”

겨우 정신을 차린 사운혁은 이를 악물며 왼쪽 발목도 지혈을 했다.

그야말로 폭포수처럼 터져 나오던 선혈이 잦아들며 어느 순간 완전히 멈추었다.

겨우 지혈은 했지만 전해지는 통증은 어쩔 수 없었기에 사운혁은 이를 딱딱 맞부딪치며 연신 신음을 토했다.

“지혈하는 솜씨는 무공보다 훨씬 낮군. 이제껏 남에게만 선사하던 고통을 직접 겪어보니 어떤가? 여전히 황홀한 유희로 느껴지나?"

무영이 질문을 던졌지만 고통을 참기에 여념이 없는 사운혁은 대답할 생각조차 하지 못했다.

"아직은 덜 황홀한 것 같군!"

파앗—

다시 섬광이 번쩍이며 선혈을 솟구쳤다.

"아아아악—"

목이 찢어지는 듯한 비명과 함께 사운혁의 한쪽 눈이 귓바퀴까지 길게 찢어졌다.

이번에도 천뢰검이 주인의 눈동자를 반으로 가르며 귓전까지 상처를 낸 것이다.

"크으윽!"

마침내 사운혁은 단말마의 비명과 함께 의식을 잃었다.

"그건 너무 쉬워. 안 될 말이야."

무영은 발끝으로 쓰러진 사운혁의 등 쪽을 가격했다.

"크윽! 크아아악!"

정신을 잃었던 사운혁이 의식을 되찾으며 다시 처절한 비명을 토했다. 그러나 비명의 끝은 심하게 갈라져 더 이상 제대로 흘러나오지도 않았다.

"네놈에게 순음을 빼앗긴 여인들은 네놈보다 몇 배는 더 큰 고통을 겪었을 거야. 마지막 한 방울의 순음까지 모조리 짜내기 위해 네놈은 여인들에게 의식을 잃는 것은 물론, 이지를 상실할 만큼의 큰 고통을 주었지. 네놈은 의식은 한 번 잃었지만 아직 이지는 상실하지 않았어.”

무영은 발을 들어 올렸다. 그리고는 사운혁의 잘린 발목 위
에 올려놓았다. 그대로 힘을 주어 누른다면 더욱 지독한 고통
이 몰려올 것이다.

“제발… 제발!”

모든 것을 내팽개친 사운혁은 무영을 쳐다보며 애걸했다.

그의 눈에는 무황성 둘째 제자로서의 자긍심은 물론, 무인
으로서의 마지막 자존심 한 가닥마저도 남아 있지 않았다. 복
날 매타작을 당하며 죽어가는 한 마리 개처럼 비굴한 공포감
만이 가득했다.

“의식만 잃지 말고 이지마저 상실해라. 그럼 멈추지.”

사운혁의 발목을 밟은 발에 힘을 주려던 무영은 동작을 멈
추고 얼음 같은 냉소를 흘렸다.

“사제를 사랑하는 마음이 한 조각도 없군. 언제까지 지켜보
기만 할 텐가?”

무영은 여전히 고개를 돌리지 않은 채 목소리를 높였다.

第五十七章

허세(虛勢)

장흥관일

　죽음보다 더 심한 고통 속에서 새파랗게 질린 사운혁은 무영의 말이 무엇을 뜻하는지도 모른 채 계속해서 이를 딱딱 부딪치며 무영에게 애걸하고 있었다.

　그러던 어느 순간 무영이 위치한 절벽의 반대쪽에서 그림자 하나가 솟아올랐다. 이윽고 그 그림자는 완전히 솟아올라 철탑을 연상시키는 사람으로 변했다.

　"언제부터 알고 있었나?"

　두 자루 도끼를 등에 짊어진 석모광이 숨바꼭질을 하다가 들킨 아이처럼 뒷머리를 긁적이며 물었다.

　"산을 오르는 순간부터."

　사운혁의 발목을 밟은 발을 떼며 무영이 답했다.

"크으윽!"

석모광이 나타난 것을 보며 삶에 대한 일말의 희망을 얻은 사운혁은 고통이 배로 밀려오는지 갈라진 비명을 토했다.

"쯧쯧! 사제, 그러게 내가 뭐랬나. 너무 여자만 밝히지 말고 무공 수련 좀 하라고 하지 않았나. 이렇게 대책없이 당해서야 원! 이젠 폐인이 다 됐군. 쯧쯧!"

석모광은 연신 혀를 차면서도 사운혁의 고통을 덜어주거나 상처를 치료하는 어떤 행위도 하지 않았다.

"사제를 돌볼 시간은 내어주지."

무영이 두어 걸음 뒤로 물러서며 그때까지는 공격할 뜻이 없음을 밝히듯 뒷짐을 지었다.

"뭐, 그럴 것까지야. 우리 사형제들은 서로가 서로의 몸을 만지는 것을 극도로 싫어한다네. 그래서 서로 악수를 나눈 지도 십 년이 넘지. 아파서 죽는 한이 있더라도 그건 바라지 않을 걸세."

석모광은 고개를 절레절레 흔들며 사운혁에게서 시선을 돌렸다.

"크으윽!"

사운혁은 석모광으로부터 단 한 점의 도움도 받을 수 없다는 것을 깨닫고는 다시 혼수상태에 빠졌다.

"정말 멋진 사형제들이야."

무영이 경멸 가득한 표정과 함께 말했다.

"그렇게 보여도 할 수 없지. 안 그랬다면 나는 쥐도 새도 모르게 사라졌을 걸세. 그런 사제도 두 사람이나 되는걸. 그러니 살아남자면 그렇게 변할 수밖에 없다네."

석모광은 조금도 거리낌없이 무영의 말을 받았다.

"그럼 자네는 남은 사제 두 사람마저 제거한 나에게 고마워해야겠군?"

"글쎄…… 이번 일이 어떻게 귀결될지 확실하게 모르겠으니 고맙다는 말은 시기상조일 것 같고… 어쨌든 아주 재미있긴 했네. 무척 흥미진진하기도 했고."

석모광은 고개를 주억거리며 위건화가 매달려 있는 소나무 쪽으로 시선을 돌렸다.

"내 둘째 사제인 건 확실한가?"

석모광은 위건화를 유심히 쳐다보며 고개를 갸웃거렸다.

"아닌 것 같나?"

"기감이 통 안 느껴지는군. 사제 특유의 기운이 있는데 말이야."

석모광은 다시 고개를 갸웃거렸다.

"그럼 저 줄을 잘라서 한번 확인해 보게."

핑―

무영의 손끝에서 지풍이 뻗어나갔다.

퍽!

지풍은 위건화가 매달린 소나무 가지 한쪽을 가격하여 껍질을 벗겨놓았다.

그 여파로 위건화의 신형이 두어 번 출렁거렸다.

"이크크! 내가 잘못했네, 사과할 테니 다시는 그러지 말게. 병신이야 되든 말든 상관없지만 죽어서는 안 되네."

석모광은 과장되게 손사래를 치며 목소리를 높였다.

필생의 경쟁자였던 두 사제가 완전히 재기불능의 상태에 빠진 것은 기뻐할 일이지만 죽어버리면 모두 자기 책임으로 귀결될 가능성이 높았다.

"아! 깜박하고 있었는데… 자네 동료들은 어디 있나? 사형과 제자, 그리고 주마룡이 동행한다고 들었는데……."

석모광은 주변을 두리번거리며 무영의 동료를 찾는 시늉을 했다.

"글쎄… 그걸 너무 빨리 알려주면 재미가 없지 않나?"

"아닐세. 가르쳐 주면 훨씬 더 재미있을 것 같네. 그러니 부디 가르쳐 주게."

석모광은 애원이라도 하는 눈빛으로 무영을 쳐다보았다.

무영은 아무런 말 없이 묵묵히 석모광을 마주 보았다.

시종일관 감정도 드러내지 않고 건들거리며 말하고 있었지만 한 치의 빈틈도 허용하지 않고 사방을 경계하고 있었다. 또한 두 사제의 횡액을 목격하면서도 숨결 하나 흐트러지지 않았다.

실로 뱀처럼 차갑고 냉정한 놈이었다. 그러면서도 얼굴에는 전혀 그런 기색이 나타나 있지 않고 주마룡 부연호를 뺨칠 만큼 건들거렸다. 어쩌면 단목상군은 자신의 후계자로 이놈을 점찍어놓았는지 모를 일이다.

"혼자 오라고 했는데 자네까지 달고 왔으니 저놈은 죽여도
되겠군."

무영이 석모광과 위건화를 번갈아 보며 말했다.

"난 운혁 사제와는 상관없이 내 스스로 은밀히 따라온 거라
네. 그러니 좀 봐주게."

석모광은 손바닥이라도 비빌 듯한 자세로 말을 이었다.

"자네가 말은 그렇게 했지만 자네 역시 사제가 혼자 오지 않
을 것이란 건 짐작하지 않았나?"

"보기보단 솔직하군. 좋아! 그건 넘어가지."

무영은 고개를 끄덕인 후 혼절한 사운혁에게로 고개를 돌렸
다.

그는 죽은 사람처럼 꼼짝도 하지 않고 널브러져 있었다. 이
따금씩 주인의 의지와 상관없이 팔딱거리는 손목과 발목의 잘
린 부분이 살아 있음을 확인시켜 주었다.

"고맙네. 그럼 이제 자네 일은 끝난 건가? 자네의 복수는 끝
이 났으니 이젠 내가 사제들을 데리고 떠나도 되겠군. 그렇지
않은가?"

석모광은 당연한 얘기를 하는 듯 말하며 두 사제를 차례로
쳐다보았다.

피식!

무영은 입꼬리를 비틀며 미소를 지었다.

이놈은 자신이 위건화와 사운혁을 내어주면 아무 일도 없었
다는 듯 두 사제를 데리고 떠날 놈이었다. 지금 당장 싸워봤자

자신에게 아무런 이득도 없으니 충분히 그럴 것이다.

"그런데…… 자네 첫째 사제가 한 만행은 결국 자네 사부가 시킨 일이었더군."

입가에 피어오른 미소를 깨끗이 지운 무영은 차갑게 내뱉었다.

"그런가? 그건 정말 몰랐는데……. 그럼 어떻게 되는 건가? 사부님을 모셔와야 하나?"

"그게 좋을 것 같아. 자네는 어서 가서 자네 사부를 모셔오게."

"이런, 이런!"

석모광은 진퇴양난의 상황에 마주쳤다는 듯 난감한 표정을 지으며 머리를 긁적였다.

"여기서 무황성까지 갔다 오려면 열흘은 걸리네. 그럼 그동안 내 사제들은 죽어버리지 않겠나?"

"그럴지도."

"그래서야 안 되지. 그러니 어쩔 수 없이 지금 내가 사제들을 데려가야겠네."

석모광은 결심한 듯 고개를 끄덕거렸다.

"어디 데려가 보게."

"막을 텐가?"

"그것보다는… 자네까지 잡아두면 더 좋을 것 같다는 생각이 드는군."

무영이 다시 차가운 미소를 피워 올렸다.

"쩝! 결국 원점이군. 입만 아팠어. 어쨌든 대화는 즐거웠네. 그리고 정말 대단한 친구야. 인정하지. 대화 내내 자네를 탐색했네만 쥐꼬리만큼도 드러나지 않는군. 결국은 내 도끼로 자네의 배를 갈라 그 속에 뭐가 들어 있는지 살펴보는 수밖에 없겠어."

석모광은 혀를 차며 두 자루의 도끼를 손에 들었다.

그 동작은 마치 상대에게 내어줄 선물을 꺼내듯 자연스러웠다.

하지만 두 자루 도끼가 그의 손에 들리는 순간 모든 것이 일변했다.

그동안 실없이 거들먹거리던 분위기는 씻은 듯이 사라지고 온몸 가득 투지가 충천하며 터져 나갈 듯 일렁거렸다. 또한 떼를 쓰는 아이처럼 치기 어려 있던 눈은 당장에라도 잡아먹을 듯 살기가 폭사되었다.

무영은 다시금 속으로 혀를 내둘렀다.

이런 정도의 살기와 투지를 어떻게 그렇게 감쪽같이 숨기며 긴 대화를 이끌어왔는지 납득이 가지 않을 지경이었다.

이놈이 무황성의 대제자라고 미리 알고 있지 못한 사람들은 백 중 아흔아홉은 산골 나무꾼으로 믿을 것이다.

그것은 석모광의 무서운 점을 단적으로 드러내 주는 것이기에 무영은 복수행을 하면서 처음으로 은은한 긴장감을 느꼈다.

"자네도 무기를 꺼내게. 두 자루의 피리로 알고 있네만."

온몸 가득 흘러나오는 이글거리며 폭사되는 살기에도 불구하고 석모광은 조금도 변하지 않은 음성으로 말했다.

"그 무식하게 생긴 도끼를 얼마나 잘 다루는지 맨몸으로 한번 겪어보고 싶군."

무영은 여전히 손을 움직이지 않은 채 답했다.

짧은 순간 석모광의 눈이 살기를 토했다. 무영이 자신을 무시한다는 생각이 든 때문이었다.

자신이 집어 든 두 자루의 도끼를 보고도 눈썹 하나 까딱하지 않는 무영의 태도는 그런 느낌을 더욱 강하게 불러일으켰다.

"지금 뽑지 않으면 영원히 뽑지 못할 수도 있네. 그럼 후회하게 되지 않겠나?"

석모광은 무영의 무기를 구경하고 싶은지 은근하게 졸랐다.

"후회는 이제까지 너무 많이 해서 더 이상은 어떤 일을 겪어도 하지 않을 것 같네. 그러니 시작해 보게. 얼마나 잘 배웠는지 보겠네."

"그렇다면 할 수 없지!"

말이 끝남과 동시에 석모광은 오른손에 들고 있던 도끼 한 자루를 무영의 손에 건네주듯 가볍게 던졌다.

휘이잉—

도끼가 바람을 가르며 회전했다.

파공음이 고막을 찢을 듯 세찬 것으로 보아 그 안에 담긴 내력이 엄청나 보였다. 그런데 그 날아오는 속도는 무언가 이상

했다.

　도끼에 실린 회전력은 절대로 가볍지 않았지만 무영을 향해 다가오는 도끼의 속도는 어린아이가 던진 돌멩이보다도 더 힘이 없고 느려 보였다.

　그런 정도로 느린 속도라면 그 자리에서 떨어져야 했다. 그러나 맹렬히 회전하는 도끼는 잠자리가 빠른 날갯짓과 함께 오히려 저속 비행을 하듯 권태로울 정도로 천천히 무영을 향해 다가오고 있었다.

　무영은 미동도 하지 않고 서서 느릿느릿 날아오는 도끼를 노려보았다.

　허공을 향해 던진 물체는 속도가 떨어지면 아래로 내려앉게 마련이다. 그것이 상리(常理)인데 그 상리를 무시하고 날아오는 저 도끼는 그래서 훨씬 무서운 것이다.

　저런 식으로 날아오는 도끼에는 가공할 내력이 숨겨져 있어 포탄처럼 빠르게 날아오는 것보다 몇 배는 더 위험했다.

　우우웅―

　아직 반 장 정도는 거리가 있었지만 도끼에 내포된 기운이 무영의 얼굴에까지 전해졌다. 그만큼 도끼에 실린 내력이 엄청나다는 것이다.

　그러나 무영은 눈 한 번 깜박이지 않고 도끼를 노려보았다.

　느릿하고 일정하게 날아오는 저 도끼가 언제 어떻게 변화를 일으킬지 알 수 없었다. 그 변화의 순간을 포착하지 못한다면 폭풍 같은 기세에 고스란히 휩싸일 것이다.

휘잉—

도끼에서 이질적인 소음이 흘러나왔다. 그것은 도끼에 실린 내력이 폭발할 준비를 하고 있다는 뜻이었다. 그리고 어느 순간 정지하듯 느리게 날아오던 도끼는 질풍처럼 덮쳐 올 것이다.

스윽—

무영은 천천히 손을 들어 올렸다. 도끼의 움직임과 거의 흡사하게 느린 속도였다.

그 손에는 도끼에 실린 내력을 억누를 만한 기운이 뭉쳐 있었다.

"여기도 있다!"

무영의 손이 느리게 날아드는 도끼의 궤적과 겹치려는 순간, 석모광은 일갈과 함께 왼손에 있던 도끼도 마저 던졌다.

쐐애액!

대기를 찢는 듯한 파공음과 함께 이번에 던진 도끼는 처음과는 정반대로 섬전을 방불케 할 만큼 빠른 속도로 날아왔다.

정지한 듯 느리게 날아오는 도끼와 섬전처럼 빠르게 날아오는 도끼!

그것은 실로 치명적인 위험을 내포한 공격이었다.

아직까지도 정지한 듯 느리게 다가오는 도끼는 언제 변화를 알으킬지 알 수 없었고, 섬전처럼 맹렬히 날아오는 도끼는 금방이라도 가슴을 두드릴 것 같았다.

과연 어느 것에 먼저 손을 뻗어 제압해야 할지 감을 잡을 수가 없는 상황이었다.

무영의 이마에서 땀 한 방울이 흘렀다. 그만큼 고도의 심력을 쏟고 있다는 말이었다.

쌔애액—

두 번째로 던진 도끼가 더욱 큰 파공음을 울리며 거의 첫 번째 던진 도끼 근처까지 날아왔다.

그 순간까지도 첫 번째 도끼는 변화를 일으키지 않고 있었다.

두 자루의 도끼가 거의 동일선상에 놓인 순간 느리게 날아오던 도끼가 폭발하듯 움직이기 시작했고, 두 번째 던진 도끼는 갑자기 궤적을 바꾸었다.

정말 예측을 불허하는 공격이었다.

이런 식의 공격이라면 그 어떤 강호의 고수라도 제대로 대처할 수 없을 것이다.

두 자루 도끼가 반 자 앞까지 다가들었지만 무영은 한 손을 내민 채 꼼짝도 하지 않고 서 있었다. 그러던 어느 순간 무영의 오른손이 급박하게 움직이기 시작했다.

무영의 오른손이 춤을 추듯 움직이며 허공에 가득 수영(手影)을 그렸다. 동시에 무영의 왼손은 천주부동의 수법이라도 펼친 듯 꼼짝 않고 앞을 향해 펼쳐져 있었다.

파파파광—

느리게 회전하다 갑작스럽게 움직인 도끼가 무영의 오른손이 뿌린 수영에 완전히 가로막히며 폭음을 토했다. 그리고 섬

전처럼 빠르게 날아오다 궤적을 바꾼 도끼는 허공에 못 박히
듯 고정된 무영의 손에서 뻗어 나오는 기운에 막혀 더 이상 전
진하지 못하고 부르르 떨고 있었다.

"하앗!"

두 자루 도끼를 완전히 제압한 무영이 기합성을 터뜨리며
양손을 한꺼번에 앞으로 쳐냈다.

콰앙—

굉음과 함께 두 자루 도끼가 폭풍에 휩쓸린 가랑잎처럼 날
아갔다. 그대로 둔다면 떨어져 나간 사운혁의 발 하나처럼 절
벽 아래로 추락할 것 같았다.

휘익!

석모광이 날아오는 도끼를 향해 몸을 날렸다.

도끼를 회수한 후 바닥에 내려선 석모광의 표정이 딱딱하게
변했다.

칠성 내력을 담아 던진 자신의 도끼가 철벽에 가로막힌 듯
팅기며 가랑잎처럼 되날려 오다니!

뻔히 보고도 믿을 수 없는 일이었다.

조금 전의 대결은 비부술(飛釜術)을 펼친 것이긴 하지만 실
상은 내공의 대결이었다. 단순하게 날아가는 도끼에 내공을
실어 무영의 대응과 내공을 가늠한 것이었다.

그 결과는 놀랄 만하다 할 수 있었다.

도끼에 실은 자신의 내공이 모조리 소멸되어 도끼는 가랑잎
처럼 도로 날아왔다.

내공의 차이를 여실히 드러나게 해준 대결이었다.

'대체 저놈의 내공은 어느 정도인가?'

석모광은 눈을 부릅뜨며 무영을 노려보았다.

무영은 여전히 그 자리에 서서 천천히 손을 내리고 있었다.

"도끼가 너무 가볍군. 덩치가 아깝지 않은가?"

무영이 입꼬리를 비틀며 빈정거렸다.

송충이 같은 석모광의 눈썹이 꿈틀하고 요동을 쳤다.

자신이 누군가에게 내력이나 힘으로 밀리리라고는 생각해보지 않았다. 사부 단목상군을 제외하면 그런 일은 없을 줄 알았는데 지금 그런 상황이 벌어진 것이다.

쩌악—

석모광은 도끼를 잡은 두 손에 힘을 주었다.

내공만으로 승부가 결정되는 것은 아니다. 이제부터는 진정한 비도술을 보여줄 차례였다.

석모광은 두 자루 도끼를 교차하여 들어 올렸다.

무영은 천천히 품속으로 손을 넣어 두 자루의 피리를 꺼내 들었다. 그리고는 한 가닥 진기를 불어넣었다.

묵색의 철피리와 영롱한 녹색의 옥피리!

두 자루의 피리에서 뻗어 나오는 이질적인 기운이 서로 공명하며 섬뜩한 기운을 뿌려댔다.

"사도맹의 귀물들인가? 아주 인상적이군!"

석모광은 두 자루 피리에 시선을 고정한 채 말했다.

"그럼, 조금 더 인상적인 모습을 보여주지."

무영은 왼손에 든 옥피리를 들어 올려 석모광의 미간을 향해 겨누었다.

삐이익—

옥피리에서 날카로운 소성(簫聲)이 울려 퍼졌다. 동시에 푸르스름한 한줄기 기운이 석모광을 향해 쏘아져 갔다.

석모광은 급히 철부를 쳐들었다.

파앙—

철부에서 폭음이 일며 석모광의 상체가 강풍을 만난 갈대처럼 한차례 흔들렸다.

이제껏 제대로 감정을 드러내지 않던 석모광의 표정에 처음으로 두려움의 기색이 번져 갔다.

피리와 맞부딪친 것도 아니고, 피리에서 나온 한줄기 기운에 철탑 같은 자신의 상체가 뒤흔들렸다고 생각하니 크나큰 경계심이 일어나는 것이다.

잠시 후 그 경계심은 타고난 투지로 변하며 석모광의 전신 혈맥으로 번져 나갔다.

"하하하! 좋아. 그 정도는 돼야지 맛이 나지. 그래야지!"

더욱더 이글거리는 투지와 함께 석모광은 광소를 터뜨렸다. 그리고는 두 자루의 도끼를 맞부딪쳤다.

쨍—

도끼가 서로 맞부딪치며 바위라도 흔들 만한 둔중한 쇳소리가 났다.

그것은 공격을 하기 이전에 강력한 기파로 상대의 평정심을 흔들어놓으려는 일종의 음파 공격이었다.

삐이익!

석모광이 뿌린 음파가 무영의 귓전에 도달하기도 전에 무영의 옥피리에서 날카로운 음향이 울려 퍼졌다.

무영 역시 옥피리에 공력을 불어넣어 한줄기 음파를 발생시키고, 그것으로 석모광이 펼친 음파 공격을 차단한 것이다.

"만만찮군!"

찬사와 동시에 석모광의 신형이 비호처럼 허공으로 솟구쳐 올랐다.

철탑 같은 덩치가 두 팔을 활짝 벌리며 허공으로 날아오르자 그 모습은 흡사 사냥감을 덮치는 대호의 도약을 방불케 했다.

쌔애액—

허공에서 떨어져 내리며 석모광은 한 자루 도끼를 세차게 휘둘렀다.

번쩍—

도끼가 태양광을 잘라내며 스스로의 섬광을 뿌렸다. 그와 함께 마치 뇌성이라도 되는 듯한 강기 덩어리가 도끼에서 쏟아졌다.

도끼의 빛깔을 닮아 거무튀튀한 강기 덩어리는 거대한 바위처럼 무영의 머리 위로 떨어져 내렸다.

무영은 슬쩍 신형을 이동시켜 사운혁이 쓰러져 있는 곳으로 향했다.

"이크!"

자신이 뿌린 강기가 사운혁을 덮칠 상황이 되자 석모광은 얼른 도끼를 비틀었다. 그러자 선인봉 봉우리라도 무너뜨릴 듯 쏟아져 내리던 강기가 허공중으로 씻은 듯이 사라졌다.

그것은 절정에 이른 운기술이었다.

석모광은 과도한 움직임과 함께 기침을 토했다.

도끼로 뿌린 강기를 갑작스럽게 다른 방향으로 제어하느라 힘이 들었다는 표시였다.

"다시는 그러지 말게. 싸우기도 전에 쓰러지겠네. 그건 자네가 원하는 게 아니지 않은가?"

석모광은 고개를 흔들며 주절거렸다.

"제법이구나!"

무영은 자유자재로 기를 발출하고 제어하는 석모광의 능력을 간단히 칭찬한 후 석모광의 모습을 유심히 살폈다. 겉으로는 멀쩡해 보였지만 석모광의 호흡은 미세하게 흐트러져 있었다.

갑작스런 기의 제어로 인해 진기가 흐트러진 것이다. 하지만 그 수준이 미미한 것으로 보아 단전에 축적된 내공이 거의 일 갑자에 육박하고 있다는 것을 느낄 수 있었다.

"그럼 다시 시작하겠네!"

다시 허공으로 몸을 날린 석모광은 아까보다 더 강하게 도끼를 휘둘렀다.

파아앙—

도끼 주변으로 압축된 공기가 세차게 터져 나가며 강기의
덩어리가 쏟아져 내렸다.

"멍청한 건가, 멍청한 척하는 건가?"

똑같은 공격을 연속해서 펼치는 석모광을 향해 외친 무영은
철피리를 든 오른손을 세차게 흔들었다.

우우웅—

무영의 철피리에서도 묵색의 강기가 쭈욱 뻗어 나왔다. 그
리고는 바윗덩이 같은 도끼의 기운을 잘라갔다.

치이잉—

기이한 음향과 함께 피리에서 뻗어 나온 묵색 기운이 둥근
강기 덩어리를 반으로 갈랐다. 그리고는 계속해서 석모광의
가슴을 갈라갔다.

"하앗!"

여전히 허공에 뜬 상태에서 석모광은 또 한 자루의 도끼를
휘둘렀다.

큰 폭음이 일며 이번에는 그물망 같은 강기가 무영의 전신
을 난도질할 듯 덮쳐 갔다.

휘이잉—

무영은 석모광의 가슴을 잘라가던 피리를 회수하며 이번에
는 둥글게 회전시켰다.

피리 끝에서 강한 강기막이 형성되며 무영의 전신을 방패처
럼 감쌌다.

콰콰콰쾅!

폭음과 함께 도끼를 휘두르며 허공에서 떨어져 내리던 석모
광의 도끼가 강기막에 부딪쳐 도로 튕겨 올랐다.

'으윽!'

석모광은 신음성을 삼켰다.

도끼로 강기막을 두드린 손목이 부러질 듯 욱신거렸다. 또
한 강기막에 부딪친 얼굴과 가슴은 흡사 쇠망치에 맞은 듯 극
심한 충격이 왔다.

'이럴 수가!'

석모광은 겨우 신형을 수습하고는 질린 눈으로 무영을 쳐다
보았다.

무방비 상태에서 장력에 격중당한 것도 아니고, 자신이 공
격을 하다가 부딪쳤음에도 불구하고 정신이 혼미할 정도로 큰
충격을 받았다.

첫 번째 격돌에서 내공이 자신을 훨씬 능가한다는 짐작은
했지만 이런 정도로 차이가 날 줄은 몰랐다.

석모광은 호흡을 가다듬었다.

내상을 입었는지 목구멍에서 피비린내가 느껴졌다.

'꿀꺽!'

입 밖으로 선혈이 새어나가지 않게끔 역류하는 선혈을 모두
삼켰다.

석모광은 숨길 수 없는 당혹감과 함께 무영을 쳐다보았다.

무영의 표정에 싸늘한 미소가 번져 나갔다.

"말대답 꼬박꼬박 해주며 놀아주었더니 친구로 보였나 보

구나. 내 상대는 네놈 사부지 네놈들이 아니다."

말과 함께 무영은 오른손에 든 철피리를 석모광의 가슴을 향해 세차게 던졌다.

파아앙—

번쩍이는 묵광을 보았나 싶었는데 어느새 묵색 철피리는 석모광의 가슴을 향해 포탄처럼 쇄도해 들었다.

"하앗!"

석모광이 천둥 같은 고함을 치며 도끼를 휘둘러 철피리를 찍어갔다.

콰앙—

거대한 폭음과 함께 두 개의 병기가 부딪친 곳에서 불꽃이 튀었다. 한낮의 양광이 점점 강하게 내리쬐고 있었지만 충격파와 함께 터져 나온 불꽃은 사방을 태울 듯 강렬했다.

쿵쿵쿵!

석모광이 뒤로 세 걸음이나 물러나며 만들어진 육중한 발소리가 선인봉 정상을 울렸다.

"생긴 것과 달리 속에는 솜뭉치가 가득 들었군!"

되돌아온 철피리를 손에 쥔 무영은 비조처럼 허공으로 솟구쳤다. 그리고는 녹색의 옥피리를 태산압정의 수법으로 석모광의 머리를 향해 내려찍었다.

삐이익—

날카로운 소성이 울리며 시퍼런 강기가 여의봉이나 된 듯 늘어나 석모광의 머리 위로 떨어져 내렸다.

"이, 이런 죽일 놈!"

석모광은 경호성을 삼키며 두 자루 도끼를 교차하며 녹색 강기에 대응해 갔다.

콰앙!

다시 폭음이 터지며 석모광의 신형이 뒤로 밀렸다.

"어떤가? 아직도 인상적인가?"

한차례 폭풍처럼 휘몰아친 후 공격을 멈춘 무영은 석모광을 노려보며 물었다.

무영의 연속 공격에 정신을 차리지 못하던 석모광은 겨우 호흡을 고르며 무영을 쳐다보며 입을 열었다.

"아주 인상적이었네. 생각보다 조금 간지럽긴 했지만 말이야."

석모광은 손목이 얼얼하며 내부가 다시 진탕되는 기분이었지만 내심을 감춘 채 주절거렸다.

당황할수록 더욱 태연하게 행동하는 것이 몸에 익은 모습이었다.

"주둥이 내공은 착실하게 닦은 것 같구나. 하지만 몸이 죽고 나면 주둥이도 따라 죽지."

무영은 녹광이 은은하게 번져 나가고 있는 옥피리를 들어 올렸다.

"이번에는 내 차례다."

석모광이 한발 앞서 왼손에 든 도끼를 세차게 던졌다.

부우웅!

　수만 마리의 벌떼가 날아다니는 듯한 소음이 일며 석모광의 철부가 무시무시한 회전을 일으키며 날아왔다. 웬만한 전각 한 채는 순식간에 무너뜨린다는 말이 실감나게 만드는 모습이었다.

　무영은 들어 올린 녹색 옥피리를 날아오는 도끼를 향해 쭈욱 뻗었다.

　까가각!

　호미로 쇠를 긁는 듯한 소리가 흘러나오며 무영의 심장을 향해 날아오던 도끼가 살짝 방향을 바꾸어 되돌아갔다.

　최소한의 힘만으로 상대의 힘을 역이용하는 사량발천근의 묘리와 언뜻 닮은 듯한 대응이었다.

　도끼를 회수한 석모광의 표정이 순간적으로 살짝 찌푸려졌다.

　자신의 힘이 일 할도 전해지지 못하고 고스란히 되돌아온 것이다. 그렇게 되면 회수하는 데도 힘이 들어 이중으로 손해를 본 격이었다.

　실로 교묘하고 시기적절한 대응이 아닐 수 없었다. 그러나 그것은 알고 있다고 해서 가능한 것이 아니다.

　전속력으로 달리는 마차 바퀴보다 몇 배는 더 강한 회전력을 담은 도끼를 정확히 옆면을 때려 방향 전환을 시키는 것은 거의 불가능한 일이다. 만약 조금이라도 실수를 한다면 도끼날이나 강철 도끼 자루에 부딪쳐 손목이 박살 날 일이기에 절정고수라도 그런 식의 대응은 꺼릴 것이다. 결국 정면으로 부덮치며 쳐내든지 피하든지 할 수밖에 없었다.

정면으로 쳐낸다면 도끼에 실린 가공할 힘에 충격을 받을 수밖에 없을 것이고, 피한다면 또 다른 도끼에 의한 연속 공격이 이어지기에 수세를 벗어날 수가 없다.

그러나 무영은 그 수법을 훤히 읽고 있기라도 한 듯 도끼의 측면을 가볍게 건드려 모든 의도를 무위로 돌려 버렸다.

"그럼 이것도 받아보아라!"

첫 번째 공격이 무위로 돌아가자 석모광은 다른 손에 있던 도끼를 다시 던졌다.

파아아앙—

아까보다 더 큰 파공음이 터지며 도끼가 날아왔다.

이번의 공격은 좀 전과 같이 단순한 것이 아니었다. 좀 전에는 쟁반이 날아오듯 회전의 방향이 일정했다면 이번에는 상하좌우로 무질서하게 회전하며 커다란 공이 굴러오듯 날아왔다.

이른바 철부난비(轍釜亂飛)의 수법이었다.

"재주는 그것밖에 없느냐?"

고함과 함께 무영은 묵색 철피리를 왼손으로 옮겨 옥피리와 함께 마주 쥐고 오른손을 쭈욱 뻗었다.

무영의 오른손이 어느 순간 은광으로 물드는 것 같았다. 그리고는 폭발하듯 은광이 퍼지는가 싶더니 회전하며 날아오는 도끼를 덮쳐 갔다.

콰아앙—

날아오던 도끼가 산산조각 났다. 그리고는 그 파편이 모조리 석모광을 향해 날아갔다.

석모광의 눈이 두 배로 크게 뜨여졌다.

팔성의 힘을 실어 던진 자신의 도끼가 맨손에 부딪치는 것
도 기가 찰 노릇인데 그것이 쇠메에 맞은 흙더미처럼 박살이
나며 자신을 향해 폭사되고 있었다.

하지만 언제까지 놀라고 있을 수만은 없었다. 되돌아오는
도끼의 파편 한 조각에라도 맞으면 치명상을 입을 것이다.

부우웃!

석모광은 남은 한 자루의 도끼를 세차게 그어 올렸다.

공간이 찢기는 소리와 함께 도끼에서 나온 기운이 커다란
막을 만들었다. 검막이나 도막과 마찬가지인 부막(釜幕)인 것
이다.

파파파팡―

도끼의 파편들이 강기막에 부딪치며 사방으로 튕겨 올랐다.

"이젠 더 부릴 재주는 없는 것이냐?"

무영은 싸늘한 눈으로 석모광을 쳐다보며 물었다.

"아니, 아직 많이 남았지. 최소한 사흘 밤은 새울 정도로."

석모광은 여전히 느물거리는 모습으로 답했다.

"허세 하나는 절정고수 급이야. 하지만 더 이상은 싱거우니
끝을 내야겠다."

파아앙―

녹광을 뿌리며 옥피리가 맹렬하게 석모광을 향해 날아갔다.

석모광은 급급히 뒤로 물러나며 도끼를 휘둘렀다.

까앙—
"크흑!"
격타음과 신음성이 동시에 터져 나왔다.
도끼로 피리를 내려친 석모광은 손목이 부러져 나가는 충격과 함께 도끼를 놓치지 않으려 이를 악물었다.
숨을 돌릴 사이도 없이 석모광은 대경실색하며 눈을 부릅떴다.
이번에는 피리가 아닌 강력한 장풍 한줄기가 밀려오고 있었기 때문이다.
석모광은 남은 한 자루 도끼를 필사적으로 들어 올리며 장력을 막아갔다.
도끼로 내려쳐서 흩어버릴 장력이 아니었다. 그랬다가는 도끼는 튀어 오르고 장력은 고스란히 가슴을 가격할 것이었다.
펑!
도끼 한복판에 장력이 격중되며 그 충격이 도끼를 통해 고스란히 가슴으로 전해졌다.
"크으윽!"
갈비뼈가 몇 개는 부러져 나가는 느낌과 함께 석모광은 마침내 바닥으로 나뒹굴었다.
"쿨럭!"
그의 입에서 굵은 선혈 한줄기가 터져 나왔다.
"대체 네놈은……?"
석모광은 절망적인 눈으로 다가오는 무영을 쳐다보았다.

난공불락이란 말은 이런 데 쓰이는 말 같았다.

두 사제의 무공을 한참 아래로 보며 둘이 한꺼번에 덤빈다 해도 자신이 있었기에 성주의 엄명에도 불구하고 이곳으로 왔다. 그리고 두 사제의 몰락을 보면서도 크게 동요하지 않았는데, 이젠 자신 역시 두 사제와 똑같은 신세가 될 상황이었다.

"아까 말했을 텐데, 난 네놈들을 상대하러 온 것이 아니라고. 그러니 너무 억울해할 것 없어. 네 사부에게 패한 것이나 마찬가지로 생각하면 될 테니……."

"개소리!"

석모광은 발악하듯 고함을 질렀다.

완벽한 패배 앞에서 이제까지의 여유는 모조리 사라져 버린 것 같았다.

"그게 본모습인가? 좀 전까지 거들먹거리던 그 여유는 어디 갔나?"

무영의 조롱에 인상을 쓰던 석모광은 어느 순간 평정을 되찾고 유들거리는 미소를 지었다.

"내가 잠시 흥분했네. 실은 아직 끝난 것이 아닌데 말이야."

석모광의 시선이 정상으로 오르는 길로 향했다.

그곳에서 네 명의 사내가 빠르게 산을 오르고 있었다. 그중 한 명의 어깨에 관 하나가 걸쳐져 있었다.

第五十八章

무황성의 대제자

장홍관일

“네놈 수하들인가?”

무영이 피식 웃으며 물었다.

“그런 셈이지.”

석모광이 고개를 끄덕였다.

“그런다고 상황이 달라질 것 같은가?”

무영은 새로이 나타난 네 명의 사내를 쏘아보며 말했다.

“그건 모르는 일일세. 세상에는 예상 못한 일들로 가득하니
말일세.”

완전히 여유를 찾은 석모광이 빙글거리며 대꾸했다.

그러는 사이 네 명의 사내는 선인봉 정상에 올라섰다.

“공자님!”

바닥에 주저앉아 있는 석모광을 보며 네 사내가 고함을 쳤다.

"어찌 된 일이십니까?"

설마 석모광이 벌써 제압되었을 것이라고는 상상도 하지 못한 사내들은 눈을 동그랗게 뜨며 주변을 살폈다.

"사, 사 공자님!"

저쪽 구석에 처박혀 있는 사운혁을 발견한 네 사내는 이구동성으로 소리를 질렀다.

손목과 발목 하나가 각각 잘린 채 혼절해 있는 사운혁의 모습은 주저앉아 있는 석모광보다 더 큰 충격이었다.

"대체 이게 어찌 된……?"

사내 하나가 질문을 하다가 입을 다물었다.

상황은 질문을 허용치 않을 정도로 명백했다.

완전히 폐인이 되어 있는 사운혁!

도끼 한 자루를 잃은 채 선혈을 토하며 주저앉아 있는 석모광!

네 사내는 도저히 믿을 수 없다는 눈빛으로 서로를 쳐다보다가 무영에게로 시선을 돌렸다.

"네놈들 주인이 곧 죽을 줄 안 모양이군!"

무영은 관을 메고 있는 사내를 쳐다보며 조소를 던졌다.

무영의 시선을 받은 사내가 움찔하며 자신도 모르게 한 발 뒤로 물러났다.

사운혁과 석모광을 처참한 모습으로 패퇴시킨 무영은 그들에게 있어 그야말로 지옥 야차나 마찬가지였다.

"저 관에 무엇이 들어 있을지 궁금하지 않나? 큭큭!"

석모광이 비로소 몸을 일으키며 음소를 흘렸다. 그전에 전음으로 무슨 지시를 내렸는지 네 사내는 신속히 물러나며 관을 한쪽 절벽 끝에 내려놓고 보호하는 자세를 취했다.

"화약이라도 한 보따리 싸들고 왔나 보군. 하지만 그런 약은수는 통하지 않는다는 것을 잘 알 텐데."

"통할지 안 통할지는 그때 가봐야 아는 일이고… 아직 힘이남아 있으니 한판 더 벌여보고 싶군."

합류한 네 명의 부하를 보고 힘을 얻었는지 석모광은 도끼를 들어 올렸다.

"공자님은 잠시 쉬십시오. 이놈은 우리가 맡겠습니다."

석모광이 대답도 하기 전에 장도를 든 사내가 바람처럼 무영에게로 쇄도해 들었다. 그를 따라 다른 세 사내도 각각의 방향에서 무영에게로 달려들었다.

"불나방들!"

무영은 석모광의 움직임을 경계하며 달려드는 사내들을 향해 우수를 쭈욱 뻗었다.

퍼엉—

무영의 손바닥에서 한줄기 암홍색 장력이 강력하게 터져 나갔다.

"하앗!"

장도를 든 사내가 일갈과 함께 쾌속하게 장도를 휘둘러 암홍색 장력을 잘라갔다.

그때 무영의 손바닥에서 또 한 번의 폭음이 터졌다.

"피해!"

뒤에 선 사내가 고함을 질렀다. 그러나 장도를 휘두른 사내는 먼저 터진 장력을 자르는 데도 힘이 부치는 상태였다.

퍼억!

장도를 휘두른 사내의 가슴에서 파육음이 터졌다.

가슴 한쪽이 왕창 파괴된 사내는 폭포수 같은 선혈을 토하며 바닥을 굴러 절벽 아래쪽으로 떨어져 내렸다.

"이, 이런 죽일 놈!"

동료 하나가 너무도 간단히 저승 문턱을 넘어선 모습을 본 나머지 사내들이 주춤 움직임을 멈춘 채 이를 갈며 노려보았다.

그들의 움직임에는 상관없이 무영은 묵색 철피리를 던졌다. 귀찮은 날파리들은 일찌감치 치워 버릴 생각이었다.

패애앵!

철피리가 무시무시한 회전을 일으키며 남은 세 사람에게로 휩쓸어갔다.

세 명의 사내는 제각각의 무기를 꺼내 들고 급급히 날아오는 철피리를 쳐나갔다.

땡강!

땡! 땡!

검 두 자루와 도 한 자루가 동시에 허리를 꺾으며 떨어져 내렸다.

　세 사내는 멍한 표정으로 자신들의 병기를 쳐다보다가 석모광을 향해 시선을 던졌다. 그러나 그 시선이 석모광의 눈에 이르기도 전에 또 한 자루의 피리가 날아왔다.

　사내들은 반 토막으로 변한 병기를 휘두르며 필사적으로 녹광을 뿌리며 날아오는 옥피리를 막아갔다.

　퍼억!

　퍽!

　가죽 북이 터지는 소리가 나며 세 명의 사내가 동시에 피를 토하며 바닥으로 나뒹굴었다.

　"크으윽! 공자… 님."

　가슴이 무너진 사내 하나가 석모광 쪽으로 손을 내저으며 단말마처럼 토해냈다.

　무영의 두 번째 공격이 있기 전에 석모광이 나섰으면 최소한 자신들의 목숨은 붙여놓을 수 있었을 것이다. 그러나 석모광은 자신들을 구하려 하기보다는 동료가 메고 온 관을 더 중히 여기며 자신들이 당하는 틈을 타 관이 있는 곳으로 신형을 이동시켰다.

　"내가 자네들을 너무 과대평가했었네. 단 두 번의 공격도 막아내지 못할 줄은 정말 몰랐네."

　석모광은 힐난인지 동정인지 모를 말로 이승을 하직하는 부하들의 혼백을 전송했다. 그리고는 부하들이 메고 와서 절벽 끝 쪽에 내려놓은 관 위에 발 하나를 올려놓았다.

“되도록 이런 상황을 만들지 않으려고 했는데…… 이젠 어쩔 수 없어. 나도 살아서 사제는 구해가야 하니까 말이야.”

석모광은 입맛을 한 번 다신 후 관의 뚜껑을 걷어찼다.

관 뚜껑이 박살 나서 날아가고 관 속의 모습이 환하게 드러났다.

무영의 표정이 서서히 굳어갔다. 그리고는 마침내 얼음장처럼 싸늘하게 변했다.

관 속에는 전혀 뜻밖의 인물이 잠든 듯 누워 있었다.

조양방의 무법자라 불렸던 염예령!

그녀였다!

어떻게 그녀가 석모광의 손에 들어가서 저 관 속에 누워 있는지 알 길 없었지만 석모광은 그녀를 인질로 잡아 위기를 모면하려 하고 있었다.

잠시 동안 그녀를 쳐다보던 무영은 시선을 들어 석모광을 쳐다보았다.

칼날 같은 무영의 시선을 대한 석모광이 잠시 움찔하다가 이내 빙글거리는 미소와 함께 입을 열었다.

“뭘 그렇게 놀라나. 자네가 행한 수법을 나도 똑같이 따라 한 것뿐이네. 눈에는 눈, 이에는 이, 인질에는 인질. 그래야 서로 얘기가 되지 않겠나? 하하하!”

석모광은 처음으로 승기를 잡은 듯 큰 소리로 웃음을 터뜨렸다.

“역시 그 사부에 그 제자야. 목숨은 붙여주려고 했는데… 스스로 그 기회를 차버렸군.”

무영은 으스스하게 중얼거린 후 천천히 석모광에게로 걸음을 옮겼다.

“이 여인은 죽어도 좋단 말이냐?”

석모광은 발끝으로 염예령이 누워 있는 관을 툭 건드렸다.

관이 절벽 끝으로 밀려나며 반 정도가 절벽 바깥쪽으로 걸렸다.

“한 발만 더 움직이면 이 여인은 절벽 아래로 떨어지네.”

석모광은 발을 관 끝에 갖다 대며 금방이라도 절벽 아래로 밀어버릴 듯한 자세와 함께 말했다.

“어디 한번 해보게!”

무영은 아랑곳하지 않고 다시 한 걸음 옮겼다. 그러나 석모광은 관을 절벽 아래로 밀어 떨어뜨리지 못하고 손을 내저었다.

“한때 제법 손발이 잘 맞는 조력자라고 들었는데… 아닌가? 아니, 그것보다 자네를 못 잊어 단신으로 조양방을 탈출한 여인인데 죽어도 상관없단 말인가?”

석모광의 말에 무영은 입꼬리를 말아 올렸다.

“그것이 네놈의 마지막 패인가?”

“처음부터 이럴 생각은 아니었네. 이 여인은 내 사제와 맞교환할 내 쪽의 인질이었지. 그런데 지금은 마지막 패로 전락하고 말았군. 자, 어쩔 텐가? 내가 정말 이 여인을 절벽 아래로 떨어뜨려도 상관없는가?”

석모광은 관 끝에 올려놓은 발에 힘을 주며 당장에라도 밀어버릴 듯 관을 흔들었다.

무영의 눈빛은 더욱 싸늘해졌다.

"조력자 관계는 그곳의 일이 마무리되며 끝이 났지. 이젠 상관없는 사람이야."

"그럼 밀어버려도 되겠군!"

"그렇게 하게."

무영이 일순간의 주저도 없이 간단하게 답하자 석모광의 표정에 미미한 당혹감이 번져 갔다.

놈이 독사처럼 냉혹한 인간이라는 정보는 들었지만 그 정보들을 좀 더 종합적으로 분석해 보면 냉정한 손속 이면에는 강한 협의지심이 숨어 있다는 것을 알 수 있었다. 그런데 지금의 모습에는 그런 협의는 단 한 점도 찾아볼 수 없었다.

석모광은 관을 밟은 발에 조금 더 힘을 주며 무영의 표정을 살폈다.

여전히 무영의 표정은 변화가 없었다.

어느 순간 석모광의 얼굴에 미소가 떠올랐다.

"이 방법은 안 통하는군. 내가 밀어 떨어뜨릴 수 없다는 것을 간파했군. 역시 한 치의 틈도 없어. 하하하!"

석모광은 고개를 절레절레 저으며 웃음을 토했다.

"그럼 이렇게 하면 어떨까?"

웃음을 그친 석모광은 관 끝 부분을 강하게 밟았다.

우찍!

한쪽이 부러지는 소리가 나며 관이 수직으로 일어섰다. 동시에 잠든 듯 누워 있던 염예령의 신형도 같이 일어섰다.

파파팟!

일어선 염예령의 상체 몇 군데를 석모광의 손가락 끝이 빠르게 짚어나갔다.

봉해놓았던 혈을 틔우는 것이다.

"으음!"

관 속에서 시체처럼 누워 있던 염예령이 낮은 신음과 함께 눈을 떴다.

그녀의 시선이 중심을 잡지 못하고 잠시 동안 허공을 방황했다.

"아악!"

어느 순간 그녀가 비명을 질렀다.

관 속에 들어 있는 자신의 처지를 인식한 때문이었다. 아니, 그것보다는 관 속에 들어가기 전에 괴한들에게 납치되어 꽁꽁 묶인 채 끌려다니던 때의 기억이 되살아난 것이다.

고함을 지른 염예령이 관을 박차고 나오려는 순간 석모광이 그녀의 목을 잡았다.

솥뚜껑만 한 그의 손에 염예령의 목은 어른 손아귀에 든 참새처럼 감싸 쥐어졌다.

"자, 저곳에 누가 있는지 볼 테냐?"

석모광은 염예령의 목을 잡은 채 몸을 돌려 무영을 쳐다보게 했다.

　무영의 모습을 발견한 염예령의 눈이 두 배는 크게 뜨여졌다.

　"고, 공자님! 콜록!"

　무영을 부르려던 염예령의 목소리가 기침으로 변하며 잦아들었다. 석모광의 손아귀에 힘이 들어갔기 때문이다.

　"그렇지. 네가 오매불망 그리워하고, 성을 뛰쳐나오면서까지 따라가려고 한 공자님이 저기 있지. 그런데 어떡한다? 난 저 공자님에게 널 보내줄 수가 없으니."

　빈정거림과 함께 석모광은 서서히 손아귀에 힘을 주었다. 그에 따라 기침도 토하지 못한 염예령의 안색이 시퍼렇게 변해갔다.

　"어떤가? 이건 통하겠지? 길을 비켜준다면 숨통은 틔워주지. 그리고 난 사제를 포기하고 이 여인만 데리고 산을 내려가겠네. 협상은 다음 기회에 다시 하기로 하지. 오늘은 시기가 너무 안 좋아."

　석모광은 염예령의 목을 사냥한 토끼의 목을 잡듯 가볍게 들고 걸음을 옮겼다.

　"덩치에 비해 비열하기 짝이 없는 놈이로군!"

　무영은 여전히 그 자리에 선 채 내뱉듯이 말했다.

　"그것이 무황성 내부의 생존 방식이지. 자네도 익히 파악하고 있을 것이 아닌가?"

　석모광은 비릿한 웃음을 흘리며 방패처럼 염예령의 신형을 앞으로 내민 채 정상으로 오르는 길이 있는 쪽으로 걸음을 옮졌다.

무영은 여전히 꼼짝도 않은 채 석모광을 쳐다보다가 그의 손에 목이 잡힌 염예령과 눈이 마주쳤다.

그녀의 눈에서 처절한 후회의 빛이 흘러나왔다.

조양방의 무법자라는 별명답게 그녀는 무영이 조양방을 떠난 며칠 후 가슴이 터질 듯한 갑갑함을 이기지 못하고 조양방을 탈출했다.

그때는 무영을 꼭 쫓아가겠다는 생각을 한 것이 아니었다.

무영은 자신이 죽을힘을 다해 따라나선다고 해서 쫓아갈 수 있는 사람도 아니었다. 강호 최고의 추적술을 가진 무인이라 해도 종적을 쫓을 수 없는 사람이었기에 그건 불가능했다.

하지만 무영이 없는 조양방 안에서 갇혀 지낸다는 것이 숨이 막힐 정도로 갑갑했다.

무영을 쫓아가지는 못하더라도 이젠 드넓은 강호를 활보하고 싶었다.

유랑걸식을 하더라도 더 이상 조양방에 갇혀 있긴 싫었다. 조양방 바깥세상인 강호로 나가 마음껏 날아다니고 싶었다. 그러다 보면 무영의 소식도 듣고, 언젠가는 마주치게 될 날도 있을 것이라 생각했다.

그런 생각을 한 다음날 부친 염지강에게 그 뜻을 밝혔지만 일언지하에 거절당했다. 염예령은 즉시 할아버지 염천기에게 매달려 하루 종일 떼를 썼지만 무황성의 가공할 흉계를 뼈저리게 느낀 염천기 역시 무겁게 고개를 흔들었다.

염예령은 결국 호위 한 명 거느리지 못하고 야반도주를 선택할 수밖에 없었다.

그때는 그렇게 하지 않으면 가슴이 터져 버려 죽을 것 같았다.

그런데……

성벽을 넘어 탈출한 지 채 한 시진도 되기 전에 정체를 알 수 없는 괴한들에게 공격을 받았다. 예전보다는 훨씬 강해진 무공으로 두 명은 쓰러뜨렸지만 역부족이었다.

결국 그들에게 납치되었고, 그들이 누구인지 정체도 알지 못한 채 이곳까지 왔다.

이젠 그들이 누군지, 자신이 어떤 처지인지 확연히 느껴졌다.

염예령은 지금 이 순간 혀를 깨물어서라도 자결하고 싶었다.

그때 그 순간에는 도저히 참을 수 없어 취한 행동이었지만 그것은 무영의 앞을 가로막는 천하의 병신 같은 짓이 되고 말았다.

'제발!'

염예령은 혀를 깨물 한 가닥의 진기라도 끌어올려지길 간절히 빌었다.

소용없는 일이었다.

목을 움켜쥔 솥뚜껑 같은 손은 빈틈없이 혈을 봉하고 있어 손가락 하나 까닥할 수 없었다.

그렇다면 그 손이 조금 더 힘을 주어 아예 자신을 질식시켜 버렸으면 하고 갈망했지만 놈은 교묘하게 최소한의 숨통은 틔 워주고 있었다.

염예령은 눈을 질끈 감았다.

짧은 순간 마주친 무영의 눈!

그 눈이 무엇을 말하는지 도저히 읽을 자신이 없었다.

그걸 읽기 전에 눈을 감을 수밖에 없었다.

제발 죽여달라는 자신의 눈빛이 목숨을 애걸하는 눈빛으로 잘못 읽혀지는 것 역시 억겁을 벌레로 태어나는 한이 있어도 절대로 바라지 않는 일이었다.

모든 것을 포기한 염예령은 시체처럼 축 늘어졌다.

"비켜주지 않겠나?"

무영이 움직이지 않자 석모광은 염예령의 신형을 더욱 앞으로 내밀며 목소리를 높였다.

"못 비켜주겠다면?"

무영이 짧게 말했다.

"그럼 이 여인부터 자네 손으로 죽이고 날 막아야 하겠지. 자! 죽여보게."

석모광은 염예령의 신형을 들어 올려 자신의 중요 대혈은 모두 가리는 자세를 잡았다.

빠드득!

무영의 입에서 세차게 이가 부딪치며 섬뜩한 마찰음이 흘러 나왔다. 뒤이어 그의 눈에서 이지를 상실한 듯한 살기가 일렁거렸다.

우우웅!

무영의 손에 들린 철피리 끝에서도 극한의 기운이 요동치고 있었다.

그것을 뻗어내기만 하면 염예령의 몸을 관통하고 석모광의 심장까지 파괴시킬 수 있을 것 같았다.

‘이, 이놈이!’

무영의 눈을 쳐다본 석모광은 다급성을 삼켰다.

이제껏 어떤 순간에도 얼음장처럼 차가웠던 무영의 눈이 지금 이 순간 용암처럼 들끓고 있었다. 그리고 그 용암 속에서는 도저히 제어할 수 없는 악령이 솟구쳐 오르는 것 같았다.

무영의 피리가 천천히 앞으로 뻗어 나왔다.

“이, 이 여인을 죽일 셈이냐?”

석모광이 다급성을 질렀다. 그리고는 염예령의 신형을 더욱 더 앞으로 내밀었다.

무영의 눈이 더욱 이글거리고 있었다. 그리고 피리 끝에 이글거리는 기운은 금방이라도 뻗어 나올 듯 요동을 쳤다.

[공자님!]

들끓는 무영의 뇌리로 천상의 음성인 듯한 여인의 음성이 울려왔다.

[공자님의 그 눈…… 너무 무서워요. 제발!]

“운지…….”

무영의 입에서 한 여인의 이름이 신음처럼 흘러나왔다. 그리고 무영의 눈에 어렸던 용암 같은 기운이 서서히 걷혀갔다.

잠시 후 무영이 긴 한숨을 토해냈다.

우웅!

피리 끝에 귀화처럼 일렁거리던 기운이 조금 옅어졌다. 뒤이어 무영의 눈이 얼음처럼 차갑게 가라앉았다.

"좋아! 보내주지. 쥐새끼 한 마리 지금 놓친다고 해서 결과가 달라지는 것도 아니니까."

무영은 천천히 옆쪽으로 걸음을 옮겨 길을 틔워주었다.

질린 얼굴로 무영을 쳐다보던 석모광이 얼른 걸음을 옮겼다.

"고맙네. 다음에 만나면 협상다운 협상을 하기로 하지. 이번에는 내가 자네를 너무 얕보았어. 하하하!"

석모광은 마지막 순간까지 경계심을 늦추지 않고 뒷걸음질을 치며 정상 아래로 내려가기 시작했다.

"혹시나 해서 하는 말인데 말일세. 자네 동료들에게도 허튼 짓하지 말라고 주의를 주는 게 좋을 걸세."

석모광은 혹시나 있을지도 모르는 부연호의 기습까지 염두에 두며 조금 더 빠르게 아래로 내려가기 시작했다.

몇 발짝 더 움직이던 석모광이 어느 순간 외마디 경호성과 함께 벼락을 맞은 듯 그 자리에서 경직되었다.

갑작스런 석모광의 행동에 무영도 석모광의 시선이 향한 곳으로 고개를 돌렸다.

'언제?

무영은 속으로 경호성을 터뜨렸다.

석모광이 내려가고 있는 길 옆쪽 작은 바위 위에 방갓을 눌러쓴 건장한 사내 하나가 뒷짐을 진 채 오연히 절벽 아래쪽을 바라보며 서 있었다.

그곳이라면 장력을 날려도 위력이 크게 감소하지 않고 닿을 만한 거리였다.

'이렇게 지척까지 접근해 있었는데도 기척도 느끼지 못했다니?'

무영은 안력을 돋우며 방갓을 쓴 인영을 쳐다보았다.

주마룡 부연호도 건장한 무골형 체격이었지만 괴인은 부연호보다 더 건장해 보였다. 하지만 무엇보다는 무영을 긴장시키는 것은 방갓 쓴 인영의 몸에서 풍기는 분위기였다.

모든 것을 안으로 갈무리한 채 단 한 점의 기운도 밖으로 새어 나오지 않았지만, 인영의 무공은 절대종사의 수준이라는 것이 직감적으로 느껴졌다.

아무런 기척도 없이 코앞에까지 접근한 것으로도 이미 충분히 증명된 것이지만…….

방갓을 쓴 인영에 대한 무영의 긴장이 고조되고 있는 순간, 염예령의 목을 쥐고 우뚝 서 있던 석모광이 염예령을 내팽개치고 쓰러지듯 그 자리에서 무릎을 꿇었다.

"성주님!"

석모광이 신음처럼 중얼거렸다.

'성주?'

무영의 눈에서 번갯불이 튀었다.

석모광의 입에서 흘러나온 성주라는 말을 잘못 들은 것이
아니라면 저 방갓 쓴 인영은 무황성의 성주 단목상군이란 말
이다.

第五十九章
위선자의 가면

장홍관일

무영의 머릿속이 맹렬하게 회전하기 시작했다.

자신이 성주의 셋째 제자 위건화를 인질로까지 잡으며 벌집을 쑤셔놓았으니, 아니, 그 정도가 아니었다. 그건 호랑이 코털을 모조리 잡아당긴 것이나 마찬가지였다. 그랬으니 무황성에서도 절대 가만있지 않고 이무기 몇 마리는 내보내리라고 생각했다.

물론 사운혁의 뒤를 따라 석모광이 오는 정도는 충분히 예상한 일이었고, 그 외 다른 인물이 나타날 것에 대비하여 부연호와 서문진충 등을 매복시켜 동정을 파악하고 있었지만 아무도 나타나지 않아 조금은 이상하게 생각하고 있었다.

그런데……

천만뜻밖으로 무황성주 단목상군이 나타났다는 말이다.

정파무림 제일성인 무황성의 주인 단목상군!

그는 정파무림의 황제라고 칭해도 큰 무리가 없는 사람이었다.

그런데 그가 지금 단 한 명의 호위도 대동하지 않고 홀로 이곳 선인봉 정상에 나타나 있다는 것은 말이 되지 않는 일이고, 그 누구라도 쉽게 믿지 못할 일이었다.

무영은 혼란스런 심정을 추스르며 무황성주 단목상군에게 온 신경을 집중시켰다.

기절초풍할 듯 놀란 석모광이 자신 앞에 오체투지를 하고 있었지만 단목상군은 미동도 하지 않고 처음의 자세 그대로 작은 바위 위에 뒷짐을 지고 서서 절벽 아래쪽을 응시하고 있었다.

그 모습은 마치 속세를 떠난 도인이 산천을 유람하다 어떤 경치 좋은 산자락에서 잠시 걸음을 멈추고 조용히 경치를 감상하는 것과 같은 모습이었다.

그런 단목상군의 모습에 오체투지하고 있던 석모광도 숨이 막혔는지 온몸으로 땀을 쏟고 있었다.

그는 우선 이번 일에 성내의 인원은 아무도 움직이지 말라는 엄명을 어겼다.

물론 사운혁이 먼저 어기고 자신의 비밀 세력을 대동하고 왔지만, 그것 때문에 자신의 잘못이 상쇄되는 것은 아니다.

그다음으로는 사제를 구하기는커녕 처참하게 패하여 자기

목숨도 보존 못할 처지에 빠졌다.

그것만으로도 무황성에 씻을 수 없는 오명을 안겼는데 더 나아가 폐인이 된 사제들을 거들떠보지도 않고 여인을 인질로 잡고 쥐새끼처럼 도망치는 중이었다.

그 죄를 제대로 묻는다면 능지처참을 당하여도 과하지 않을 것이다.

그런 생각들로 인해 석모광의 몸은 서서히 떨리기 시작하더니 어느덧 사시나무가 되어갔다.

"사제를 보살펴라!"

한참 더 절벽 아래쪽의 경치를 감상하던 단목상군이 방갓을 벗은 후 석모광을 향해 나직하게 지시했다.

초주검이 된 모습으로 떨고 있던 석모광은 내팽개친 염예령은 쳐다보지도 않고 반쯤 기다시피 하며 내려오던 길을 도로 올라가기 시작했다.

"그 아이도 데려가라!"

단목상군의 목소리가 다시 흘러나왔다.

석모광은 흠칫 신형을 굳혔다가 쓰러져 있는 염예령을 들어 올린 채 선인봉 정상으로 다시 올라갔다.

둥실!

석모광이 정상에 다다르자 정상 아래쪽 바위 위에 서 있던 단목상군의 신형이 그 자리에서 그대로 떠오르기 시작했다.

바위를 박차고 도약을 한 것도 아니었다.

무릎이나 어깨를 조금도 움직이지 않고 그대로 선 자세에서 유령처럼 천천히 떠오른 것이다.

그렇게 허공으로 떠오른 단목상군의 신형이 정상 높이쯤에 이르렀을 때 잠시 정지하는가 싶더니 미끄러지듯 옆으로 이동했다. 그리고는 석모광이 서 있는 옆쪽에 깃털처럼 내려앉았다.

날개 달린 새라도 놀랄 만한 인간의 한계를 초월한 경공술이었다.

그런 단목상군의 경신술에 자신의 사부지만 감당키 어려운 듯 석모광은 질린 눈으로 단목상군을 쳐다보았다.

정상에 내려선 단목상군은 여전히 뒷짐을 진 채 천천히 시선을 이동시켰다.

먼저 절벽 쪽 소나무 가지에 대롱대롱 매달려 있는 위건화를 쳐다본 단목상군은 뒤이어 손과 발목 한 개씩이 잘린 채 혼절해 있는 사운혁을 쳐다보았다.

사운혁의 모습은 송장이나 마찬가지라고 할 만큼 처참했지만 그를 쳐다보는 단목상군의 눈빛은 눈곱만큼도 변화가 없이 담담했다.

무심하게 선인봉 정상의 상황을 한 번 둘러본 단목상군은 석모광을 향해 한 손을 내밀었다.

석모광이 움찔 놀라며 단목상군의 손이 가리키는 방향을 쳐다보았다.

단목상군의 손은 석모광의 팔에 들려 있는 염예령을 가리키고 있었다.

석모광은 감히 의혹의 표정조차 짓지 못한 채 염예령을 단목상군에게 건네주었다.

둥실!

단목상군의 손이 닿지도 않았는데 염예령의 몸은 허공에 떠올랐다.

단목상군은 가볍게 지풍을 내쏘아 허공에 뜬 염예령의 혈을 틔워주었다.

거역할 수 없는 힘에 전신이 둘러싸인 채 허공에 뜬 염예령은 온몸이 자유로워졌지만 비명도 지르지 못하고 눈만 깜박거리고 있었다.

"이 아이를 돌려줄 테니 자네도 내 제자들을 돌려주게."

차분한 음성과 함께 단목상군이 손을 한 번 흔들자 염예령의 신형은 빙판 위를 미끄러지듯 무영에게로 밀려갔다.

턱!

무영은 팔을 뻗어 염예령의 신형을 받아 바닥으로 내려놓았다.

털썩!

과도한 긴장과 두려움으로 인해 온몸의 기운이 다 빠진 염예령은 그 자리에서 그대로 주저앉았다.

우웅—

염예령을 밀어낸 단목상군이 다시 손을 움직이자 무겁고 긴 진동음이 손바닥 안에서 울려 퍼졌다.

그 진동음과 함께 강력한 허공섭물의 수법이 펼쳐지며 족히

삼 장은 될 법한 거리에 있는 사운혁의 신형이 허공으로 들어
올려졌다.

중력의 작용은 전혀 받지 않는 듯 허공으로 떠오른 사운혁
의 신형은 천천히 단목상군의 손으로 빨려왔다.

"쯧쯧!"

한 팔로 사운혁의 신형을 안아 든 단목상군은 가볍게 혀를
찼다.

사운혁의 처참한 몰골을 보고 그런 것인지, 아니면 사운혁
이 이렇게 비참하게 패한 사실 때문에 그런 것인지 구별이 가
지 않은 석모광은 얼굴 가득 식은땀을 흘렸다.

"막내를 데려오너라!"

사운혁의 전신 혈 몇 곳을 건드린 단목상군은 석모광에게
지시를 내렸다.

"존명!"

석모광은 고개를 숙인 후 위건화가 매달려 있는 소나무 쪽
으로 다가갔다.

그때까지도 무영은 두 사람의 하는 양을 보며 묵묵히 서 있
었다.

그동안 자신이 벌인 모든 일은 일차적으로는 사운혁에게 처
절한 복수를 하는 것이었지만, 그 칼끝의 마지막은 무황성과
무황성주 단목상군을 겨누고 있었다.

사운혁에게 죽음보다 더 비참한 상태에 빠뜨려 복수하고,
더 나아가 무황성주 단목상군과 마주한 지금의 상황에서는 사

운혁을 치료해서 데려가든 위건화를 모시고 가든 그건 아무 상관이 없었다.

자신은 이 모든 일의 원인이 된 단목상군과 필생의 대결을 벌여 복수의 종지부를 찍으면 되는 것이다.

단지 아쉬운 것은 그 기회가 너무 빨리 찾아왔다는 것이다.

팔다리 하나하나 잘라가며 철저히 무너뜨려 차라리 자살을 하는 게 낫겠다는 처절한 상실감을 맛보게 한 후 무너뜨리지 못하는 것이 한이었다.

자신의 그 모든 계획을 완전히 무용지물로 만들며 전혀 예상치 못한 이곳에 불쑥 나타난 단목상군은 과연 아무기의 우두머리답다 할 수 있었다.

"사제!"

위건화의 몸에 묶인 밧줄을 풀어낸 석모광은 뺨을 두드리며 의식을 일깨우려 했지만 위건화는 식물인간처럼 눈 하나 깜박이지 않고 그대로였다. 단지 미약하나마 일정한 숨결만이 시체가 아님을 인식시켜 줄 뿐이었다.

"데려오라!"

단목상군이 다시 지시를 내리자 석모광은 얼른 위건화의 신형을 단목상군에게 내밀었다.

탁탁!

잠시 위건화의 상세를 살핀 단목상군은 위건화의 등 뒤쪽 혈 몇 군데를 건드렸다.

"으음!"

　죽은 듯이 의식을 잃고 있던 위건화의 입에서 가느다란 신음이 흘러나왔다.

　그러나 그것으로 끝일 뿐 더 이상 위건화의 반응은 이어지지 않았다.

　석모광의 눈이 휘둥그레 떠졌다.

　사부 단목상군의 해혈 수법이 통하지 않는 경우가 있다니?

　그건 무황성이 발칵 뒤집힐 일이었다.

　"상문의 폐혈 수법인가? 명불허전이군."

　무영을 한 번 쳐다본 단목상군이 나지막한 감탄사를 토했다. 그리고는 위건화의 명문혈에 손바닥을 갖다 댄 후 긴 호흡과 함께 진기를 이끌었다.

　아무리 두껍고 많은 이물질이 막힌 대롱이라도 압도적인 힘으로 밀고 나가면 대롱을 막고 있던 이물질은 밀려 나가든지 대롱 안에서 녹아버리는 것이다. 물론 꽉 막혀 있던 이물질들이 밀려 나가기 전에 대롱 자체가 파열되지 않는다는 전제 조건이 필요하겠지만.

　그것을 방지하기 위해 단목상군은 다른 한 손을 위건화의 명문혈에 대고 혈이 손상당하는 것을 단속했다.

　"쿨럭!"

　한 번의 신음 후 더 이상 반응이 없던 위건화의 입에서 기침이 터져 나왔다. 그리고 그 기침 뒤에 시커먼 선혈도 같이 터져 나왔다.

　"쿨럭! 쿨럭!"

몇 번의 기침과 함께 응혈을 토해낸 위건화의 얼굴에 핏기가 돌아왔다. 그리고 어느 순간 두 눈을 번쩍 떴다.

"사, 사부님!"

위건화가 비명처럼 소리를 지르며 상체를 일으키려 했다. 그러나 근 한 달 동안 식물인간으로 지낸 그의 몸은 제대로 말을 듣지 않았다.

"운기를 하거라!"

단목상군은 위건화를 그 자리에 앉힌 다음 등줄기를 한 번 쓰다듬고는 천천히 상체를 세웠다.

위건화는 그 자리에서 가부좌를 틀고 눈을 감은 채 운기조식에 들어갔다.

그런 위건화를 본 단목상군은 신형을 일으켰다.

제자들에 대한 응급조치를 끝낸 그가 허리를 쭈욱 펴고 서자 까마득한 높이의 선인봉이 그대로 내려앉으며 땅속으로 파묻힐 것 같은 느낌이 들었다.

그만큼 단목상군의 존재는 무거운 기운을 내포하고 있었다.

무영은 천천히 진기를 끌어올리며 단목상군과 시선을 맞추어갔다.

번쩍!

두 사람의 눈이 마주친 곳에서 불꽃이 튀었다.

만약 서로의 병기가 그렇게 부딪쳤다면 선인봉이 무너질 정도로 큰 굉음이 터져 나왔을 것이다.

빙그레.

　　잠시 무영의 눈을 쳐다보던 단목상군이 옅은 미소를 지었다. 그것은 마치 스승이 제자에게 던지는 미소처럼 편안해 보였다.

　　"좋은 눈이로구나."

　　입가에 묻어 있는 미소를 그대로 둔 채 단목상군이 말했다.

　　"그걸 구별할 안목은 있는 겁니까?"

　　무영이 맞받아쳤다.

　　"이, 이놈!"

　　석모광이 어이가 없는 듯 고함을 질렀다.

　　"패자! 유구무언!"

　　무영은 석모광을 쳐다보지도 않은 채 짤막하게 내뱉었다.

　　"이, 이……."

　　석모광이 금방이라도 출수할 듯 이를 갈았다.

　　"막내를 데리고 내려가거라."

　　단목상군 역시 석모광을 쳐다보지도 않고 짤막하게 말했다.

　　"사, 사부!"

　　단목상군의 지시가 도저히 이해되지 않은 석모광이 눈을 동그랗게 뜨고 단목상군을 쳐다보았다.

　　아직 놈의 동료들이 어디에 숨어 무슨 흉계를 꾸미는지 모르는 상태에서 자신이 떠나는 것은 내키지 않았다. 또 굳이 데리고 떠나야 한다면 조식이 끝난 후면 운신이 가능할 위건화보다는 사운혁을 데려가는 것이 먼저다.

　　"건방지구나!"

석모광이 고개를 쳐들고 자신을 쳐다보자 단목상군이 낮게 뱉어냈다.

"요, 용서를……."

석모광은 무너지듯 오체투지하며 머리를 바닥에 찧었다.

그의 이마에서 금방 피가 튀며 바닥을 적셨다.

"돌아가서 집법전(執法殿)에서 대기하라!"

재차 이어지는 단목상군의 음성에 석모광의 얼굴이 흑색으로 변했다.

집법전!

무황성의 집법전은 성주의 가족들을 제외한 장로들이나 성의 수뇌들의 과오를 심판하고 형을 집행하는 곳이다.

그곳에서 재판을 받는 경우는 나라로 따진다면 대역죄나 큰 전쟁에 참패하여 국가의 존망을 위태롭게 한 경우와 마찬가지다. 그래서 무황성의 사람들은 그곳을 미정지옥(未定地獄)이라 칭하였다.

지옥은 확실하나 아직 어느 곳으로 떨어질지 모르는 곳!

그곳을 거친 사람들은 제일 가벼워야 뇌옥에 몇 년간 감금되는 것이고, 중하면 단근참맥도 예사였다.

사제를 견제하기 위해 성주의 명을 어기며 이곳으로 왔고, 무영에게 패해 무황성의 명예에 먹칠을 했다. 그것도 모자라 사제들의 안전은 눈곱만큼도 도모하지 않고 자기만 살겠다고 여인을 인질로 삼아 족제비처럼 도망친 행위를 단목상군은 용납하지 못한다는 말이었다.

“사부, 제발 한 번만 더 기회를……”

석모광은 머리가 부서져라 땅에 찧으며 애원했다.

“패자에게 돌아갈 기회는 있어도 스스로 쥐새끼가 된 자에겐 돌아갈 기회가 없다!”

단목상군은 싸늘하게 석모광의 말을 잘랐다.

석모광은 사시나무 떨듯 떨다가 휘청거리며 몸을 일으켰다.

단목상군의 입에서 한 번 나온 말은 해가 서쪽에서 뜨는 한이 있어도 번복되지 않는다. 그러니 더 이상 애걸하는 것은 명만 단축시키는 일이었다.

석모광은 위건화 쪽으로 걸어갔다.

운기를 끝낸 위건화는 하얗게 질린 표정으로 단목상군을 쳐다보았다.

그 역시 목숨은 붙어 있었지만 언제 집법전으로 들지 모르는 처지였다.

조양방에서 무영에게 패하고 인질이 되어 모든 사람들의 조롱거리가 되었다. 그리고 연인이었던 단목진희에게는 치유될 수 없는 마음의 상처를 안겨주어 설사 성주의 용서를 받았다고 하더라도 더 이상 아무것도 할 수 없는 상태가 되었다.

그야말로 석모광에 비해 그리 나을 것이 없는 상황이었다.

창백한 표정의 위건화는 단목상군을 향해 깊숙이 고개를 숙인 후 먼저 정상 아래쪽으로 걸음을 옮겼다. 그 뒤를 따라 철탑 같은 덩치의 석모광이 비루먹은 강아지처럼 따랐다.

“이젠 대충 짐작이 가는군요.”

　두 사람의 모습이 완전히 사라지고 정상에는 널브러져 있는 사운혁과 단목상군, 염예령, 그리고 자신만 남게 되었을 때 무영은 차가운 미소를 입꼬리에 매달며 말했다.

　"어떻게 말인가?"

　단목상군이 호기심이 인다는 표정으로 말했다.

　"더 심하게 당한 제자를 두고 오히려 기력이 돌아온 제자를 데려가게 하는 것을 보니 그동안 추측만 하던 것이 점차 명확해지는군요. 제자들 중 제일 멍청한데다, 이젠 폐인이 된 저놈이 안쓰러워서 손수 안고 가려는 생각은 아니겠지요?"

　무영이 조금 덧붙여 설명을 했다.

　"계속하게."

　단목상군은 아무런 표정 변화 없이 화답했다.

　무영의 입꼬리가 더 심하게 뒤틀렸다.

　"옥혈구음체질(玉血九陰體質)이라는 것이 있지요."

　무영이 서두를 꺼내자 이제껏 아무런 변화가 없던 단목상군의 눈썹이 미미하게 움직였다.

　"주로 여자에게 나타나는 체질인데…… 백 년에 한 번 정도는 남자에게도 나타나지요. 그 체질을 타고난 남자는 거의가 희대의 음적이 되어 수많은 여자의 음기를 취하며 천인공노할 만행을 저지르다 무림공적으로 몰려 처참한 최후를 맞지요."

　거기까지 설명한 무영은 단목상군을 쳐다보았다.

　단목상군은 짧은 순간 스쳐 지나간 동요를 모두 지우고 철갑 같이 단단한 표정을 하고 있었다.

무영의 입꼬리가 다시 비틀렸다.

"그런 저주받은 체질이지만 딱 한 가지 장점은 있다더군요. 만약 그가 엄청난 재력가의 아들로 태어나 매일 밤 한 명 이상의 처녀를 제공받기만 한다면 그런 체질로 태어나도 발광을 하며 나돌지 않고 정상으로 살아갈 수 있지요. 게다가 조금 더 나아가 특이한 심공을 익히게 하면 단전에 순음을 기반으로 한 엄청난 내공을 쌓을 수도 있지요. 물론 역천의 체질인 관계로 그것을 자유자재로 뿌릴 수는 없지만 미증유의 공력을 쌓는 데는 이상이 없다더군요."

"재미있군."

단목상군은 다시 고개를 끄덕였다.

"특히 음기가 강한 순음의 체질을 타고난 여인들의 음기를 취한다면 그 공력은 훨씬 더 강하게 축적되어 이따금씩 뿌릴 수 있게도 되지요."

무영은 그 말과 함께 바닥에 널브러져 있는 사운혁을 쳐다보았다.

"그런데 저런 상태가 된 이상 단전에 아무리 많은 공력이 축적된들 소용이 없겠지요."

"그렇겠군. 안타까운 일이야! 자넨 너무 심했네. 쯧쯧!"

단목상군도 둘째 제자 사운혁을 쳐다보며 혀를 찼다. 그것은 자신의 제자를 쳐다본다고 하기보다는 마치 심하게 다친 짐승을 보는 듯한 눈빛이었다.

"하하… 하하하하!"

단목상군을 쳐다보던 무영이 어느 순간 광소를 터뜨렸다.

유쾌하게 터져 나오는 웃음소리였지만 그 속에는 비난과 조롱의 기운이 모두 내포되어 있었다. 그러나 단목상군은 여전히 일말의 표정 변화 없이 묵묵히 지켜보기만 했다.

"제가 방금 무슨 생각을 했는지 아십니까?"

"말해보게."

"제자는 스승을 잘 만나야 한다는 생각을 했지요. 금수 같은 스승을 만나면 제자 역시 언젠가는 금수로 전락할 수밖에 없지요."

무영은 백도 제일성의 절대자에게 하는 말치고는 상상도 못할 폭언을 퍼부었다.

바닥에 주저앉은 채 두 사람의 대화에 귀를 기울이던 염예령은 두 눈을 동그랗게 뜨고 자신도 모르게 터져 나오려는 경호성을 막고자 두 손으로 자신의 입을 틀어막았다.

정파무림 제일인자나 마찬가지인 단목상군을 금수로 칭하다니?

만약 이 사실이 외부로 알려진다면 무영은 당장 무림공적으로 몰려 수많은 무림인의 추적을 받게 될 것이다.

그런데⋯⋯

무영에게 그런 폭언을 듣고도 단목상군은 여전히 아무런 동요를 보이지 않았다. 마치 수십 년 동안 사귄 지기에게서 조금심한 농을 들은 듯 태연했다.

순간적으로 염예령은 가슴이 철렁하는 느낌을 받았다.

무황성주 단목상군이 득도한 노승 같은 인격을 지녀서 그러는 것이 아니었다. 그가 무영의 그런 폭언을 듣고도 무감동한 것은 무영을 살려줄 생각이 없어서 그러는 것이다.

죽어가는 사냥감의 마지막 포악을 개의치 않는 사냥꾼의 심리!

지금 단목상군은 그런 마음으로 무영의 언행을 개의치 않고 있는 것이다.

염예령은 혼백이 달아날 듯한 두려움 속에서도 한 가닥 기운을 운기했다. 만약 무슨 일이 생긴다면 황소 등에 고양이 발을 올려놓는 정도의 힘이라도 보탤 생각을 한 것이다.

"하긴 뭐… 처음부터 제자로 키운 것이 아니니 그런 눈빛이겠지요?"

단목상군이 아무런 대꾸가 없자 무영은 말을 이었다.

"그것까지 짐작하고 있다니 놀랍군. 그런 짐작을 하게 된 근거는 무엇인가?"

단목상군은 다시 무영의 말에 대꾸하기 시작했다.

"대무황성의 성주란 사람이 호위 한 명 대동하지 않고 여기까지 왔다는 사실이 첫 번째의 근거지요. 그것은 남들에게 절대로 알리고 싶지 않은 일을 하겠다는 의도겠지요."

"두 번째는?"

"아까도 말했다시피 당장 치료를 요하는 제자는 여기 두고 멀쩡한 제자를 산 아래로 내려보냈다는 것이 그 두 번째 근거이지요."

“세 번째도 있는가?”

단목상군은 여전히 아무런 내색 없이 무영의 말에 대꾸만 했다.

“있지요. 이제까지는 추측만 하고 있었는데 세 번째 이유 때문에 확신하게 되었으니까요.”

“말해보게.”

“세 번째 근거는… 팔목과 발목이 잘리고 눈 하나까지 잃은 제자를 보며 오히려 안도하는 당신의 눈빛이었지요. 폐인이 된 제자를 보고 오히려 안도하는 사부의 모습…… 그건 절대로 정상이 아니지요. 그 모습은 사육하던 곰이 팔다리가 잘려다 죽게 되었지만 웅담은 조금도 손상당하지 않고 그대로 간직하고 있어 그걸 안도하는 경우와 같다고 할 수 있겠지요.”

무영은 긴 설명을 끝냈다. 그리고는 이제 당신의 차례라는 듯 단목상군을 정시했다.

단목상군은 예의 그 철갑을 두른 듯한 얼굴로 묵묵히 무영을 쳐다보았다.

“파황객의 후예라 했던가?”

단목상군이 불쑥 질문을 던졌다.

무영의 눈썹이 미미하게 흔들렸다.

화산의 청우자 일행 외에 외인으로서 자신의 정체를 아는 사람은 없었다. 자신이 상문의 제자라는 것을 아는 무당 장문인 영진자조차도 그 사실은 모르고 있었다. 그런데 단목상군은 그걸 이미 알고 있었다.

역시 무황성주라는 생각을 하는 무영이다.

"그 정도의 두뇌라면 오랜 세월의 공백을 메우고 그의 진전을 모두 이었겠군. 그렇다면 아주 재미있겠어. 꼭 한 번 뛰어넘어 보고 싶은 사람이었지만 시대가 달라 안타까웠는데 말일세."

파황객을 떠올리며 말을 하는 동안 자신도 모르게 기세가 일었는지 단목상군의 옷자락이 몇 번 펄럭거렸다.

'파황객이라고……?'

은밀하게 운기를 하고 있던 염예령은 화들짝 놀란 눈으로 무영을 향해 뚫어져라 시선을 고정시켰다.

아직까지 조양방에서만 살아왔던 그녀였지만 전대의 고수 파황객에 대해서는 몇 번 들어본 적이 있었다.

이전까지의 통념을 모조리 뒤엎은 파천황의 무공!

그러면서도 그 활동 기간이 너무 짧아 더욱 신비에 가려진 고수였다.

그런데 무영이 그의 후예였단 말인가?

염예령은 절로 고개가 끄덕여지는 기분이었다.

하늘에서 뚝 떨어진 것 같던 무영!

그라면 파황객의 후예로서 자격이 있을 것 같았다. 아니, 무영이 아니라면 세상 누구도 파황객의 후예가 될 수 없을 것 같았다.

염예령은 만 근 바위처럼 가슴을 짓누르던 공포감이 반은 덜어지는 것 같았다.

파황객이라면 무황성주 단목상군의 상대가 될 수 있을 것이다. 세상에서 유일하게 그라면 가능할 것 같았다.

"아직 내 질문에는 대답하지 않은 것 같소만."

무영이 단목상군의 답변을 재촉했다.

"다 짐작하고 있으면서 무얼 더 알고 싶은 것인가?"

단목상군이 오히려 반문했다.

"당신 같은 사람이 뭐가 더 필요해서 제자의 단전을 이용하여 공력을 쌓고 흡정(吸精)의 계획을 세웠을까, 하는 것과 아울러 또 무엇이 부족해서 강호 제 문파에 첩자를 심어놓았는지, 하는 의문은 아직 풀리지 않고 있지요."

무영의 눈이 칼날처럼 날카롭게 날아가 단목상군의 얼굴에 꽂혔다.

"글쎄… 그걸 한마디로 설명하기엔 너무 어렵군. 사람마다 성정(性情)이 다르고, 생각이 다르지. 그러니 내가 설명을 한다고 해서 자네가 이해해 줄지도 모르겠군."

단목상군은 무영에게서 시선을 돌려 먼 허공을 응시했다.

그 옆모습은 얼핏 고독한 것 같기도 하고, 탐욕에 가득 찬 것 같기도 했다.

"어디 한번 들어나 봅시다."

무영이 다시 재촉했다.

"글쎄… 사람의 욕심은 한이 없다고 해야 하나……. 죽어라고 오른 정점은 더 높은 봉우리의 출발점이고, 모든 것을 손에 쥔 순간 더 큰 것에 비하면 그건 한없이 작아 보이더군."

단목상군은 지극히 비유적인 말로 무영의 질문에 답했다.

무영은 담담하게 단목상군의 말을 듣고 있었다. 그러나 그의 표정은 단목상군의 의중을 익히 알고 있는 것 같았다.

"그 말을 듣고 보니 문득 떠오르는 숫자가 있군요."

무영은 경멸 어린 미소와 함께 말했다.

"말해보게."

단목상군의 눈빛이 이때만큼은 칼날처럼 날카롭게 빛났다.

무영은 대답 대신 검지를 곤두세웠다.

그의 눈 역시 단목상군의 그것처럼 시퍼렇게 날이 서 있었다.

第六十章
탐욕

장흥관일

단목상군의 입꼬리가 위로 치켜지며 철갑을 두른 듯한 그의 얼굴에 미소가 번져 나갔다.

"하하! 하하하하!"

마침내 단목상군이 광소를 터뜨렸다.

"아악!"

주저앉아 운기를 하고 있던 염예령이 비명을 지르며 두 손으로 양쪽 귀를 틀어막았다.

"정말, 정말 대단해! 역시 파황객의 후예야. 하하하!"

단목상군은 감탄사를 연발하며 다시 웃음을 터뜨렸다. 그 웃음과 함께 마치 십 년 묵은 체증이 쑤욱 내려가는 듯한 표정을 지었다.

“그런데 마련은 왜 공격했소?”

무영은 아까보다 훨씬 불손해진 말투와 함께 질문을 했다. 그의 눈은 더욱더 진한 경멸의 빛을 뿜어내고 있었다.

“마련이라……”

단목상군은 남의 말을 하듯 읊조렸다.

“내 생각은 아니었으나 구색을 맞추자면 어쩔 수 없었지.”

“요화극의 생각이란 말이로군!”

무영이 고개를 끄덕이며 말을 이었다.

“이젠 알겠군요. 사도맹만 쳤다면 구색이 안 맞겠지요. 왜 그랬을까 의심하는 사람도 생길 테고. 하지만 마련까지 같이 치면 사마 척결이라는 명분이 생기겠지요. 그럼으로써 사부의 사주를 받은 제자가 사도맹의 여사제들의 순음을 취하기 위해 사도맹을 무너뜨렸다는 추악한 사실은 감쪽같이 감추어질 것이고.”

“그런 셈이지. 어차피 쓸어버려야 할 마련과 사도맹이니 차후 내 계획을 위한 사전 정지 작업도 되는 것이고.”

모든 의문을 푼 무영은 한동안 아무 말 않고 단목상군을 쳐다보았다.

“사람마다 성정이 다르고 생각이 다르니 내가 설명을 해준다고 해서 자네가 이해해 줄지 모르겠고.”

조금 전 단목상군이 던진 말이 귓전을 맴돌았다.

"성정이 다르고, 생각이 다르고……."

무영이 그 말만 떼어내어 중얼거렸다.

"혹시…… 이해가 되는가?"

단목상군의 눈이 빛을 뿜어냈다.

"이해 정도야 할 수도 있겠지. 무림 역사상 그런 정신병자들이 몇 있었으니. 하지만 그로 인해 죽은 영혼들은 결코 잊을 수 없지."

무영은 이제 아예 경멸의 말투로 단목상군의 말에 화답했다.

"그런가? 안타깝군. 자네 같은 사람이 동참해 준다면 일은 반 이상 성사된 것이나 마찬가지일 텐데……."

단목상군은 정말로 안타깝다는 표정으로 혀를 찼다.

"정말 알 수가 없군요."

무영은 고개를 절레절레 흔들며 말을 이었다.

"그렇게 하면 뭐가 달라집니까? 수명이라도 늘어나는 겁니까? 아니면 쾌락을 몇 배로 느낄 감각기관이라도 새로 생깁니까?"

"후후!"

무영의 질문에 단목상군은 너털웃음을 터뜨렸다.

"인간의 손을 거부하는 험준한 산에 인간은 왜 목숨까지 걸며 기어이 오르려고 할까?"

"……."

"아직 아무도 못해본 것이기에 내가 한번 해보고 싶어서 그러는 것일세. 자네 말대로 그런다고 수명이 연장되는 것도, 쾌감을 두 배로 느끼는 것도 아니지. 하지만 해보고 싶은 것을 어쩌겠나? 미쳤다는 생각이 드는 건가? 그래서 성정의 차이이고 생각의 차이인 것일세. 서로 다른 성정과 생각을 가진 사람들은 백 년이 지나도 이해가 안 될 걸세."

단목상군은 더 이상은 할 말이 없는 듯 굳게 입을 다물었다.

"아직 노망이 든 것 같지는 않은데…… 머릿속에 명을 재촉하는 생각들만 가득 찬 것 같군요. 그런데 그건 자신의 명만 재촉하는 것이 아니라 주변의 많은 사람들, 그리고 아무 상관도 없는 더 많은 사람들의 명까지 재촉하니 문제이지요. 장담하건대… 그 재촉된 명줄들 속에 당신 가족들의 명줄을 최우선적으로 포함시켜 드리지요."

"고얀!"

처음으로 단목상군의 표정에 노기가 어렸다.

"그 정도 대가는 각오하셔야지요. 안 그럼 세상이 너무 불공평하지 않습니까?"

"세상은 원래 불공평한 곳일세. 그래서 산이 있고 계곡이 있고 바다가 있는 것이지. 공평하다면 세상 모든 곳이 평평한 땅이어야 하지. 그래야 말 그대로 공평이지."

"여전히 명을 재촉하는 생각만 하는군."

무영의 목소리가 더욱 경멸적으로 흘러나왔다.

"그런 소리는 절대강자가 약자에게나 할 수 있는 소리일세."

단목상군은 어느새 평정심으로 돌아온 후 대꾸했다.

"당신들 사고방식대로라면 살아남는 자가 절대강자겠지요."

"그런가? 그렇겠군."

단목상군이 고개를 끄덕였다.

"그럼 얘기는 대충 끝난 셈이군요."

무영은 싸늘한 미소와 함께 천천히 기세를 끌어올렸다.

서서히 무영의 모습이 사라지는 것 같았다.

분명히 그 자리에 꼼짝도 않고 서 있는데 실체를 정확히 파악하기 힘든 기분이 들었다. 그러다 어느 순간 무영의 모습은 거대한 눈사태가 된 듯 위험해 보였다.

단목상군은 눈을 가늘게 뜨며 무영을 쳐다보았다.

'친구가 되면 최상이겠지만 애석하게도 적이 된 이상 가장 위험할 놈이로군.'

제자 세 명을 모두 병신으로 만들어 버린 무영이었다.

이곳으로 오면서 설사 이렇게까지 될 것이라고는 예상 못했는데 결과는 예상을 한참이나 뛰어넘었다.

단목상군의 눈에서 은은한 살기가 어렸다.

"나도 더 할 얘기는 없는 것 같네."

고개를 끄덕거린 단목상군도 천천히 기세를 끌어올렸다.

펄럭!

그의 옷이 부풀며 인자한 중년인 같던 모습은 사라지고 순식간에 사냥감을 노리는 맹수 같은 기운이 온몸에서 퍼져 나왔다.

그 기세만으로도 염예령은 숨이 막혀 질식할 지경이었다.

그녀는 제대로 숨을 쉬지 못하고 안색이 파랗게 질려갔다.

"내려가 있어!"

얼굴이 창백해진 염예령의 귓전으로 무영의 음성이 들렸다. 그와 함께 솜뭉치를 삼킨 듯 갑갑했던 숨이 툭 트여왔다.

"고, 공자님!"

염예령은 혼이 달아난 듯한 눈으로 무영을 쳐다보았다.

"혼자 도망가라는 말 아니니까 그런 섭섭한 표정 짓지 말고 요 아래 바위 밑에 숨어 있어. 내가 죽으면 어차피 그대도 죽어. 살려줄 것 같았으면 아까 제자들 편에 딸려 보냈겠지."

무영은 여전히 단목상군에게 시선을 고정시킨 채 염예령을 채근했다.

"공자님……."

"어서!"

무영의 고함에 염예령은 주춤거리며 걸음을 옮겼다.

미약하나마 자신의 힘을 보태겠노라 지금껏 운기를 계속했지만 두 사람이 일으키는 기세만으로도 숨이 막혀 죽을 지경이었다. 미적거리다간 오히려 무영에게 방해만 될 뿐이었다.

"그 약단지는 어쩌시겠소?"

염예령을 아래로 내려보낸 무영은 널브러져 있는 사운혁을 처다보며 말했다.

단전에 비정상적인 공력을 가득 채우고 있는 사운혁은 지금 약단지로써의 가치밖에 없었다.

"신경 쓰지 않아도 되네. 여기 둔다고 해서 자네가 어찌해 볼 기회는 없을 테니."

단목상군은 사운혁을 아랑곳 않고 대답했다.

"쩝! 역시 이무기답군. 저 여인에게 일러 깨뜨려 버리려 했는데 말이오."

무영은 피식 웃으며 말했다.

"자넬 도와 날 어떻게 해보겠다고 내내 운기를 할 정도로 당찬 아이라면 충분히 그럴 수 있다고 생각했네."

단목상군도 흐릿한 미소를 지었다.

"제자를 삼으려면 저런 사람으로 골랐어야지. 모두 쥐새끼 같은 것들만 고른 걸 보니 안목은 해태 눈 수준인 것 같소."

"인정하네."

단목상군은 입맛을 다셨다.

"그럼 시작해 봅시다. 더 이상 치울 것도 없으니……."

무영이 옷소매를 조금 걷어 올렸다.

단목상군의 얼굴에 은은한 미소가 번져 갔다.

정파무림의 일인자나 마찬가지인 자신 앞에서 조금도 위축되지 않고 너무나 당당한 청년!

속에서 이글거리는 치열한 복수심 때문이기도 하겠지만 그것만으로는 그렇게 될 수 없다.

그런 복수심 이전에 그만한 그릇이 만들어져 있어야 가능한 것이다.

'파황객······.'

단목상군은 속으로 읊조렸다.

시대는 달랐지만 그라면 자신의 적수가 될 수 있을 것이라 생각했다.

정파도 사파도 아닌, 그렇다고 마교에 뿌리를 둔 것도 아닌 문파로 기이한 술법과 상궤를 한참 뛰어넘는 능력을 보여주었던 상문!

그 상문은 그들의 능력에 강호 무공을 접목시켰고, 역시 상궤를 뛰어넘는 그들만의 무공으로 발전시켰다. 그 문파에서 배출한 파황객은 자기 문파의 정체만큼이나 괴이한 무공을 펼친 전전대의 초인이었다.

만약 그의 강호행이 십 년 정도만 더 길었다면 강호의 역사가 한참 바뀌었을 것이라는 말이 있을 정도로 그는 절정의 고수였다.

그 괴이한 무공만큼이나 괴이하게 사라져 버린 그가 동시대에 살았다면 만사를 제쳐 놓고 자웅을 겨루었을 것이다.

단목상군은 심호흡을 했다.

그는 전설 속에 사라졌지만 그의 후예가 자신 앞에 마주 서 있다.

무인에게 있어 이보다 더 피를 들끓게 하는 일은 없을 것이다.

모든 야망과 감정을 접어두고 이 순간을 만끽하고 싶었다.

"좋군!"

단목상군은 짤막하게 대꾸하고는 두 손을 천천히 들어 올렸다.

"먼저 시작하게."

단목상군이 선수를 양보했다.

"후회할지도 모를 텐데……."

"한 번쯤 그래 보는 것도 괜찮겠지."

모든 대화가 끝난 후 무영은 우수를 들어 올려 천천히 앞으로 내밀었다. 그리고는 더 이상 아무런 움직임 없이 못 박힌 듯 서 있었다.

두 자루의 피리를 포탄 같이 던지고 검처럼 휘두르던 지금까지와는 전혀 다른 모습이었다.

단목상군은 이채로운 표정과 함께 무영의 손바닥을 응시했다.

무영의 손바닥 한복판이 동그랗게 묵빛으로 물들어갔다.

그 동그라미가 순식간에 확대되는가 싶더니 어느새 무영의 팔 전체가 묵광에 휩싸였다.

'저건?'

단목상군의 미간이 와락 좁혀졌다.

지금 무영의 손에서 일렁거리는 기운은 마도의 절기인 흑천마장(黑天魔掌)을 뿌릴 때 일어나는 현상이었다.

마도인도 아닌 무영의 손에서 마도절기가 쏟아지다니?

단목상군의 표정에 일순 혼란스런 기색이 스쳐 지나갔다.

'그렇군.'

단목상군은 이내 그 연유를 짐작했다.

마련 수뇌부의 유일한 생존자인 주마룡이란 놈이 저놈과 동행한다고 했다. 그렇다면 저놈은 주마룡으로부터 마교무학을 익혔다는 말이다.

과연 그게 가능할까?

상문이 정파는 아니었지만 그렇다고 마교의 한 갈래도 아니었다. 그런데도 성질이 전혀 다른 무공을 한 몸에 익히는 게 가능할까?

흉내를 내는 정도라면 그건 상문이 아니라 정도 문파라 해도 가능하겠지만 지금 무영의 팔에 일렁거리는 묵색 기운은 최소한 팔성(八成)에는 이른 것 같았다.

마련에서 태어나 죽을 때까지 익힌다 해도 팔성 수준의 흑천마장을 뿌릴 수 있는 사람은 그렇게 많지 않을 것이다. 그렇기에 지금 무영의 모습은 쉽게 납득이 가지 않았다.

'더 두고 보면 알 일!'

단목상군의 생각이 거기에 이르렀을 때 무영의 팔에 일렁거리던 기운이 토시를 벗어 던지듯 쑤욱 밀려 나왔다.

우웅—

무영의 온 팔을 감싼 묵광이 순식간에 한줄기 장력으로 터져 나왔다.

이채 띤 눈으로 무영의 손바닥을 쳐다보고 있던 단목상군이 똑같은 자세로 우수를 쭈욱 뻗었다.

퍼엉—

그의 우수에서도 한줄기 장력이 터져 나갔다.

'엇!'

어느 순간 단목상군이 헛바람을 들이마셨다.

강력한 묵광으로 뻗어오던 장력이 자신의 장력과 마주치는 순간 순식간에 흩어지며 돌풍에 흩날리는 부적처럼 어지럽게 날아들었다.

단목상군은 급히 우수를 흔들었다.

수십 개의 수영이 허공에 가득 차며 그 각각에서 장력이 뻗어나갔다.

파파파팡—

어지럽게 쇄도해 들던 묵광들이 단목상군이 뿌린 장력에 부딪쳐 흩어졌다.

후두두둑!

기류에 휩쓸려 날려 올랐던 작은 돌멩이들과 흙덩이들이 우박처럼 떨어져 내렸다.

단목상군의 눈 사이가 좁혀졌다.

난비하던 묵색 기운들과 자신의 장력이 마주치는 순간 환술에 속았다 싶을 정도로 반력이 느껴지지 않았다. 그런데 흙더미와 돌멩이들을 휘말아 올리는 기파는 오성의 공력을 실어 뿌린 자신의 장력에 못지않은 위력이었다.

뿌릴 때는 마교의 흑천마장이었지만 자신이 뿌린 장력과 부딪치며 난비할 때는 절대로 마교의 무학이 아니었다.

그건 이제껏 본 적이 없는 그런 유의 무학이었다.

그렇다면 이놈은 마교의 흑천마장을 팔성에 이르도록 익힌 것도 모자라 상문의 괴이막측한 무공과 접목시켰다는 말이 된다.

단목상군의 뇌리가 온통 헝클어졌다.

'파황객의 수법도 그랬다고 했지…….'

단목상군의 뇌리에 또다시 파황객이란 단어가 맴돌았다.

"무슨… 수법이었나?"

단목상군은 날카로운 눈빛과 함께 무영에게 질문을 던졌다.

"설명하자면 꽤 길지요. 하지만 세월이 유수라……."

무영은 정중앙에서 한 뼘은 더 서쪽으로 기울어진 해를 쳐다보며 느물거렸다.

"그렇군. 차차 알게 되겠지. 그럼 이번에는 내 차례인가?"

단목상군은 손을 들어 올려 슬쩍 흔들었다.

퍼엉—

폭음이 일며 한줄기 장력이 강력한 힘을 내포한 채 무영의 가슴으로 밀려들었다.

무황성주 단목상군의 독문절기인 번천장(翻天掌)이었다.

단 한 번의 장력으로 하늘을 뒤집는다는 그 장력은 초대 무황성주 초일부의 절기로 단목상군에게 고스란히 전해진 것이다.

노도처럼 밀려오는 단목상군의 번천장을 보며 무영은 단목상군과 마찬가지로 한 손을 슬쩍 흔들었다.

소리도 나지 않는 한줄기 기운이 허공을 가르며 단목상군이 뿌린 번천장에 부딪쳐 갔다.

파앙―

뿌릴 때는 아무런 기척도 없었지만 번천장과 부딪친 곳에서는 대포가 터지는 듯한 소리가 났다.

이번에도 무영의 수법은 마교무학이었다.

공격보다는 수비에 비중을 더 많이 둔 마교의 쇄운마장(碎雲魔掌)이었다.

쇄운마장이 번천장을 모조리 밀어내며 흩어버리는 순간 단목상군은 우수를 연속으로 몇 번 더 흔들었다.

파파파팡―

연속적인 폭음과 함께 아까보다 더 강력한 번천장이 연달아 터져 나왔다.

다른 수법을 쓰지 않고 번천장을 연달아 갈겨대는 단목상군의 의도는 무영의 내력을 좀 더 파악하고자 함이었다.

그러나 그것은 단목상군 혼자만의 생각이었다.

파파팡!

무영 역시 똑같이 쇄운마장을 연달아 쳐내 번천장을 모조리 흩어버렸다.

"약은 놈이로고!"

단목상군은 책망인지 감탄인지 모를 어조로 말했다. 그러나 그의 표정에는 은은한 노기가 어려 있었다.

정파의 어떤 절정고수라도 마주하기 어려운 연속된 번천장을 무영은 마치 장난을 하듯 똑같은 방식으로 막아냈다.

결국 연속된 번천장으로도 실력을 한 푼도 가늠하지 못한 것이다.

"당신 제자들만 하겠소?"

무영이 맞받아쳤다.

석모광의 하는 양을 보고 있던 단목상군의 얼굴에 옅은 수치심이 스쳐 지나갔다.

"부끄러운 줄은 아는 모양이오."

무영이 계속해서 단목상군에게 모욕감을 안겼다.

단목상군은 부르르 볼살을 떨었다.

자신 외에는 아무도 듣는 사람이 없고, 무영이 자신을 흔들기 위해 하는 언사라는 것을 알았지만 이런 모욕은 상상조차 할 수 없는 그였다.

"약은데다… 음흉스럽기까지 하구나."

단목상군은 간신히 자신을 다스렸다.

아무리 어려 보여도 놈은 희대의 고수 파황객의 후예다.

그걸 간과해서는 안 될 일이다.

자신의 아들뻘밖에 안 되는 나이였지만 놈은 늙은 여우보다 더 노회했다. 지금 역시 머리 위에서 자신을 갖고 놀려 하고 있었다.

자칫 놈의 모욕적인 언사에 이성을 잃고 달려들었다면 격장지계에 말려든 꼴로 선기를 내어줄 뻔했다.

단목상군은 평정심을 되찾은 후 이번에는 두 손을 같이 들어 올렸다.

이젠 탐색은 그만두고 곧바로 살수를 펼칠 생각이었다.

"이젠 본격적으로 시작해 봄세. 자네가 하도 기특해서 같이 놀려고 하다 보니 시간을 너무 지체했다. 이대로 가다간 자네 말대로 약단지가 깨어져 버릴지도 모르겠네."

단목상군은 처음으로 냉정해진 모습으로 말했다.

무영은 묵묵히 단목상군의 모습을 지켜보다가 고개를 끄덕였다.

"늙은 생강이 맵다더니 역시 그렇군요. 그럼 나 역시 진짜로 해드리지요. 파황객의 무서움이 어떤 것인지 차근차근 보여드리지요."

말을 끝낸 무영은 단목상군과는 반대로 두 손을 자연스럽게 늘어뜨렸다. 그렇게 하자 무영의 모습이 급격한 변화를 일으켰다.

그 변화는 겉모습이 아니라 자연스럽게 느껴지는 내부의 기운이었다.

조금 전까지는 날카롭고 까칠한 모습 속에 조금은 허허실실의 기운이 느껴졌지만 지금은 전혀 달랐다.

그야말로 거추장스런 허물을 완전히 벗은 거망(巨蟒)의 모습이었다.

'역시!'

감탄사를 삼킨 단목상군은 두 손을 쭈욱 뻗었다.

우우웅─
이제까지 내뻗었던 장력과 달리 폭음 대신 무거운 진동음이
일며 무형의 경력이 무영의 가슴을 향해 쇄도해 들었다.

『장홍관일(長虹貫日)』 6권에 계속…

저작권 보호!!

장르문학의 성장에 힘이 되어주십시오.

저작물의 무단 전재와 복제, 불법 다운로드!
이것은 관심이 아니라 무관심입니다!

작가님들은 창의적 열정과 시간을 투자해 자신의 꿈과 생계를 유지합니다.
한 권의 책을 만들어 많은 사람들은 자신의 인생과 미래를 설계합니다.

저작물 속에는 여러 사람의 노력과 희망이 담겨 있습니다!

저작물의 무단 전재와 복제, 불법 다운로드는 여러 사람들의 꿈과 생계를
위협함으로써 장르문학을 심각한 상황에 빠뜨리고 있습니다.

이제는 무관심이 아니라 관심으로 장르문학의 성장에 힘이 되어주세요.

[도서출판 **청어람**은 항시적인 저작권 보호를 통해 장르문학과
여러분의 희망을 지키겠습니다.]

도서출판 **청어람**

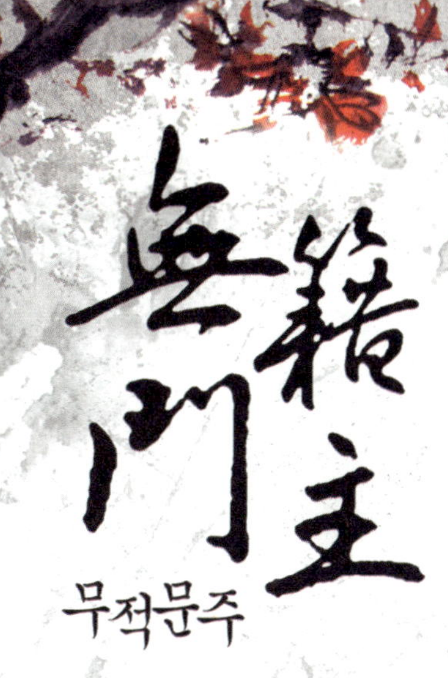
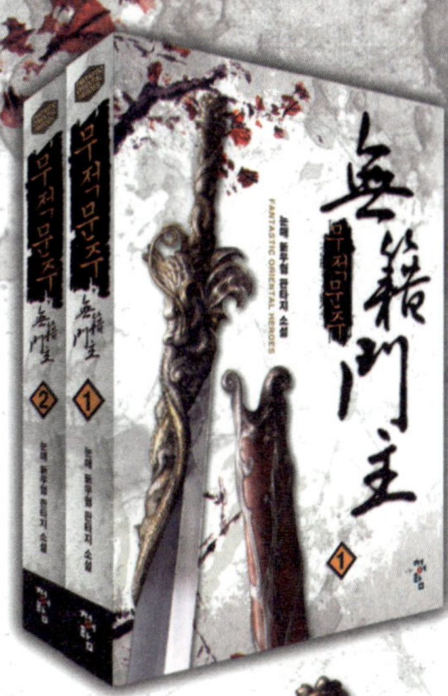

無籍門主
무적문주

눈매 新무협 판타지 소설

**강호가 혼란할 때마다 나타났던 전설의 문파
강호인들은 그들을 무적문이라 부른다.**

마도천하의 시대. 명문정파 비검문은 유일한 계승자인 설화를 보호하기 위해
표운성이라는 청년을 찾는데……

"헤헤. 돈 좀 주셔야겠는데요?"

결핏하면 돈! 돈! 돈!
세상에서 가장 좋은 것도 돈이요, 가장 귀한 것도 돈이다.

그를 은밀히 따르는 어둠 속의 사군자(死軍者)들
서서히 드러나는 무적문의 실체

"은자의 은혜만 받는다면 나 표운성, 이루지 못할 것은 없다!"
돈에 환장한 문주가 나타났다!

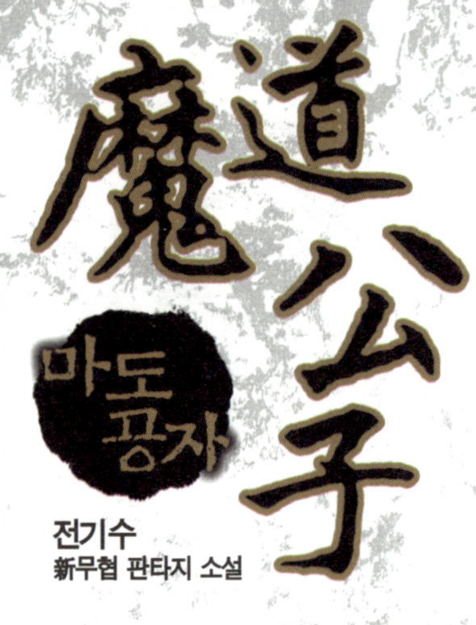

魔道公子
마도공자
전기수
新무협 판타지 소설

魔道公子
마도공자
1
2